SCIENCE FICTION

Herausgegeben
von Wolfgang Jeschke

Ein vollständiges Verzeichnis aller
im HEYNE VERLAG erschienenen STAR TREK-Romane
siehe im Anschluß an den Band.

STAR TREK
VOYAGER™

S. N. LEWITT

# CYBERSONG

*Roman*

**Star Trek®**
**Voyager™**
**Band 8**

Deutsche Erstausgabe

WILHELM HEYNE VERLAG
MÜNCHEN

HEYNE SCIENCE FICTION & FANTASY
Band 06/5408

Titel der amerikanischen Originalausgabe
CYBERSONG
Deutsche Übersetzung von Andreas Brandhorst

Redaktion: Rainer-Michael Rahn

Erstausgabe by Pocket Books/Simon & Schuster, Inc., New York

Printed in Germany August 1997
Umschlagbild: Pocket Books/Simon & Schuster, New York
Umschlaggestaltung: Atelier Ingrid Schütz, München
Technische Betreuung: M. Spinola
Satz: Schaber Satz- und Datentechnik, Wels
Druck und Bindung: Ebner Ulm

ISBN 3-453-12674-2

# 1

Sie war allein und fürchtete sich. Diese Empfindungen waren fast so schlimm wie der Durst. Man konnte die Kazon-Ogla kaum als großzügig bezeichnen, und Wasser war für sie etwas Kostbares, das sie nicht an Gefangene vergeuden wollten. Wenn ihre Sklaven so schwach wurden, daß sie nicht mehr arbeiten konnten ... Dann ließ man sie sterben und ersetzte sie durch neue.

Auch die Furcht erwies sich als Belastung, aber die junge Frau wußte: Ihre Präsenz bedeutete nicht, daß es ihr an Mut mangelte. Furcht war ein Warnzeichen, dessen man sich nicht schämen mußte. Die Angst spielte keine Rolle; es kam in erster Linie darauf an, wie sie sich *verhielt*.

Hier im Gefangenenlager wuchs die Furcht überall. Sie rollte sich auf dem schmalen Bett zusammen – falls man die dünne Decke und den Lumpenhaufen darunter überhaupt als ›Bett‹ bezeichnen durfte. Bei den Lumpen handelte es sich um die Reste jener Kleidung, die einst andere Gefangene getragen hatten. Schweiß und Blut verhärteten den Stoff der grauen Fetzen, die sie am Leib trug. Wenigstens nahm sie den Geruch nicht mehr wahr. Nach all den langen Wochen der Gefangenschaft hatte sie sich an den Gestank von Tod und Exkrementen gewöhnt.

Am schlimmsten war die Einsamkeit. Zunächst einmal: Es gab keine anderen wie sie. Keiner der anderen Gefangenen gehörte zu ihrem Volk, und niemand von ihnen erinnerte sich an die gepflegten Höfe der

Ocampa. Doch damit noch nicht genug. Die übrigen Sklaven dachten nur an sich selbst, an den nächsten Becher Wasser, vielleicht auch an eine Chance zur Flucht.

Möglicherweise waren sie vor der Gefangennahme *anders* gewesen. Die stumpfsinnige Plackerei in den Minen und der ständige Durst sorgten innerhalb kurzer Zeit dafür, daß aus anständigen Personen herzlose Egoisten wurden. Sie erinnerte sich: Erschöpfung und Zorn hatten in ihr selbst Haß geweckt, und oft beherrschte der Durst alle Gedanken.

Das fürchtete sie mehr als den Tod, die Minen oder den nächsten Tag als Sklavin der Kazon: das Böse in ihrem eigenen Innern. Es lauerte in *allen*, auch in ihr. Sie spürte es jedesmal dann, wenn sie die Bergwerke betrat.

Jene Furcht schuf zusätzliche Einsamkeit. Es gab keine Gesprächspartner für sie; mit niemandem konnte sie Erinnerungen oder ein Lied teilen. Alles verlor seine Bedeutung, wenn sich die bleierne Schwere solcher Einsamkeit auf sie herabsenkte. Ebensogut hätte ihre Existenz zu Ende gehen können ...

Kes erwachte zitternd und drückte die weiche Decke an sich. Angenehme Wärme umgab sie, und ein besonderer Duft kündete von Sicherheit. Schon seit langer Zeit hatte sie nicht mehr an Alpträumen gelitten. Aus einem Reflex heraus tastete sie zur Seite und stellte fest, daß Neelix nicht neben ihr lag – vermutlich bereitete er das Frühstück vor.

Seine Abwesenheit erklärte vielleicht den Traum. An Bord der *Voyager* war sie nie allein. Immer leistete ihr jemand Gesellschaft: Neelix, der Doktor, ein Patient oder jemand, der ihre Hilfe brauchte. Sie freute sich darüber, helfen zu können, Teil der Crew zu sein.

Kes stellte fest, diesmal länger als sonst geschlafen zu haben. Am vergangenen Abend war sie nicht zur üblichen Zeit zu Bett gegangen, sondern hatte sich mit Atmungssystemen befaßt. Die Unterschiede zwischen Menschen, Vulkaniern und Talaxianern erwiesen sich als so faszinierend, daß Kes überhaupt nicht merkte, wie spät es wurde. Das begriff sie erst, als Neelix auf der Suche nach ihr in die Krankenstation kam.

»Derzeit beschäftigen wir uns nur mit Sauerstoffatmern«, erklärte der Doktor und deutete auf mehrere Hologramme, die verschiedene Lungenarten und strukturelle Diagramme von Sauerstoff-Metabolismen zeigten. »Im Alpha-Quadranten gibt es auch Spezies, die Methan und Chlor atmen. Allerdings kommen Sauerstoffatmer häufiger vor.«

»Ich habe von Geschöpfen gehört, die giftige Luft atmen«, erwiderte Kes. »Haben Sie auch Diagramme solcher Lungensysteme?«

»Natürlich«, sagte der Doktor. »Allerdings haben wir es dabei mit einer völlig anderen Biochemie zu tun. Meiner Ansicht nach ist es besser, sie zunächst auf der chemischen Basis zu untersuchen, um sich anschließend der allgemeinen Anatomie zuzuwenden.«

»Aber für solche Untersuchungen sollte man ausgeschlafen sein«, ließ sich Neelix vernehmen, der mit Kes zu ihrer gemeinsamen Unterkunft zurückkehren wollte. »Weißt du eigentlich, wie spät es ist? Ich habe überall an Bord nach dir gesucht und dachte schon, dir sei etwas zugestoßen.«

Kes stand auf und lächelte. »Ja, es ist wirklich spät. Und ich bin müde. Können wir unsere Studien morgen fortsetzen, Doktor?«

»Wenn uns das neue Holodeck-Abenteuer keine weiteren verstauchten Füße und Handgelenke beschert«, entgegnete der holographische Arzt.

Kes lachte leise, als Neelix sie in den Korridor führte.

»Was meinte er damit?« fragte Neelix scharf. »Wollte dich jemand zu einem Ausflug in die Holo-Kammer überreden?«

Kes schüttelte den Kopf. »Angesichts der vielen Verletzungen, die der Doktor und ich behandeln mußten, habe ich überhaupt kein Interesse an dem neuen Programm – ganz gleich, wie sehr es den anderen gefällt. Allerdings … Als mir Tom Paris vom Skilaufen erzählte, klang es wundervoll. Kein Wunder, daß es alle einmal versuchen wollen.«

»Wann hat dir Mr. Paris vom neuen Holodeck-Programm erzählt?« fragte Neelix. Mißtrauen erklang nun in seiner Stimme.

»Als ihm der Doktor den Fuß verband«, antwortete Kes ruhig. »Er gehörte zu den ersten Verletzten. Und er klagte die ganze Zeit darüber, daß wir keine moderne Behandlungsmethode verwendeten. Der Doktor vertritt folgenden Standpunkt: Wer den Schmerz eine Zeitlang spürt, ist demnächst vorsichtiger.«

Neelix schnaubte nur leise. Kes seufzte und setzte den Weg in Richtung Quartier fort. »Ich bin wirklich müde. Den ganzen Tag über habe ich Verstauchungen behandelt, und den Abend verbrachten wir mit dem Studium von Atmungssystemen. Ich kann mich nicht einmal daran erinnern, etwas gegessen zu haben.« Sie sprach sanft, und Neelix folgte ihr zum Turbolift.

In der Unterkunft kroch Kes sofort unter die Decke – um dann zu träumen. Der Traum wirkte realer als das Gespräch übers Ski-Programm, realer als alles, was sie jemals in einer Holo-Kammer erlebt hatte.

In gewisser Weise kam auch die *Voyager* einem Traum gleich. Es hätte schon genügt, vor den Kazon gerettet zu werden. Doch zwischen den Sternen leben zu dürfen, mit dem Luxus und den Freundschaften an Bord der *Voyager* … Es war mehr, als Kes zu hoffen gewagt hatte.

An all diese Dinge dachte die Ocampa, als sie sich wusch. Sie dachte an die guten Freunde, die sie gefunden hatte, an Dutzende von offenherzigen Personen, die jetzt eine Art Familie für sie bildeten.

Trotzdem hafteten Furcht und Einsamkeit aus dem Traum an ihrem Empfinden fest. Wie sehr sie auch versuchte, sich davon zu befreien: Einige besonders hartnäckige Reste aus Unbehagen und Beklommenheit verharrten in ihr.

Kes streifte eine rostbraune Hemdjacke über und beschloß, den Doktor darauf anzusprechen. Er war auch mit der sämtlichen Erkenntnissen über psychische Erkrankungen und Verletzungen programmiert. Außerdem standen ihm die Aufzeichnungen von betazoidischen Heilern zur Verfügung, die sich mit empathischen Talenten auskannten – obgleich Kes ihr *Wissen* nicht als ›Empathie‹ definiert hätte.

Rasch kämmte sie ihr kurzes blondes Haar und wandte sich dann vom Spiegel ab. Sie verspürte keinen besonderen Appetit, aber wenn das vergessene Abendessen der Grund für den Alptraum war, so sollte sie besser frühstücken. Neelix hatte eine Schale mit iobrianischem Blaufrüchten auf den Tisch gestellt. Kes wählte eine und knabberte daran, während sie weiter nachdachte.

Der Doktor mochte über die notwendigen Informationen verfügen, um sie zu untersuchen und ihr vielleicht auch zu helfen. Aber sie war keine Betazoidin. Nichts deutete darauf hin, daß betazoidische Methoden bei ihr zur Anwendung gebracht werden konnten. Darüber hinaus wollte Kes ihre sowohl notwendigen als auch faszinierenden medizinischen Studien nicht unterbrechen, um mit einer Sache Zeit zu verlieren, die letztendlich nichts nützte.

Wie dem auch sei: Sie entschied, dem Doktor von ihrem nächtlichen Erlebnis zu erzählen. Vielleicht ließ sich irgendwie feststellen, ob es nur ein schlimmer Traum war oder ob mehr dahintersteckte.

# 2

Captain, die Tachyonendichte in diesem Raumgebiet ist zwei Komma drei mal so hoch wie normal«, meldete Fähnrich Harry Kim. Er hatte gerade an seiner Station Platz genommen und die Instrumente kontrolliert.

»Überprüfen Sie die Aufzeichnungen, Mr. Kim«, sagte Captain Janeway. »Seit wann liegt die Dichte über der Norm?«

Er rief die entsprechenden Daten ab und sah einige Sekunden lang auf die Displays. »Die Tachyonendichte nimmt seit zwei Uhr Bordzeit langsam und stetig zu. Wenn es so weitergeht wie bisher, werden die Bordsysteme in vier Stunden davon betroffen.«

Captain Janeway beugte sich vor und sah zum Hauptschirm. Das Weltall vor dem Raumschiff war schwarz und leer. Nur wenige Sterne leuchteten in der ewigen Nacht.

»Berechnen Sie den Vektor der Tachyonenaktivität und versuchen Sie herauszufinden, ob sie von einem bestimmten Objekt ausgeht, Mr. Kim«, wies Janeway den Fähnrich an. »Und halten Sie nach Trümmern Ausschau. Vielleicht haben wir es mit dem energetischen Echo eines Ereignisses zu tun, das vor langer Zeit stattgefunden hat und deshalb kein Problem für uns sein sollte. Wenn Sie etwas entdecken, sehen wir uns die Sache aus der Nähe an.«

»Ja, Captain«, bestätigte der junge Offizier. Seine Finger huschten über Schaltelemente. »Da draußen befindet sich etwas, aber durch die hohe Tachyonenkonzentration ist eine visuelle Erfassung kaum möglich.«

Streifenmuster huschten über den großen Bildschirm, und zwischen ihnen erschienen die Konturen mehrerer Raumschiffe. Die einzelnen Konfigurationen waren sehr exotisch, und alle Schiffe unterschieden sich voneinander. Janeway kannte viele Typen, doch in diesem Fall blieben ihre Identifizierungsversuche erfolglos, was auch an der sehr schlechten Qualität des Bildes lag. Hier sah sie einzelne Trümmerstücke, die aus mehreren runden Segmenten bestanden; dort bot sich ihren Augen ein Glanz dar, der auf bestimmte Legierungen hindeutete.

»Von der Tachyonenquelle scheinen auch Kommunikationssignale auszugehen«, sagte Lieutenant Tuvok, der vulkanische Wissenschaftsoffizier. »Aber es gelingt mir nicht, die einzelnen Signalsequenzen voneinander zu trennen.«

»Ich könnte versuchen, wenigstens einen Teil der starken Tachyoneninterferenzen herauszufiltern«, bot Harry Kim an.

»Danke, Mr. Kim«, erwiderte der Vulkanier. »Ich habe diese Möglichkeit bereits wahrgenommen und mich außerdem um eine Signalverstärkung bemüht. Das Ergebnis ist negativ. Ich...« Tuvok unterbrach sich kurz. »Jetzt empfangen wir nichts mehr.«

»Werden keine Signale mehr gesendet?« fragte Lieutenant Paris.

»Wenn mir bekannt wäre, ob die Sendung ganz aufgehört hat oder nur unterbrochen wurde, so hätte ich diese Informationen hinzugefügt«, sagte der Vulkanier ruhig. »Soweit ich das bisher beurteilen kann, haben wir digitale Datenpakete empfangen.«

»Die Fremden wollten also nicht mit *uns* reden, sondern mit unserem Computer«, kommentierte Tom Paris. »Klingt nach einem sehr gastfreundlichen Volk.«

Harry Kim schüttelte andeutungsweise den Kopf, als

er diese Worte vernahm. Sie weckten Erinnerungen in ihm, an die Begegnung mit den Sikarianern, der gastfreundlichsten Spezies im Delta-Quadranten. Jene Leute verfügten über die technischen Mittel, um die Heimreise der *Voyager* erheblich zu beschleunigen – aber sie verweigerten ihre Hilfe. Die Bezeichnung ›gastfreundlich‹ hatte für die Besatzungsmitglieder der *Voyager* seitdem eine ganz neue Bedeutung.

»Sollen wir weitere Ermittlungen anstellen, Captain?« fragte Tuvok.

Captain Janeway sah noch immer zum Hauptschirm, und nichts in ihrem Gesicht verriet, welche Gedanken ihr durch den Kopf gingen. Einige Sekunden lang blieb sie still und dachte über die aktuelle Situation nach. Sie legte großen Wert darauf, daß die *Voyager* alle Starfleet-Prinzipien beachtete, obgleich sie weiter von der Föderation entfernt war als irgendein Schiff zuvor. Diese Grundsätze bezogen sich auch auf die wissenschaftliche Forschung und den Kontakt mit unbekannten Zivilisationen.

Doch jene Prinzipien waren es *nicht*, die von Janeway verlangten, alles Neue im Delta-Quadranten zu erforschen. Es gab hier viele Planeten und Völker, mit denen sie Kontakte herstellen *mußten*, um die Vorräte der *Voyager* zu erneuern. Durch die Untersuchung einiger alter Raumschiffwracks verloren sie nur Zeit – es sei denn, sie boten ihnen die Möglichkeit, schneller heimzukehren.

»Nichts deutet auf eine Verbindung zur Raumstation des Beschützers hin«, sagte Tuvok. »Alles spricht dafür, daß es sich nur um ein Trümmerfeld im All handelt.«

Die Kommandantin lächelte kurz. »Ich glaube, dann können wir auf einen Umweg verzichten. Wir bleiben auf Kurs, Mr. Paris.«

Ruhe herrschte auf der Brücke. Die Monitore leuchteten bernsteinfarben, rot, grün und blau. Ihr Licht glitt über Hände, die Schaltflächen berührten, Einstellungen veränderten. Die Stille der Konzentration wurde noch verstärkt vom Schweigen, das der Hauptschirm auszustrahlen schien. Janeway blickte ins Nichts vor der *Voyager*.

Sie wies nicht darauf hin, daß es eine ganze Weile dauern würde, bis sie wieder Gelegenheit bekamen, neuen Proviant aufzunehmen. Diesen Punkt besorgte die Kommandantin. Die Replikatoren arbeiteten nicht mit voller Kapazität, was bedeutete: Vielleicht wurden die Nahrungsmittel knapp, bevor sie einen Planeten erreichten, der es ihnen erlaubte, sich neue Vorräte zu beschaffen.

Janeway sah keinen Anlaß dafür, die Crew zu genau auf dieses Problem hinzuweisen. Alle wußten, daß Lebensmittel und Energie nicht verschwendet werden durften, und das genügte.

Sie hoffte inständig, daß die Informationen des Talaxianers Neelix richtig waren. Er hatte sich zunächst dagegen ausgesprochen, diesen Kurs einzuschlagen. Doch die anderen Routen erforderten wesentlich mehr Flugzeit und boten ebenfalls keine guten Möglichkeiten für die Erneuerung der Vorräte.

»Ich bin nie selbst dort gewesen«, hatte Neelix zu Janeway gesagt. »Aber jener Planet ist bewohnt, von einem Volk, das Raumfahrt betreibt. Allerdings nicht viel. Die betreffenden Leute gelten als sehr zurückgezogen, und ihr Leben wird von einer ziemlich komplizierten Religion bestimmt. Man weiß nie, wenn sie gerade in der Stimmung sind, Handel zu treiben. Aber es gibt sie, und auf ihrem Planeten wächst Getreide, das wir verwenden können.«

»Klingt nach einer besseren Alternative als die anderen«, hatte Janeway erwidert. Keine der Möglichkeiten gefiel ihr, aber sie mußte sich mit den besonderen Gegebenheiten abfinden. Dieser Raumsektor des Delta-Quadranten war eine ›Blase‹, ein ziemlich großer Bereich mit nur wenigen Sternen.

Die Kommandantin kehrte ins Hier und Heute zurück. »Nehmen wir uns die Kom-Signale vor«, sagte sie. »Wenn sich bei ihrer Untersuchung etwas Interessantes ergibt, stellen wir Nachforschungen an. Aber ohne weitere Daten sollten wir den Flug wie bisher fortsetzen.«

Sie war neugierig, doch das leere Raumgebiet erfüllte sie mit Unbehagen, selbst ohne die sonderbaren Signale. Ein mehrere Wochen langer Warptransfer lag vor ihnen, während die Lebensmittelvorräte immer mehr zur Neige gingen. Unter solchen Umständen wollte Janeway keine Zeit verlieren.

»Computer, gib mir den Text der Sendung«, sagte sie laut.

»Die Signale enthielten keinen Text«, erwiderte die Sprachprozessorstimme.

Janeway schüttelte andeutungsweise den Kopf. Manchmal schien der Computer alles wörtlich zu nehmen und nicht in der Lage zu sein, Anfragen zu interpretieren. In solchen Fällen war es sehr schwer, die gewünschten Informationen von ihm zu bekommen.

Sie achtete darauf, daß ihre Stimme ruhig klang, als sie weitere Auskünfte anforderte. Es hatte keinen Sinn, sich über den Computer zu ärgern.

Janeway erinnerte sich in diesem Zusammenhang an einen Führungskurs während ihrer Akademiezeit. Die zuständigen Psychologen teilten den Kadetten dabei mit, sie sollten ihren Ärger als eine Art Werkzeug nutzen, seine Energie in etwas Produktives verwandeln.

Inzwischen sah Janeway die Sache anders. Es hatte nur dann einen Sinn, diesen Rat zu beherzigen, wenn man es mit planetaren Problemen zu tun bekam. Oft genügten harte Arbeit und Entschlossenheit, um sie zu lösen. Aber jene Psychologen hatten sich nie auf der anderen Seite der Galaxis befunden, waren nie für Besatzungsmitglieder verantwortlich gewesen, die von ihren Familien, Freunden und allem Vertrauten getrennt waren.

»Zu den übermittelten Daten gehören Zielkoordinaten«, verkündete der Computer. »Die *Voyager* wird angewiesen, mit Warp drei in Richtung null Komma sieben drei Vektor sechs zu fliegen.«

»Jemand ruft uns zu den Wracks dort draußen«, sagte Paris.

»Computer, gibt es weitere Informationen?« fragte Janeway.

»Zusätzliche Daten stehen nicht zur Verfügung«, lautete die Antwort.

»Dann müssen wir davon ausgehen, daß wir nur Zeit vergeuden, wenn wir dem Ruf folgen«, meinte Janeway. *Zeit und wertvolle Ressourcen*, fügte sie hinzu, ohne diesen Gedanken laut auszusprechen. »Mr. Paris, schenken Sie den übermittelten Koordinaten keine Beachtung und bleiben Sie auf Kurs.« Sie klopfte auf ihren Insignienkommunikator. »Mr. Neelix, bitte kommen Sie in den Bereitschaftsraum.«

Dann stand sie auf und verließ die Brücke.

Als Neelix den Bereitschaftsraum betrat, blickte Janeway auf eine Bestandsliste. Sie schaltete das Display nicht aus, begrüßte den Talaxianer mit einem knappen Nicken. Wie üblich trug er kunterbunte Kleidung, die gar nicht zu den ruhigen Farben der Umgebung paßte. Er nahm in einem der mit hohen Rückenlehnen ausgestatteten Sesseln Platz und wartete, bis ihn die Kommandantin ansprach.

»Mr. Neelix, ich möchte Sie etwas in bezug auf den Raumsektor fragen, durch den wir derzeit fliegen. Aber vorher sollten Sie sich diese Liste ansehen. Heute morgen fand eine routinemäßige Bestandsprüfung statt; danach haben wir nur noch die Hälfte des grolianischen Mehls. Auch die Ananasvorräte sind schneller als vorgesehen geschrumpft. Nach den Schätzungen des letzten Monats sollten uns bei Erreichen dieses Raumgebiets noch siebzig Prozent der jeweiligen Gesamtmenge zur Verfügung stehen.«

Neelix warf einen kurzen Blick auf die Zahlen und schüttelte den Kopf. »Seltsam, Captain. Ich bin sicher gewesen, daß wir mehr Vorräte hatten.«

»Haben Sie einen Teil unseres Proviants an einem Ort untergebracht, wo ihn der Verpflegungsoffizier nicht findet?« fragte Janeway. »Zum Beispiel in Ihrer Kombüse oder einer privaten Vorratskammer?«

Der Talaxianer schüttelte erneut den Kopf. »Nein, Captain. Ein Teil des Mehls hat Schimmel angesetzt, und daraufhin brachte ich es in einem Gefrierfach unter. Die entsprechenden Beutel habe ich in den Recycler gegeben. Nun, bei niedrigen Temperaturen sterben die Schimmelpilze ab; wir brauchen also nicht zu befürchten, das Mehl zu verlieren.«

»Und die Ananas?« erkundigte sich Janeway. Sie wollte erst dann Stellung beziehen, wenn sie einen kompletten Bericht hatte.

»Oh, die habe ich verwendet.« Neelix rieb sich die Hände. »Für den Kuchen in der letzten Woche. Er hat allen gut geschmeckt. Tagelang wurde darüber gesprochen. Gestern hat mich Kim gefragt, ob ich so etwas noch einmal backen könnte.«

Die Kommandantin richtete einen kühlen Blick auf den Koch. »Die Ananas zeichnete sich durch besonders lange Haltbarkeit aus. Diesen Aspekt haben Sie mir gegenüber extra betont. Wir können uns nicht den Luxus von Desserts leisten, für die wir Vorräte verbrauchen, die wir später vielleicht dringend benötigen. Was das Mehl betrifft... Sie hätten den Verpflegungsoffizier oder mich sofort verständigen sollen. Auf der Grundlage von falschen Informationen kann ich nicht die richtigen Entscheidungen treffen.«

Neelix stand auf und straffte die nicht sehr eindrucksvolle Gestalt. »Captain, als Moraloffizier dieses Schiffes bin ich der Ansicht, daß Desserts sehr wichtig für die tägliche Ernährung und auch die allgemeine Atmosphäre an Bord sind. Ich bringe nicht ständig extravagante Mahlzeiten auf den Tisch, aber nach einem traumatischen Erlebnis braucht die Crew ein wenig Aufmunterung. Außerdem erreichen wir Tsrana in weniger als drei Wochen. Wenn die Tsrananer bereit sind, mit uns Handel zu treiben, geraten wir nicht in Schwierigkeiten.«

»Wenn die Tsrananer bereit sind, mit uns Handel zu treiben?« wiederholte Janeway, und ihre Hoffnungen schwanden plötzlich.

»Oh, wir können bestimmt eine Vereinbarung mit ihnen treffen – falls es sich nicht gerade um einen ihrer Separationstage handelt.«

Captain Janeway seufzte. *Separationstage.* Im Alpha-Quadranten gab es ähnliche Kulturen: Isolationisten, die nur deshalb Handel trieben, weil sie bestimmte Produkte benötigten, jedoch den Kontakt mit Außenweltlern auf ein Minimum beschränkten. Verhandlungen mit solchen Leuten waren immer sehr problematisch.

»Seien Sie unbesorgt, Captain«, sagte Neelix. »Ich weiß viel über die Tsrananer. Sicher gelingt es uns, eine Übereinkunft mit ihnen zu erzielen.«

Manchmal stellte der Talaxianer Janeways Geduld auf eine harte Probe. Er betonte immer wieder, diesen Sektor zu kennen, doch ein großer Teil seines Wissens basierte auf Gerüchten. Hinzu kam: Seine Annahmen und Schätzungen waren oft nicht pragmatisch, sondern sehr optimistisch.

»Selbst wenn wir Tsrana zum geplanten Zeitpunkt erreichen – es wird sehr knapp«, gab Janeway zu bedenken. »Wir haben keine Reserven, falls es zu Verzögerungen oder einem Notfall kommt. Für die letzten drei Tage ist sowieso schon meezianischer Eintopf vorgesehen.«

»Ich koche ausgezeichneten meezianischen Eintopf«, sagte Neelix. Erneut rieb er sich die Hände. »Und er ist sehr nahrhaft.«

»Darum geht es nicht«, erwiderte Janeway. »Wichtig

ist dies: Unsere Vorräte sind sehr knapp bemessen, und es dauert eine Weile, bis wir Gelegenheit bekommen, sie zu erneuern. Deshalb müssen wir sehr sparsam mit den Dingen umgehen, die uns zur Verfügung stehen. Haben Sie verstanden?«

»Ist das alles?« fragte Neelix. »Ich muß bald damit beginnen, das Gemüse fürs Mittagessen vorzubereiten. Heute möchte ich etwas Neues ausprobieren. Mr. Paris hat mir von in Auflaufformen gebackenen Pasteten erzählt. Zwar habe ich nicht die traditionellen Ingredienzen, von denen er mir berichtete, aber vielleicht kann ich alles noch viel besser machen.«

Janeway mußte ihre ganze Disziplin einsetzen, um keine Grimasse zu schneiden. Es ließ sich kaum beschreiben, was Neelix mit irdischen Speisen anrichtete. Man mußte es selbst einmal probiert haben...

»Nein, das ist noch nicht alles«, entgegnete sie. »Bitte setzen Sie sich. Als wir vor einigen Wochen überlegten, welchen Kurs wir nehmen sollten, erwähnten Sie Gefahren in diesem Raumsektor. Allerdings nannten Sie keine Einzelheiten. Jetzt möchte ich mehr darüber hören und auch von Ihnen erfahren, woher Ihre Informationen stammen.«

Neelix räusperte sich und strich übers dunkle Glas des Tisches. »Nun, Captain, jeder weiß, daß es hier etwas gibt, das Raumschiffe anlockt. Es ist eine alte Geschichte. Meine Großmutter erzählte mir dies: Als sich ihr Großvater an Bord eines Schiffes befand, das in die Nähe des Singenden Bereichs gelangte, nahmen sie jemanden auf, der aus der Falle entkommen war. Der Gesang sei die Falle, meinte der Fremde. Ich weiß nicht, was es bedeutet, aber viele Schiffe sind verlorengegangen und wurden nie wiedergefunden. Man könnte meinen, ein Schwarzes Loch hätte sie verschluckt.«

»Unsere Sensoren haben im Umkreis von mehreren Lichtjahren keine schwarzen Löcher festgestellt«, sagte Janeway nachdenklich. »Aber die Wracks dort draußen im Tachyonenfeld ... Computer, zeig uns das Bild des Schiffes, von dem wir die Signale empfingen.«

Sofort wechselte das Bild auf dem Monitor im Bereitschaftsraum. Janeway forderte den Talaxianer auf, es zu betrachten. »Können Sie irgend etwas davon identifizieren?« fragte sie, als Neelix den Blick auf das kleine Projektionsfeld richtete.

»Das dort.« Er deutete auf ein verschwommenes Etwas in dem Durcheinander.

»Volle Vergrößerung«, sagte Janeway.

Was bisher ein vager Schatten gewesen war, schwoll plötzlich an und füllte den ganzen Bildschirm. Rote Symbole, vermutlich fremde Schriftzeichen, reichten über die Außenhülle des Schiffes bis hin zu einer aufgerissenen Stelle. Kabelbündel ragten wie die Tentakel eines Ungeheuers aus der Öffnung.

Neelix erzitterte.

»Man könnte meinen, Sie hätten gerade ein Gespenst gesehen«, kommentierte Janeway.

»Ja, Captain«, bestätigte der Talaxianer. »In gewisser Weise ist das auch der Fall.«

# 3

»Überprüfen Sie unseren Kurs, Mr. Paris«, sagte Commander Chakotay, der Erste Offizier. »Der Captain hat beschlossen, das Phänomen nicht zu untersuchen.«

»Ja, Sir«, erwiderte Tom Paris. »Ich habe den ursprünglichen Kurs beibehalten: Wir fliegen um die Tachyonenwolke herum.«

»Ich schlage vor, daß Sie trotzdem eine Überprüfung vornehmen«, beharrte Chakotay.

Paris berührte mehrere Schaltflächen und warf einen kurzen Blick auf die Anzeigen.

»Die Instrumente bestätigten, daß es nicht zu einer Kursabweichung gekommen ist, Sir.«

Chakotay starrte zum Hauptschirm, ohne ihn wirklich zu sehen. Er mißtraute Paris – und doch mußte er ihm Vertrauen schenken. Jeden Tag an Bord der *Voyager* mußte er sich auf einen Mann verlassen, der ihn verraten hatte.

Für manche Leute wäre so etwas unmöglich gewesen. Für Chakotay war es nur schwierig. Und er hatte schon weitaus schwierigere Dinge bewerkstelligt.

Derzeit sah er sich mit einer solchen Situation konfrontiert. Er spürte, daß irgend etwas nicht mit rechten Dingen zuging. Tief in seinem Innern reagierte etwas auf subtile Veränderungen, die sich der bewußten Aufmerksamkeit entzogen.

Die *Voyager* flog nicht mit dem richtige Kurs. Alles sah einwandfrei aus. Der Hauptschirm zeigte auch weiterhin nur einige wenige Sterne, außerdem hier und dort ein Glitzern, das von Eisbrocken in der Kälte des Alls stammte. Alles wirkte völlig normal.

Und Paris log nicht. Die Daten des Computers bestätigten seine Angaben: Angeblich flog das Schiff auf dem ursprünglichen Kurs. Es gab also nicht den geringsten Grund für Chakotay, ein Problem zu vermuten. Trotzdem: Seine Intuition – der sechste Sinn, dem er seit vielen Jahren vertraute – teilte ihm mit, daß etwas nicht stimmte.

Er hatte keine konkreten Anhaltspunkte, die er Captain Janeway vorlegen konnte. Aber er begriff, daß er etwas unternehmen mußte, und zwar bald, bevor irreparabler Schaden entstand.

Selbst eine geringfügige Kursänderung konnte das Ende für sie bedeuten. Janeway hatte den Ersten Offizier nicht ausdrücklich auf die Knappheit der Vorräte hingewiesen, aber Chakotay wußte um den Ernst der Lage. Ihm war klar, für wie lange die Lebensmittel reichten und wieviel Zeit der Flug bis nach Tsrana in Anspruch nahm – sie durften sich auf keinen Fall aufhalten lassen, wenn sie nicht in erhebliche Schwierigkeiten geraten wollten.

Chakotay stand auf und ging zur Station von Fähnrich Kim. Harry merkte gar nicht, daß der Erste Offizier näher kam. Seine Finger huschten über die Schaltfläche, und er behielt die Displays im Auge.

»Was ist mit den Tachyonenemissionen, Mr. Kim? Sind sie noch immer sehr hoch, oder haben sie bereits abgenommen?« Chakotay achtete darauf, daß seine Stimme bei diesen Worten ganz normal klang.

Der Fähnrich sah überrascht auf. Dann blickte er erneut auf die Anzeigen, und sein Gesichtsausdruck veränderte sich. »Seltsam«, sagte er und kontrollierte die Instrumente, um ganz sicher zu sein. »Die Tachyonenaktivität hat zugenommen, obwohl wir uns inzwischen von der Wolke entfernt haben sollten.«

Der Commander nickte. »Mr. Paris, wie sehen Ihre

Daten aus? Müßten wir den Bereich der Tachyonenstrahlung inzwischen verlassen haben?«

Chakotay hatte die Frage gerade ausgesprochen, als Tom Paris den Kopf schüttelte. »Hier ist irgend etwas nicht in Ordnung!«

Der Erste Offizier schritt zur Station des Navigators, griff nach der Rückenlehne des Sessels und sah über Paris' Schulter. *Die Intensität der Emissionen müßte nachgelassen haben,* dachte Chakotay, als er einen Blick auf die Anzeigeflächen vor dem Navigator warf.

»Inzwischen sollten wir seit sechs Minuten aus dem Feld heraus sein«, sagte Paris. »Auch am Rand der Wolke gibt es Tachyonenaktivität, aber sie dürfte nicht *zunehmen,* Sir.«

»Nein, das dürfte sie nicht«, pflichtete ihm Chakotay bei. »Die Sache ergibt keinen Sinn.« Er schauderte innerlich. Janeway befand sich noch immer im Bereitschaftsraum und sprach dort mit dem Talaxianer. Sollte er ihr Bescheid geben? Der Erste Offizier entschied sich dagegen und beschloß, erst noch weitere Daten zu sammeln.

Wenn sie dadurch eine halbe Stunde verloren, so war er bereit, die Verantwortung zu übernehmen. Captain Janeway erwartete von ihren Offizieren, daß sie nicht nur Befehle ausführten, sondern auch Eigeninitiative entwickelten. In dieser Hinsicht verließ sie sich auf Chakotay mehr als auf alle anderen. Immerhin war er selbst Kommandant eines Raumschiffs gewesen, vor gar nicht allzu langer Zeit. Dabei lernte man Dinge, die man nie wieder vergaß.

»Führen wir ein kleines Experiment durch, Mr. Paris. Ändern Sie den Kurs auf sieben Komma null zwei drei. Und Mr. Kim: Achten Sie auf die Tachyonenemissionen und geben Sie mir sofort Bescheid, wenn es zu Veränderungen kommt.«

Die Brückenoffiziere richteten erstaunte Blicke auf Chakotay. Nur der vulkanische Wissenschafts- und Sicherheitsoffizier verstand die Taktik und nickte kurz. Alle anderen beschränkten sich darauf, die Arbeit wie bisher fortzusetzen.

»Kursänderung auf sieben Komma null zwei drei erfolgt *jetzt*«, meldete Paris.

Stille herrschte im Kontrollraum der *Voyager*. Chakotay wartete und sah zu Harry Kim. Der junge Fähnrich blieb still, und sein Blick klebte an den Displays fest. Anspannung zeigte sich in seinen Zügen.

*Zehn Minuten,* dachte Chakotay. Solange wollte er sich in Geduld fassen. Zehn Minuten mit Warp drei sollten sie aus dem Tachyonenfeld bringen. Bei einer solchen Geschwindigkeit mußten sich schon nach zehn *Sekunden* Veränderungen feststellen lassen.

Die Stille dauerte an und bestätigte Chakotays Ahnungen: Es ging tatsächlich etwas nicht mit rechten Dingen zu.

Zehn Minuten? Nein, fünf sollten genügen. Es *mußte* sich etwas verändern. Die Sekunden reihten sich aneinander, wurden ganz langsam zu Minuten. Der Erste Offizier glaubte zu hören, wie der eigene Atem immer lauter wurde.

Schließlich hielt er es nicht mehr aus. »Mr. Kim?« fragte er eine halbe Minute zu früh.

»Keine Veränderungen, Sir«, erwiderte der Fähnrich sofort. »Vielleicht ist die Strahlung sogar noch ein wenig stärker geworden, aber angesichts der Interferenzen läßt sich das kaum verifizieren.«

»Was bedeutet das, Sir?« fragte Paris.

Chakotay sah zum Hauptschirm. »Es bedeutet, daß wir in Schwierigkeiten sind, Mr. Paris.«

»Es war vor langer Zeit, als ich noch zur Schule ging«, sagte Neelix. »Mein Bruder arbeitete an Bord eines Handelsschiffes, bevor der Krieg mit den Hace Konia ausbrach. Einmal nahm er mich während der Ferien mit, um mir Gelegenheit zu geben, etwas zu lernen. Aber hauptsächlich ging es ihm um etwas anderes: Er glaubte, es sei gut für mich, einmal von Vater und Mutter fortzukommen. Unsere Eltern waren sehr fürsorglich. Vielleicht übertrieben sie es sogar mit ihrer Sorge um uns. Nun, bei meinem Bruder ließen sie größere Strenge walten – erst mit zwölf durfte er allein zum Camping.« Neelix atmete tief durch und wandte sich den Bildern an der Wand des Bereitschaftsraums zu. Er betrachtete eines, ging dann ruhelos weiter und winkte so, als wollte er ein imaginäres Insekt verscheuchen.

»Nun, das spielt eigentlich keine Rolle. Wichtig ist dies: Ich befand mich an Bord des Frachters und sah es mit eigenen Augen. Eine Rettungskapsel trieb im All, mit einem lebenden Rhiellianer an Bord. Wir nahmen ihn auf, aber er erwies sich als typischer Vertreter seines Volkes und machte uns Vorwürfe, weil wir ihm das Leben gerettet hatten. Der Rest seines Bands war fort, und er wußte nicht, welche Ereignisse sich zugetragen hatten. Offenbar war ein verstümmelter Notruf empfangen worden, woraufhin das Schiff in eine Tachyonenwolke geflogen war. Die anschließenden Beschreibungen des Rhiellianers erwiesen sich als ziemlich konfus. Er berichtete von Einsamkeit, von schrecklicher, kalter Finsternis.

Natürlich ist die rhiellianische Natur dafür verantwortlich. Er hatte sein Band verloren. Vielleicht wäre es besser gewesen, ihn sterben zu lassen. Ohne den Gruppengeist können Rhiellianer nicht existieren. Andere Angehörige seines Volkes hätten ihn vermutlich umgebracht. Es gilt als Schande, allein zurückzubleiben, einziger Überlebender des Kollektivs zu sein.«

Janeway wölbte fragend die Brauen.

»Bei einem Band handelt es sich um ein Gruppenbewußtsein, das irgendwie mit einer KI verbunden ist, mit einer künstlichen Intelligenz.«

»Wie die Borg?« fragte Janeway mit großem Interesse.

»Borg?« wiederholte Neelix.

»Geschöpfe, die ebenfalls ein kollektives Selbst haben und mit einer KI in Verbindung stehen«, erklärte die Kommandantin. »Wir haben gegen sie gekämpft. Die Borg wollen alle intelligenten Wesen assimilieren, auf die sie stoßen, sie in ihr Gruppenselbst integrieren. Wir glauben, daß sie vielleicht aus dem Delta-Quadranten stammen. Seien Sie froh, ihnen noch nicht begegnet zu sein.«

»Oh, die Rhiellianer sind sehr friedlich«, erklärte Neelix. »Soweit ich weiß, kam es zwischen ihnen und anderen Völkern nie zu einem Krieg. Nein, sie bleiben unter sich und stören niemanden. Es ist schon ungewöhnlich genug, ihnen zu begegnen. Die Rhiellianer haben nur wenige Handelsschiffe. Wenn man ihre Produkte erwerben möchte, so fliegt man zu ihnen. Ein einzelnes Exemplar jener Spezies zu finden... Nun, so etwas geschah zum erstenmal.«

Neelix seufzte schwer. »Irgend etwas Gräßliches muß damals passiert sein. Kursvektor und Tachyonenemissionen entsprechen dem Phänomen, das wir geortet haben. Mehr weiß ich leider nicht, Captain.

Der Rhiellianer sprach von alten Göttern, von Verlockungen und Musik und anderen Dingen, die keinen Sinn ergaben. Aber niemand erwartet Vernunft von einem Rhiellianer, der sein Band verloren hat.«

Stille folgte diesen Schilderungen. Es gefiel Janeway ganz und gar nicht, sich auf Informationen verlassen zu müssen, die von Neelix stammten. In diesem Fall basierten sie auch noch auf schmerzlichen Erfahrungen. In Hinsicht auf die Völker des Alpha-Quadranten mangelte es nicht an Daten – man brauchte nur den Computer zu fragen, um jede gewünschte Auskunft zu bekommen. Dank des Wurmlochs wurden selbst große Teile des Gamma-Quadranten immer vertrauter.

Doch hier blieb ihr keine Wahl. Es wäre ihr lieber gewesen, Neelix' Privatleben unberührt zu lassen, aber sie brauchte die Informationen.

»Klingt ganz nach einem Ort, den man besser meiden sollte«, sagte sie. »Danke, Neelix.«

»Das Mittagessen wird heute etwas später fertig, Captain«, meinte Neelix, als er ging. »Ich muß noch viele Zutaten zerkleinern, und dieses Gespräch hat meinen Zeitplan durcheinandergebracht. Übrigens verwende ich den Rest des grolianischen Mehls, um Kekse zu backen. Keine ausgefallenen Desserts mehr, nur noch Kekse. Mr. Kims Kekse. Es klingt gut, und außerdem war es seine Idee. Dadurch können die Leute ihren Nachtisch mitnehmen.«

Janeway lächelte, als sich die Tür hinter Neelix schloß. Er hatte etwas Liebenswertes in der von ihm selbst geschaffenen Rolle. Seine Ansicht nach schien die Tätigkeit des Kochs mindestens ebenso wichtig zu sein wie die des Chefingenieurs.

Janeway verließ die Ruhe des Bereitschaftsraums, der mit den Relikten ihrer wissenschaftlichen Vergangenheit geschmückt war, kehrte auf die Brücke zurück. Als sie zum Kommandosessel ging, bemerkte sie die sehr ernste Miene des Ersten Offiziers.

»Wir haben ein Problem, Captain«, sagte Chakotay. »Die Navigationsdaten weisen darauf hin, daß wir um das Tachyonenfeld herumfliegen, doch die Emissionen werden nicht geringer, sondern nehmen zu. Das ist selbst dann der Fall, wenn wir den Kurs ändern.«

»Haben Sie die Navigationssysteme und Konsolenverbindungen überprüft?« fragte Janeway. Ihr Blick glitt zum Hauptschirm, dann weiter zu den einzelnen Stationen und Monitoren.

»Wir haben alles gründlich kontrolliert«, erwiderte Chakotay. »An den Daten ändert sich dadurch nichts.«

Janeway nahm im Kommandosessel Platz und lehnte sich zurück, wußte sich dabei im Zentrum der allgemeinen Aufmerksamkeit. Sie sah auf die Anzeigen der Displays, die einen Teil der Armlehne bildeten. »Triebwerk deaktivieren«, sagte sie.

»Triebwerk wird deaktiviert«, bestätigte Paris. Ein Hauch von Überraschung erklang in seiner Stimme.

Die Kommandantin lächelte. »Wenn wir nicht wissen, wohin wir unterwegs sind... In dem Fall sollten wir den Warptransfer besser unterbrechen, um nicht zu riskieren, in die falsche Richtung zu fliegen.«

Sie wartete, bis Paris schließlich meldete: »Relativgeschwindigkeit null.«

»Was ist mit der Tachyonenaktivität?« fragte Janeway.

»Nimmt weiterhin zu, Captain«, stellte Harry Kim verblüfft fest.

Die Kommandantin klopfte auf ihren Insignienkommunikator. »Janeway an Maschinenraum. Wie sieht's bei Ihnen aus, B'Elanna? Sind wir noch immer im Warptransfer?«

»Ja, Captain«, erwiderte Torres. Sie klang ein wenig verwundert. »Alle Aggregate sind aktiv, und wir fliegen wie befohlen mit Warp sechs.«

»Ich habe gerade die Deaktivierung des Triebwerks angeordnet«, sagte Janeway.

»Ich überprüfe sofort die Verbindung, Captain. Das automatische System hat mich nicht darauf hingewiesen, daß Kurs oder Geschwindigkeit geändert werden sollten. Da muß irgend etwas defekt sein.« Bei den letzten Worten vibrierte Ärger in B'Elannas Stimme; vielleicht fühlte sie sich von ihrer Technik verraten.

»Deaktivieren Sie das Warptriebwerk und bringen Sie uns auf Impulskraft«, sagte Janeway. »Kommen Sie anschließend zur Brücke und bringen Sie die während der letzten Stunde aufgezeichneten Daten mit.«

Nur wenige Dinge weckten Zorn in Kathryn Janeway, doch eine Bedrohung des Schiffes kam für sie einem persönlichen Affront gleich. Was auch immer derzeit geschah: *Etwas* versuchte, ihr die Kontrolle über die *Voyager* zu nehmen, und das konnte sie nicht zulassen.

Sie starrte zum Hauptschirm, als würde dieser ihr

nicht leeres All, sondern einen Gegner zeigen. »Mein Schiff bekommst du nicht«, murmelte sie.

»Captain ...«, tönte B'Elannas Stimme aus dem Kom-Lautsprecher. »Ich habe versucht, das Triebwerk stillzulegen, aber die Warpspule reagiert nicht auf die Kontrollen. Die manuellen Prioritätsschaltungen verhalten sich so, als seien alle Stationen im Maschinenraum vom Warptriebwerk separiert. Was natürlich überhaupt keinen Sinn ergibt. Wir haben gerade mit ersten Funktionskontrollen begonnen.«

»Ich bin auf dem Weg zu Ihnen«, erwiderte Janeway. »Chakotay, Sie haben das Kommando. Mr. Tuvok, Sie begleiten mich.«

Der vulkanische Sicherheitsoffizier folgte ihr und schwieg, bis sie in der Transportkapsel des Turbolifts standen. »Warum benötigen Sie meine Präsenz im Maschinenraum?« fragte er.

»Weil mir diese Sache nicht ganz geheuer ist, Mr. Tuvok«, sagte Janeway. »Es sieht ziemlich übel aus, und ich muß auch die Möglichkeit von Sabotage in Betracht ziehen.«

# 4

»Zwei Kubikzentimeter Arelethyn, habe ich gesagt, Kes«, brummte der Doktor verärgert. »Kein Tridonal. Jetzt müssen wir noch einmal von vorn beginnen.«

Kes senkte den Blick und entschuldigte sich. Sie betrachtete das vergrößerte Bild des genetischen Materials, das sie in Nährlösungen wachsen ließen und miteinander verglichen. Der Schirm zeigte ein Muster aus komplexen, miteinander verbundenen Ringen, die der Ocampa seltsam erschienen, obgleich sie eigentlich einen Sinn für sie ergeben sollten. Sie war zu zerstreut, und das Experiment erschien ihr nicht wichtig genug, um ihre Aufmerksamkeit voll in Anspruch zu nehmen. Vielleicht hätte sie sich besser konzentrieren können, wenn es um die Behandlung von einigen leichten Verletzungen aufgrund des neuen Holodeck-Programms gegangen wäre.

»Zum Glück haben wir derzeit keine Patienten«, fuhr der holographische Arzt fort. »Normalerweise sind Sie sehr tüchtig. Was ist nur los mit Ihnen?«

Kes dachte darüber nach. Für gewöhnlich blieben Träume – auch Alpträume – in ihrem Quartier zurück. Wenn sie mit der Arbeit begann, hatte sie immer alle Schatten der Nacht abgestreift.

Doch diesmal sah die Sache anders aus. Das Gefühl von Furcht und Einsamkeit vertiefte sich, als fände der Traum einen immer festeren Platz in der Realität.

Und er wirkte sich negativ auf die Arbeit aus, was Kes mit Verlegenheit erfüllte. Sie war stolz darauf, daß sie beim Doktor lernen und sich für das Schiff – ihre neue Heimat – nützlich machen konnte. Sie hatte sich nie zuvor wichtig gefühlt und empfand es als sehr angenehm, geschätztes Mitglied der Crew zu sein.

»Bitte denken Sie daran, daß ich nicht nur für physische Therapie programmiert bin, sondern auch mit psychoanalytischen Daten«, sagte der Doktor.

Kes seufzte. »Ich hatte einen schlimmen Traum, und aus irgendeinem Grund komme ich nicht darüber hinweg«, sagte sie schlicht.

»Einen Traum?« wiederholte der Doktor, und Interesse zeigte sich in seinem Gesicht. »Träume können wichtig sein.« Er setzte sich an den Schreibtisch und bedeutete Kes, auf der anderen Seite Platz zu nehmen. Sie kam der Aufforderung sofort nach, wandte sich so von dem Experiment ab, als existierte es überhaupt nicht.

Die junge Frau lächelte schief. »Ich weiß nicht, ob das in meinem Fall zutrifft. Ich habe davon geträumt, eine Gefangene der Kazon zu sein und in den Bergwerken zu arbeiten. Dabei empfand ich eine Mischung aus Furcht und Einsamkeit. Natürlich ist mir klar, daß ich mich jetzt an Bord der *Voyager* befinde, aber ich spüre jene Gefühle noch immer und frage mich, ob sie aus dem Traum stammen oder auf Erinnerungen zurückgehen. Wie dem auch sei: Es ist alles andere als angenehm, mir all jene Dinge ins Gedächtnis zurückzurufen.«

Kes stand auf und kehrte zu dem Experiment zurück, als wollte sie seinen Status überprüfen. Mit den Fingerkuppen strich sie über die Isolierfelder und betrachtete ihren Inhalt – sie mußten tatsächlich noch einmal von vorn beginnen.

»Ich habe keine Informationen über das typische Traumleben von Ocampa«, sagte der Doktor. »Aber Träume gelten bei allen intelligenten Spezies als wichtig. Menschen sehen darin einen Hinweis auf den psychischen Zustand des betreffenden Individuums. Chakotays Volk glaubt, manche Träume seien Botschaften aus der Geisterwelt. Betazoiden sehen in Träumen von hoher emotionaler Intensität das Resultat von empathischen Erlebnissen: Der Träumende gibt ihnen eine vertraute Form und weiß nicht, daß die dem Traum zugrunde liegenden Informationen einen anderen Ursprung haben. Trifft etwas von dem bei Ihnen zu?«

Kes zögerte und dachte über die verschiedenen Möglichkeiten nach. »Ich weiß es nicht«, antwortete sie schließlich. »Nur eins ist klar: Es fällt mir noch immer schwer, mich an die Einzelheiten jener Zeit zu entsinnen.«

»Das halte ich für normal«, erwiderte der Doktor. »Ein Trauma wird oft verdrängt, wenigstens zum Teil. Das gehört zum Überlebensmechanismus.«

»Da haben Sie vermutlich recht«, sagte Kes.

»Vielleicht wird es Zeit für Sie, sich an alles zu erinnern«, spekulierte der holographische Arzt. »Immerhin befinden Sie sich jetzt in einer Sicherheit bietenden Umgebung.«

Ja, vielleicht wurde es wirklich Zeit für Kes, sich jenen Erlebnissen zu stellen. Nie zuvor in ihrem Leben war sie so sicher gewesen wie an Bord der *Voyager*, und ein großer Teil ihrer Erinnerungen blieb hinter einem dichten Schleier verborgen. Das galt auch für ihre Rebellion, bevor sie ihr Volk verlassen hatte.

Sie entsann sich nur an ihre Eltern und einige Schultage. Aber bestimmt gab es noch mehr. Vor dem inneren Auge sah sie Lezen, der auf dem Platz saß und ihnen von einer Zeit vor dem Beschützer erzählte, als die Ocampa ein freies Volk gewesen waren, das auf der Oberfläche des Planeten lebte.

Kes versuchte, sich an die erste Begegnung mit Neelix zu erinnern. Sie verdankte ihm ihre Rettung, das wußte sie natürlich, aber warum hatte er sich zuvor in dem Bergwerk aufgehalten?

Ihre damalige Ocampa-Kleidung konnte sie sich nicht vorstellen. Sie wußte nicht einmal, welche Farben sie getragen hatte. Heute spielten diese Dinge eine wichtige

Rolle für sie. Kes trug violette, pfirsichfarbene und rosarote Gewänder, fand großen Gefallen an weichen, intensiven Farbtönen.

Nur an eins erinnerte sie sich ganz deutlich: an den Durst und den Schmutz in den Bergwerken. An den kalkigen Geschmack trockener Rationen und an den roten Sand, der in jede Hautfalte geriet, in jede Pore – damals hatte sie geglaubt, sie nie wieder von ihm befreien zu können. Jene Dinge schienen für sie fast mehr Realität zu haben als der vor ihr sitzende Doktor.

Langsam hob sie eine Hand vor die Augen. Waren es wirklich *Erinnerungen*, die sie als so deutlich empfand? Oder handelte es sich um Bilder aus dem Traum?

Kes ließ die Hand wieder sinken und wandte sich erneut dem Doktor zu. Sie wußte um seine holographische Natur. Aber er war auch ihr Freund und Mentor. Sie sah eine *Person* in ihm, ohne jede Einschränkung.

»Haben Sie eine Idee, wie ich meine Erinnerungen zurückbekommen könnte?« fragte Kes leise.

»Verschiedene Theorien schlagen unterschiedliche Methoden vor«, erwiderte der Arzt. »Oft verwendet man Hypnose, geht dabei von der Annahme aus, daß ein Individuum nie etwas vergißt, Erinnerungen nur unterdrückt und verdrängt. Bei der Gesprächstherapie erörtert man einzelne Aspekte, bis sich ein allgemeiner Überblick ergibt. So etwas kann jedoch ziemlich lange dauern. Dann gibt es noch die Möglichkeit des Wiedererlebens. Der Patient wird mit den Realitäten der Vergangenheit konfrontiert und erlebt alles noch einmal, sorgt jedoch dafür, daß die traumatische Ereigniskette zu einem anderen Resultat führt. Mit anderen Worten: Er schreibt jenes Kapitel seiner Vergangenheit neu.«

»Ich weiß gar nicht, ob es bei mir etwas gibt, das neu geschrieben werden kann«, sagte Kes leise. »Und überhaupt: Wie sollten wir so etwas realisieren?«

»Auf dem Holodeck müßten sich entsprechende Szenen darstellen lassen«, entgegnete der Doktor. »Sie programmieren eine therapeutische Projektion und setzen sich ihr anschließend aus.«

»Ich weiß gar nicht, wie man ein Holodeck-Programm erstellt«, wandte Kes ein. »Ich habe die Holo-Kammer nur einmal aufgesucht, zu einem Picknick in Begleitung von Neelix. Er möchte nicht, daß ich andere Leute bei solchen Ausflügen begleite.«

»Bestimmt finden Sie jemanden, der Ihnen bei dem Programm hilft«, meinte der Doktor. »Sie müßten die Bergwerke nur möglichst genau beschreiben. Wenn während des Wiedererlebens neue Erinnerungen in Ihnen erwachen, können Sie die Umgebung entsprechend anpassen.«

»Bitte begleiten Sie mich«, sagte Kes.

»Was?« Der Doktor blinzelte. Er hatte das Holodeck schon einmal aufgesucht; es gehörte zu den wenigen Orten außerhalb der Krankenstation, an denen er seine volle Integrität bewahren konnte – immerhin diente es zur Projektion von Hologrammen.

»Warum?« fragte er verwundert.

»Um mir die einzelnen Phasen zu erklären«, erwiderte Kes. »Patienten sollen ein therapeutisches Verfahren doch nicht allein ausprobieren, oder?«

Der Doktor schwieg. Bei einer Diskussion über Psychotherapie hatte er ausdrücklich auf diesen Punkt hingewiesen, und deshalb konnte er das Anliegen der jungen Ocampa kaum zurückweisen.

»Der Patient sollte dabei tatsächlich nicht allein bleiben, zumindest nicht die ganze Zeit über. Allerdings werden Durchbrüche auch außerhalb der eigentlichen therapeutischen Sitzungen erzielt, die in erster Linie dazu dienen, über neue Erkenntnisse nachzudenken.«

Kes lächelte sanft. »Glauben Sie das wirklich, Doktor? Oder suchen Sie nur nach einem anderen Grund, um das Holodeck aufzusuchen?«

»Es wäre nett, die Krankenstation einmal zu verlassen«, räumte der Doktor widerstrebend ein. »Aber ich würde eine andere holographische Welt wählen als Sie.«

»Welche denn?«

Der Arzt neigte den Kopf zur Seite und überlegte kurz. »Es gibt viele Orte und Zeiten, die ich nicht aufgrund eines direkten Daten-Downloads kenne. Galen, Hippokrates ... Es wäre sicher sehr interessant, mit Hippokrates zu reden. Aber wenn ich nur eine solche Begegnung wählen könnte, so würde ich mich für Louis Pasteur entscheiden. Wissen Sie, wer er war?«

Kes nickte; sie hatte von ihm gelesen. »Der erste Mensch, der einen Impfstoff entwickelte«, antwortete sie sofort.

»Krankheiten vorzubeugen ist besser, als sie zu heilen«, betonte der Doktor. »Leider bekommen wir hier kaum Gelegenheit zu reinen Forschungsarbeiten.« Er seufzte und sah zu dem ruinierten Experiment. Kes ließ schuldbewußt den Kopf hängen.

»Nicht solange sich die Crew mit dem Ski-Programm vergnügt«, erwiderte sie.

Dann lächelten der Doktor und die Ocampa. Kes wußte, daß ihnen der gleiche Gedanke durch den Kopf ging. Wenn sie das Holodeck für die Therapie verwendeten, so kam es zu weniger Ski-Verletzungen.

Chakotay saß im Kommandosessel auf der Brücke. Außerdem konzentrierte er sich auf das aktuelle Problem. Doch gleichzeitig spürte er, wie seine Gedanken immer wieder fortglitten, obgleich er über Jahre hinaus gelernt hatte, so etwas zu vermeiden.

*Vielleicht sind Verdauungsstörungen der Grund,* überlegte er. Nach dem Essen hatte er einige von Neelix' Keksen probiert. Die Mahlzeit selbst war eigentlich ungenießbar gewesen, aber Chakotay hatte sie trotzdem verspeist – sein leerer Magen wollte gefüllt werden. Was die Kekse betraf ... Erstaunlicherweise schmeckten sie gar nicht schlecht. Vermutlich stellten sie die erste kulinarische Kreation des Talaxianers dar, von der Chakotay guten Gewissens sagen konnte, daß sie ihm gefiel. Vielleicht hatte er deshalb zu viele gegessen.

Jetzt spürte er … Unruhe. Irgend etwas in ihm schien aus dem Gleichgewicht geraten zu sein. Er verglich das Gefühl mit einem Wald unmittelbar vor einem Unwetter, wenn die Vögel plötzlich nicht mehr zwitscherten und seltsame Stille herrschte. Chakotay horchte in sich hinein, ohne die Ursache für sein Unbehagen zu finden.

Hinzu kam noch etwas anderes. Weitere seltsame Empfindungen regten sich in ihm, Furcht und profunde Einsamkeit, so wie damals, als er mit dem Studium an der Starfleet-Akademie begonnen hatte. Während der vorbereitenden Ausbildung war er oft allein gewesen, ohne jedoch die Verbindung zur Welt zu verlieren, zu den vielen Tier- und Baumgeistern, den großen Bergen.

Jenen Kontakt verlor er, als er zur Akademie ging, und daraufhin fühlte er sich elend. Das Studium beanspruchte seine volle Aufmerksamkeit, ließ für alles andere keinen Platz.

Er glaubte, diszipliniert zu sein, als er die Akademie erreichte, doch schon bald stellte er fest, sich getäuscht zu haben. Er lernte eine neue Disziplin des Geistes kennen, die Fähigkeit, noch mehr zu leisten, härter zu arbeiten und mit weniger Schlaf auszukommen.

Doch das Gefühl, vom Universum der Geister getrennt zu sein, war schrecklich gewesen. Er hatte den Eindruck gewonnen, daß eine unsichtbare Barriere zwischen ihm und den anderen Kadetten existierte, ihn daran hinderte, ihre Seelen zu berühren.

An der Akademie gab es weder Tiere noch etwas anderes aus der natürlichen Welt, die er so sehr liebte. Deshalb fühlte er sich auf eine schier unerträgliche Weise einsam.

*Dies ist nicht der geeignete Zeitpunkt, um sich an jene Dinge zu erinnern,* dachte Chakotay plötzlich. Sie gehörten zur Vergangenheit. Er trug Verantwortung, mußte Pflichten wahrnehmen … Doch trotz aller Disziplin zerfaserten seine Gedanken, fast so, als hätte ihm jemand eine Droge verabreicht.

Der Erste Offizier schloß die Hände fest um die Armlehnen des Kommandosessels und rief sich innerlich zur Ordnung. Er versuchte, sich auf die vertrauten Konturen und Geräusche der Brücke zu konzentrieren, auf die Sterne im zentralen Projektionsfeld, auf die leisen Schritte der Brückenoffiziere, das beruhigende Summen und Piepen der Konsolen. Doch Chakotay fühlte sich getrennt von den anderen Anwesenden, selbst von jenen Personen, die er seit Jahren kannte und für gute Freunde hielt.

Er sah, wie sich Paris über die Navigationskontrollen beugte. Fähnrich Mkubata saß an Harry Kims Station – Kim befand sich derzeit in einer Besprechung mit Captain Janeway und half ihr mit seinem Wissen. Chakotay erinnerte sich an die letzte Partie Poolbillard, die er mit Harry auf dem Holodeck gespielt hatte, in der von Paris programmierten Simulation einer französischen Bar. Als er jetzt daran dachte, entsann er sich sogar an den Geschmack des Brandys und spürte glattes Queue-Holz.

Es nützte nichts. Das Gefühl der Einsamkeit blieb, verdichtete sich sogar.

Er versuchte, dem Empfinden auf den Grund zu gehen, und dabei machte er eine überraschende Entdeckung.

An der Akademie war er überhaupt nicht einsam gewesen. Chakotay entsann sich nun an das Lacrosse-Team, an seine Stubengenossen Gregor Marchenko und Tony Long. Doch Gregor war bei einer Rettungsmission im Bereich der andorianischen Kolonien ums Leben gekommen... Und mit diesem Gedanken kehrte die Einsamkeit zurück, senkte sich noch schwerer auf Chakotay herab.

Er entschied, ihr keine Beachtung mehr zu schenken, sich ganz und gar auf die Arbeit zu besinnen. Das war ihm auch früher gelungen.

Allerdings... Er hatte sich noch nie zuvor *so* einsam gefühlt.

# 5

»Sabotage?« Aus einem Reflex heraus drehte B'Elanna Torres den Kopf von einer Seite zur anderen, hielt nach einem Feind Ausschau. Doch sie sah nur die anderen Offiziere im Bereitschaftsraum des Captains. Harry Kim saß links von ihr und verglich das Diagramm auf ihrem Monitor mit dem auf seinem.

»Aus den Aufzeichnungen geht eindeutig hervor, daß das System die richtigen Instruktionen erhielt«, sagte Tuvok. »Wir können also nicht vermuten, daß jemandem auf der Brücke oder im Maschinenraum ein Fehler unterlaufen ist.« Ebensowenig kam jene Art von Zwischenfall in Frage, an den sie sich alle viel zu gut erinnerten: Der Vulkanier war dabei von einem fremden Wesen übernommen worden. Janeway und die anderen verzichteten taktvoll auf einen entsprechenden Hinweis.

»Wenn die Aufzeichnungen korrekt sind, gibt es umfassende Fehlfunktionen im Computersystem«, fügte Tuvok hinzu.

»Ich habe ein Diagnoseprogramm der Stufe drei gestartet«, sagte Torres. »Es dauert zwei Stunden, bis wir Resultate bekommen, aber wenigstens wissen wir dann, ob es am Computer liegt.«

»Die Ergebnisse liegen in zwei Komma fünf neun Stunden vor, um ganz genau zu sein«, betonte Tuvok. »Wenn der Computer einwandfrei funktioniert, sind entweder Verbindungen unterbrochen worden, oder jemand hat die Aufzeichnungen manipuliert. Das sind die beiden einzigen logischen Erklärungen.«

»Könnte es einen Zusammenhang mit dem Tachyonenfeld geben?« fragte Harry Kim unschuldig. »Wäre es möglich, daß es dadurch in unseren internen Systemen zu Interferenzen kommt?«

»So etwas sollte eigentlich ausgeschlossen sein«, erwiderte B'Elanna Torres. Ihre Stimme klang nicht ganz so fest wie sonst. »Aber es ergibt mehr Sinn als Sabotage.«

»Die Klärung dieser Angelegenheit kommt an zweiter Stelle«, sagte Janeway und unterbrach damit das Brainstorming. »An erster Stelle steht dies: Wir müssen dafür sorgen, daß sich die *Voyager* der Ursache unserer Probleme nicht noch weiter nähert. Was bedeutet, daß wir die Computersysteme umgehen und eine manuelle Deaktivierung vornehmen müssen. Ich weiß, daß entsprechende Protokolle existieren...«

»Ich habe versucht, sie abzurufen«, sagte Torres leise. »Sie stehen nicht zur Verfügung.«

»Sie stehen nicht zur Verfügung?« wiederholte Janeway verwundert. Sie neigte den Kopf ein wenig zur Seite, was häufig geschah, wenn sie etwas für absurd hielt.

»Der Computer meinte, ich sei nicht befugt, auf die betreffenden Daten zuzugreifen«, erklärte die Chefingenieurin.

Janeway verlor keine Zeit, wandte sich an den Computer und verlangte Auskunft über die Protokolle für manuelle Prioritätsschaltungen.

Sie bekam die gleiche Antwort wie Torres. »Diese Informationen stehen nur autorisierten Personen zur Verfügung.«

Zorn blitzte in Janeways Augen. »Hier spricht Captain Kathryn Janeway. Ich bin die Kommandantin des Raumschiffs *Voyager* und damit befugt, auf alle Dateien zuzugreifen.«

»Zugriff verweigert«, erwiderte der Computer.

Janeway begegnete dem Blick Tuvoks, der auf der anderen Seite des Tisches saß. »Sabotage«, sagte der Vulkanier noch einmal und wandte sich an Torres. »Wir müssen sofort mit Ermittlungen beginnen.«

»Noch wichtiger ist, daß wir den Warptransfer unterbrechen«, entschied Janeway. »Wir haben erst dann genug Zeit für Nachforschungen, wenn wir nicht mehr mit vielfacher Überlichtgeschwindigkeit einem unbekannten Ziel entgegenrasen.«

Sie sah zu Torres. »Es ist tatsächlich eine manuelle Deaktivierung erforderlich. Wie gehen wir dabei vor?«

Die Chefingenieurin überlegte konzentriert, beugte sich vor und legte beide Hände flach auf den Tisch. »Ohne die Protokolle läßt es sich nur dann einigermaßen schnell bewerkstelligen, indem wir die einzelnen Kontrollschnittstellen unterbrechen. Allerdings ist dann auch keine Navigation mehr möglich. Und später dauert es mehrere Stunden, um die Verbindungen wiederherzustellen.«

Janeway nickte. »Können Sie das Warptriebwerk lahmlegen, ohne die Impulskraft zu beeinträchtigen?«

B'Elanna nickte sofort. »Kein Problem. Für die jeweiligen Kontrollsequenzen gibt es separate Übermittlungskanäle. Ich mache mich sofort an die Arbeit.«

»Gut«, sagte Janeway und stand auf.

Die anderen Offiziere erhoben sich ebenfalls. Torres wartete keine weitere Aufforderung ab und eilte zum Turbolift. Auch ihre Kollegen verließen den Bereitschaftsraum. Nur Tuvok blieb ein wenig zurück, woraus Janeway schloß, daß er unter vier Augen mit ihr reden wollte. Sie wußte die Diskretion des Vulkaniers fast ebenso zu schätzen wie seine Intelligenz.

Wie üblich wartete er, bis sie ganz allein waren. »Captain«, begann er dann, »haben Sie in Erwägung gezogen, daß B'Elanna Torres der Saboteur sein könnte? Sie hat das Wissen und die Möglichkeit. Kein anderes Besatzungsmitglied kann es mit ihren technischen Fähigkeiten aufnehmen.«

Captain Janeway hob die Hand so, als wollte sie einen

derartigen Verdacht einfach fortwischen. »Was hätte sie davon, Mr. Tuvok?« fragte sie rhetorisch. »Sie steht ebensowenig wie wir mit dem Etwas in der Tachyonenwolke in Verbindung. Sie hat kein Motiv.«

Janeway setzte sich wieder, preßte die Fingerspitzen aneinander und dachte über Tuvoks Worte nach.

»Glauben Sie wirklich, daß B'Elanna dahintersteckt?« kam es verwirrt über ihre Lippen.

»Derzeit habe ich noch keine Meinung«, erwiderte der Vulkanier. »Ich weise nur darauf hin, daß sie sowohl Gelegenheit als auch die erforderlichen Kenntnisse hat. In dieser Hinsicht käme sie als Saboteur in Frage. Es gibt noch einige andere, die sich ebenfalls gut mit den Bordsystemen auskennen, aber niemand von ihnen hat ein vergleichbares technisches Talent. Außerdem geschähe so etwas nicht zum erstenmal.«

Ja, es war schon einmal zu Sabotage an Bord der *Voyager* gekommen. Janeway dachte nur sehr ungern daran. Die Crew mußte ihr vertrauen, und umgekehrt verhielt es sich genauso.

Eines stand fest: Sie konnte B'Elannas technischer Kompetenz volles Vertrauen schenken. Torres war nicht nur tüchtig, wenn es um technische Dinge ging, sondern geradezu genial. Es erfüllte Janeway mit besonderer Zufriedenheit, einen Chefingenieur zu haben, der Kreativität und Leidenschaft mit Warpkernen und Impulstriebwerken zu verbinden verstand.

Andererseits: B'Elanna war noch jung und zur Hälfte Klingonin. Sie neigte zu ausgeprägter Impulsivität und mußte oft im Zaum gehalten werden. Janeway vertraute ihren Absichten, blieb jedoch skeptisch, wenn Torres in Hinblick auf nichttechnische Dinge Stellung bezog.

»Ich bezweifle, ob B'Elanna Torres ganz bewußt fähig wäre, uns alle zu täuschen«, sagte Janeway, nachdem sie eine Zeitlang darüber nachgedacht hatte.

»Wie ich schon sagte, Captain: Sie bringt alle notwendigen Voraussetzungen für diese Art von Sabotage mit.

Wenn sie nicht für unsere gegenwärtige Situation verantwortlich ist ... Dann steckt jemand dahinter, der über uns unbekannte Fähigkeiten verfügt und alles so gestaltet hat, daß der Verdacht auf jemand anderen fällt.« Tuvok unterbrach sich kurz. »Deshalb sollten wir uns so verhalten, als mißtrauten wir Torres. Entweder gelingt es uns tatsächlich, sie zu entlarven, oder wir wiegen den unbekannten Täter in Sicherheit – was ihn vielleicht zu einem Fehler verleitet.«

Janeway überlegte. »Es ist logisch. Aber ich halte eine solche Vorgehensweise trotzdem für falsch. Ich möchte, daß Sie Nachforschungen anstellen, aber unauffällig. Die Crew soll nicht erfahren, daß es vielleicht einen Saboteur gibt.«

»Wie Sie meinen, Captain«, fügte sich Tuvok. »Aber würden Sie mir bitte den Grund dafür erklären?«

»Es ist ganz einfach, Mr. Tuvok. Wer glaubt, verdächtigt zu werden, gibt nicht mehr sein Bestes. Und wir alle müssen uns sehr anstrengen, wenn wir dies überstehen wollen.«

Chakotay war froh, als Captain Janeway in den Kontrollraum zurückkehrte. Normalerweise empfand er es als angenehm, sie zu vertreten – es erinnerte ihn an die Zeit, als er selbst das Kommando über ein Raumschiff geführt hatte. Doch diesmal bewirkte Janeways Rückkehr Erleichterung. Er hatte seine Gedanken gut genug unter Kontrolle gehalten, um seine Pflichten wahrzunehmen, doch es herrschte noch immer emotionaler Aufruhr in ihm. Er sehnte sich danach, allein und ungestört zu sein, um die Hilfe der Geisterwelt in Anspruch zu nehmen und seinen inneren Frieden wiederherzustellen. Die Brücke war dafür kein geeigneter Ort.

»Chakotay, würden Sie bitte den Maschinenraum aufsuchen und Torres dort bei den Warpspulen-Verbindungen helfen?« wandte sich Janeway an ihn. Der Erste Offizier begriff, daß sie keine Frage stellte, sondern eine

Anweisung erteilte. Er ging zum Turbolift – und hob überrascht den Kopf, als Tuvok zu ihm trat.

»Der Captain möchte, daß Sie im Maschinenraum aufpassen«, sagte der Vulkanier leise. »Es besteht der Verdacht von Sabotage. Wenn Sie die Arbeiten im Auge behalten, fällt Ihnen vielleicht irgend etwas auf.«

»Moment mal ...« Chakotay versuchte, ebenso leise zu sprechen wie Tuvok. »Glauben Sie etwa, daß einer *meiner* Leute dahintersteckt? Sie kennen sie – immerhin gehörten Sie zur Crew meines Schiffes. Niemand von ihnen wäre fähig, die *Voyager* zu verraten.«

Der Vulkanier richtete einen durchdringenden Blick auf ihn. »Ich habe nicht gesagt, *wen* wir verdächtigen. Derzeit fehlen uns noch konkrete Anhaltspunkte. Wir wissen nicht einmal genau, ob es sich tatsächlich um Sabotage handelt. Nur eins steht fest: Unsere derzeitige Situation könnte von jemandem verursacht worden sein, der über spezielles technisches Wissen und Zugang zum Triebwerk verfügt. Aus diesem Grund halten wir Ermittlungen für erforderlich.«

Chakotay betrat den Turbolift ohne ein weiteres Wort. Ärger brodelte in ihm; einmal mehr glaubte er die Maquis-Offiziere beleidigt, die inzwischen einen Teil der *Voyager*-Crew bildeten.

Im Maschinenraum fand er eine Art kontrolliertes Chaos vor. Techniker standen an den Konsolen, hielten Werkzeuge in den Händen und führten Funktionskontrollen durch. Hier und dort waren Verkleidungsplatten abgenommen worden, und Spezialisten überprüften die elektronischen Eingeweide diverser Schaltpulte. In goldgelbe Uniformen gekleidete Besatzungsmitglieder hantierten mit Instrumenten, deren Namen Chakotay nicht einmal kannte. Gelegentlich reichte ein Techniker einem anderen ein Gerät oder veränderte Kalibrierungen, woraufhin neue Untersuchungen stattfanden. Von Torres war weit und breit nichts zu sehen.

Kurz darauf hörte der Erste Offizier ihre Stimme: Sie

bat Lieutenant Carey um einen kleineren Laserbrenner. Es überraschte Chakotay, daß B'Elanna ausgerechnet mit ihrem früheren Rivalen zusammenarbeitete; seiner Ansicht nach verdiente sie dafür zusätzlichen Respekt.

»Es gibt keine kleineren«, erwiderte Carey. »Was erwarten Sie von mir? Soll ich etwa zur Krankenstation gehen und ein Laserskalpell holen?«

B'Elanna rutschte unter einem Pult hervor, und ein grimmiges Lächeln zeigte sich in ihrem Gesicht. »Gute Idee. Besorgen Sie uns nicht nur eins, sondern gleich mehrere, damit auch die anderen Gruppen damit ausgestattet werden können. Die Interfacemodule sind winzig, und ich möchte nicht mehr zerschneiden als unbedingt nötig.« Sie sah zu den übrigen Technikern und hob die Stimme. »Denken Sie daran: Alle Verbindungen, die wir heute trennen, müssen wir später wiederherstellen. Wählen Sie die richtigen Stellen aus. Arbeiten Sie rasch und mit großer Sorgfalt, ohne es zu übertreiben. Die Belastungen für Vorräte und Replikatorenergie sind auch so schon groß genug.«

»Haben Sie das mit den Skalpellen ernst gemeint?« fragte Carey.

B'Elanna wirkte verdutzt. »Natürlich. Es war eine gute Idee.«

Lieutenant Carey schüttelte den Kopf. »Wenn ich mir vorstelle, ein solches Anliegen an den Doktor zu richten...«

»Ich gehe«, bot sich Chakotay an.

Torres, Carey und die übrigen Techniker schienen erst jetzt zu bemerken, daß der Erste Offizier in ihrer Mitte weilte.

»Vergeuden Sie damit nicht Ihre Zeit, Commander?« fragte Torres.

Chakotay lächelte. »Mr. Carey ist Techniker und gehört hierher. Außerdem glaube ich, daß ich den Doktor dazu überreden kann, mir die Skalpelle zu geben.

Und ich brauche dann nicht mehr den Gestank hier zu ertragen.«

Carey lächelte und zuckte kurz mit den Schultern. Es entstand tatsächlich kein sehr angenehmer Geruch, wenn man Interfacemodule mit Laserbrennern zerschnitt.

Chakotay fühlte sich noch immer allem fremd. Das galt sogar für B'Elanna, mit der er im Maquis zusammengearbeitet hatte. Während ihrer teilweise recht ungestümen Karriere war er häufig eine Art Mentor für sie gewesen.

Eine jähe Erkenntnis formte sich in ihm: Irgend etwas ging nicht mit rechten Dingen zu, wenn er sich von jemandem wie B'Elanna entfremdet fühlte. Sie war ein guter Freund, und sie schätzten sich gegenseitig.

Und damit noch nicht genug. Plötzlich fühlte er sich bedroht. Er fragte sich, was B'Elanna dachte, was sie plante.

Das ergab doch keinen Sinn. Er hatte über seine Emotionen nachgedacht und sich gefragt, warum er eine derartige Unruhe empfand. Er war der Ansicht gewesen, daß sich das Unbehagen auf irgendeinen Aspekt seiner persönlichen Erfahrungswelt bezog.

Aber vielleicht gab es eine ganz andere Erklärung. Möglicherweise kam darin wieder seine Intuition zum Ausdruck, die ihn auch darauf hingewiesen hatte, daß die *Voyager* ins Tachyonenfeld flog – obgleich die Instrumente etwas anderes behaupteten.

Doch ohne inneren Frieden konnte er die Stimme der Intuition nicht richtig verstehen. Ohne die Seelenruhe gab es kaum eine Möglichkeit für ihn, eine Verbindung mit der Geisterwelt herzustellen, um von dort aus alles ganz deutlich zu sehen.

Jemand stieß gegen ihn, murmelte eine Entschuldigung und eilte zu einer anderen Arbeitsgruppe. Chakotay wich zur Seite aus und trat über einige Werkzeuge hinweg, deren Funktion er nur erahnen konnte.

»Commander, reichen Sie mir bitte den Zwei-Millimeter-Feldbegrenzer?« fragte eine junge Technikerin.

Chakotay wich erneut beiseite, damit sie das Instrument selbst auswählen konnte. Kein Zweifel: Er war den hier arbeitenden Leuten im Weg.

Wenn er eine Möglichkeit gefunden hatte, mehr über das aktuelle Problem herauszufinden, es vielleicht sogar zu lösen, so bestand seine Pflicht darin, sie so gut wie möglich zu nutzen. Als er Raumschiffkommandant gewesen war, hatte er sich nicht darum geschert, woher die Informationen kamen. Es kam in erster Linie auf ihre Nützlichkeit an. Er hätte darauf bestanden, daß einer seiner Führungsoffizier solchen Ahnungen auf den Grund ging.

Chakotay beschloß, dem Captain Bericht zu erstatten, sobald er sich ein wenig besser fühlte. Die Einsamkeit lag noch immer auf der Lauer, bereit dazu, ihn geistig zu schwächen, sobald er sich ihr zuwandte. Er achtete jetzt nicht auf sie, dachte vor allem daran, die Krankenstation aufzusuchen und Laserskalpelle zu holen. Damit machte er sich nützlicher, als wenn er weiterhin im Maschinenraum blieb und sich damit begnügte, das allgemeine Geschehen zu beobachten.

Er war noch immer in Gedanken versunken, als er die medizinische Abteilung erreichte, dort vom Doktor und von Kes begrüßt wurden, die sich auf das Schlimmste vorbereiteten. Erste-Hilfe-Komponenten, die normalerweise in Schränken aufbewahrt wurden, lagen nun auf den Tischen. Medo-Tricorder und andere Dinge, die Chakotay ans Werkzeug-Durcheinander im Maschinenraum erinnerten, ruhten neben Verbänden und geladenen Injektoren.

»Was ist los, Commander?« fragte der Doktor und hielt bei dem Ersten Offizier nach Anzeichen für eine Verletzung Ausschau.

»Der Maschinenraum benötigt mehrere Laserskalpelle«, sagte Chakotay.

»Wir haben keine übrig«, erwiderte der holographische Arzt. »Man hat Notfallbereitschaft für uns angeordnet, was bedeutet: Wir können keine medizinischen Vorräte und Ausrüstungen entbehren.«

Der Erste Offizier wollte nicht darüber streiten – so etwas erschien ihm absurd. »Sie brauchen bestimmt nicht *alle* Skalpelle«, sagte er. »Mir ist zum Beispiel bekannt, daß Fähnrich Ortega vergangenen Monat ein solches Gerät für eine künstlerische Arbeit verwendet hat.«

»Ohne es zurückzugeben. Warum wenden Sie sich nicht an Fähnrich Ortega? Wir haben hier zu tun, wenn Sie gestatten ...«

Chakotay drehte sich um und wollte die Krankenstation verlassen. Sein Versuch, die jüngsten Ereignisse zu verstehen, schien gescheitert zu sein, was ihm neuerliche Unruhe bescherte. Der Doktor kehrte ihm den Rücken zu und betrat sein Büro.

Chakotay ging zur Tür, und dort berührte ihn Kes sanft am Arm. »Nehmen Sie es ihm nicht übel«, sagte sie. »Der Streß setzt uns allen zu. Kommen Sie, ich gebe Ihnen einige der größeren Skalpelle. Sie sind für die Behandlung von Ordanu und Karesi bestimmt, und ich bezweifle sehr, daß wir in diesem Quadranten auf solche Patienten stoßen.«

Chakotay lächelte zum erstenmal seit langer Zeit. »Während all der Jahre bei Starfleet habe ich nie irgendwelche Ordanu oder Karesi zu Gesicht bekommen. Offenbar verlassen sie ihre Heimatwelten nur sehr selten.«

Kes reichte ihm drei Packungen. »Geben Sie mir Bescheid, wenn das nicht genügt. Bestimmt können wir Ihnen mit Dingen helfen, die wir nicht unbedingt in der Krankenstation brauchen.«

Chakotay bedankte sich. Er bekam nur selten Gelegenheit, mit der Ocampa zu sprechen. Bei der täglichen Arbeit gab es zwischen ihnen kaum Berührungspunkte, und mit seiner Gesundheit war alles in bester Ordnung.

Eigentlich hatte er Kes bisher nicht in dem Sinne für ein Mitglied der Crew gehalten, doch nun revidierte er seine Meinung.

»Also gut, Leute, ziehen wir den Stecker«, sagte B'Elanna Torres. Von einem Augenblick zum anderen erloschen die Anzeigen der Konsolen im Maschinenraum. Das bunte Glühen der Displays verschwand; nur hier und dort blieben einige weiße Lichter zurück.

»Wenn der Computer übergeschnappt ist, kann er uns jetzt keine weiteren Streiche spielen«, sagte Lieutenant Carey.

»Computer schnappen nicht über«, erwiderte Torres. »So was passiert nur in Geschichten.«

Sie sprachen laut genug, um von allen gehört zu werden. Ohne das beständige Summen des Triebwerks schien eine unnatürliche Stille zu herrschen; der Maschinenraum bekam dadurch etwas Unheimliches.

B'Elanna Torres glaubte zu spüren, wie er starb. Sie fühlte sich direkt mit dem Triebwerk verbunden: Es lebte in ihr, atmete mit ihr.

Und jetzt schwieg es.

# 6

Der Computer spielt verrückt«, teilte Chakotay der Kommandantin mit.

Sie befanden sich im Bereitschaftsraum. Alte Instrumente und Artefakte gehörten zu seiner Einrichtung, Erinnerungen an verschiedene wissenschaftliche Expeditionen. Janeway war einer der wenigen Kommandooffiziere, deren berufliche Laufbahn in der wissenschaftlichen Abteilung von Starfleet begonnen hatte. Sie bewahrte sich das Interesse für die Forschung, was in diesem Zimmer deutlich zum Ausdruck kam.

Tuvok hatte bisher geschwiegen und wölbte nun eine Braue. »Tatsächlich?«

»Es liegt am Tachyonenfeld. Irgendwie beeinflußt es entweder die Basisfunktionen oder den Datentransfer zwischen den einzelnen Konsolen. Das Ergebnis: Der Computer reagiert nicht auf die gewohnte Weise.«

Janeway lächelte kurz. »Nun, wir wußten bereits, daß mit dem Computer etwas nicht stimmt. Aber bisher bin ich nicht davon ausgegangen, daß die Tachyonenemissionen unsere interne Kommunikation stören.«

»Was ist mit den Gel-Massen des Computersystems?« fragte Chakotay. »Vielleicht erfolgte die Sabotage dort. Möglicherweise hat jemand einen neuen Prioritätscode programmiert und ihn anschließend in die Subsysteme weitergeleitet.« Er legte eine kurze Pause sein. »Im Maschinenraum habe ich nichts gesehen, das auf Sabotage hindeutet. Die Gel-Massen wären ein geeigneter Ansatzpunkt.«

»Ja, das stimmt«, entgegnete Janeway. Sie musterte

den Ersten Offizier. »Wir wissen noch immer nicht, was jenes Datenpaket enthielt. Vielleicht hat irgend jemand dort draußen unserem Computer neue Instruktionen übermittelt...«

»Die Fremden könnten wohl kaum imstande sein, unser Computersystem neu zu programmieren«, wandte Tuvok ein. »Es dauert Jahre, um einen guten Programmierer auszubilden. Außerdem: Wer auch immer die Kom-Signale sendete – die Unbekannten können unmöglich über unsere Programmiersprachen Bescheid wissen.«

»Aber die Logik ist überall gleich beschaffen«, gab Janeway zu bedenken. »Logische Datenblöcke lassen sich leicht weiterleiten und zu Anweisungen kombinieren.«

Sie drehte den Kopf und richtete ihren Blick erneut auf Chakotay. Dunkle Ringe zeigten sich unter seinen Augen. »Wie lange dauert Ihre Schicht jetzt schon, Commander?« fragte sie plötzlich.

»Zwanzig Stunden, Captain«, erwiderte der Erste Offizier.

»Gehen Sie schlafen, Commander«, sagte Janeway. »Und zwar sofort. Das ist ein Befehl.«

Ein oder zwei Sekunden lang schien Chakotay dagegen protestieren zu wollen. Doch dann verließ er den Bereitschaftsraum, um sich in sein Quartier zurückzuziehen.

»Ich bin noch immer nicht überzeugt, Captain«, meinte Tuvok. »Computer spielen nicht ›verrückt‹, und fremde Wesen könnten auf keinen Fall so schnell lernen, unser Computersystem zu programmieren. Hinzu kommt, daß Commander Chakotay die übrigen Maquisarden immer in Schutz genommen hat.«

»Sie glauben also nach wie vor an Sabotage«, schloß Janeway.

»Ich sehe darin die logischste Möglichkeit«, bestätigte Tuvok. »Es gibt keine andere mit einer annähernd so hohen Wahrscheinlichkeit.«

Die Kommandantin lächelte schief. »Ich habe mich häufig auf Sie verlassen, und ich weiß Ihre Meinung sehr zu schätzen. Wir setzen die Ermittlungen diskret fort und halten gleichzeitig nach anderen Erklärungen Ausschau. Mir erscheint diese ›Sabotage‹ nämlich sehr unlogisch. Warum sollte jemand von uns beabsichtigen, die *Voyager* näher ans Tachyonenfeld heranzusteuern? Was auch immer sich dort befindet – Neelix fürchtet sich davor.«

»Captain, es gibt viele Dinge, die bei Neelix eine starke Reaktion bewirken«, stellte der Vulkanier fest. »Wenn er ein typischer Vertreter seiner Spezies ist, so sind die Talaxianer ein ausgesprochen emotionales Volk.«

Diesmal wirkte Janeways Lächeln nicht mehr gezwungen. »Mag sein, Tuvok. Aber er kennt diese Region besser als wir. Wir wissen nicht, was sich im Zentrum des Tachyonenfelds befindet – es könnte sehr gefährlich sein.«

»Diese Möglichkeit besteht«, räumte Tuvok ein.

Janeway und der Vulkanier verließen den Bereitschaftsraum, kehrten auf die Brücke der *Voyager* zurück. Die anderen Offiziere sahen kurz auf und wandten sich dann ihren Stationen zu. Das Licht von farbigen Displays spiegelte sich in ihren Gesichtern wider.

Captain Janeway bemerkte Anspannung und Sorge in den Mienen der Männer und Frauen. Furcht wuchs in ihnen, doch sie hielten an ihrer Disziplin fest.

Die Selbstbeherrschung und Zuverlässigkeit ihrer Brückencrew erfüllte Janeway mit Stolz. Man konnte sich keine besseren Offiziere wünschen. Ein gewaltiger Abgrund aus Raum und Zeit trennte sie von der Heimat, aber sie gaben sich keineswegs der Verzweiflung hin, arbeiteten auch weiterhin konzentriert und sorgfältig.

»Die Anzeigen deuten darauf hin, daß wir noch immer mit Warpgeschwindigkeit fliegen, Captain«, sagte Tom Paris. »Das sollte doch nicht der Fall sein, oder?«

»Handelt es sich um eine passive Anzeige, oder wird sie vom Computer erzeugt?« fragte Janeway.

»Die entsprechenden Daten stammen vom Computer, Sir«, erwiderte Paris,

Die Kommandantin glaubte, bei Tuvok so etwas wie Erleichterung zu spüren. »Der Computer geht davon aus, noch immer alle Systeme zu steuern, auch das Warptriebwerk«, sagte sie. »Aber inzwischen sind die Interfacemodule durchtrennt. Mr. Tuvok, bitten Sie den Maschinenraum um eine Bestätigung dafür, daß wir mit Impulskraft fliegen.«

Bevor der Vulkanier Gelegenheit bekam, diese Anweisung zu befolgen, trat B'Elanna Torres aus dem Turbolift. Mit energischen Schritten kam sie näher.

»Wir haben alle Verbindungen unterbrochen, und der Warpkern sollte deaktiviert sein, Captain«, stieß die Chefingenieurin hervor. »Aber es wird noch immer Warpenergie erzeugt, und wir fliegen nach wie vor in Richtung Tachyonenfeldmitte. Wir sind jetzt nur langsamer als vorher.«

»Warum haben wir nicht angehalten?« fragte Janeway besorgt.

»Den Grund dafür kenne ich nicht«, erwiderte Torres. »Nach all dem, was ich über Energieflußkontrolle weiß, müßte der Warpkern inzwischen inaktiv sein.« Sie zischte die letzten Worte, als sähe sie im unerklärlichen Verhalten des Warptriebwerks eine persönliche Herausforderung.

»Halten Sie es für möglich, daß wir uns im Wirkungsbereich eines fremden Traktorstrahls befinden?« fragte Harry Kim. »Oder vielleicht gibt es eine große Masse in der Wolke, etwas, dessen Gravitationsfeld uns anzieht.«

»Nur ein schwarzes Loch könnte eine solche Wirkung auf uns entfalten«, hielt Torres dem Fähnrich entgegen. »Und die Sensoren haben in der Wolke keine so ausgeprägten Schwerkraftzentren erfaßt. Es gibt dort nur die alten Wracks.«

»Aber vielleicht halten sie die eine oder andere Überraschung für uns bereit«, warf Paris ein.

Plötzlich wurde es dunkel im Kontrollraum. Alle Anzeigen und Displays erloschen; selbst der große Hauptschirm zeigte nur Finsternis.

Die Notbeleuchtung funktionierte nicht.

»Bleiben Sie ruhig sitzen«, wies Janeway die Brückenoffiziere an. Bevor sie ihren mahnenden Worten etwas hinzufügen konnte, gleißte der Hauptschirm wie eine Nova. Einige Sekunden lang sah die Kommandantin nur bunte Schlieren, und als sie verblaßten ...

Ein Bild zeigte sich im zentralen Projektionsfeld. Jemand hatte eine Kom-Verbindung zu ihnen hergestellt.

Janeway straffte die Schultern. »Ich bin Captain Kathryn Janeway vom Föderationsschiff *Voyager*. Wir kommen in Frieden und wollen niemandem ein Leid zufügen.«

Die Wesen schienen nicht darauf zu reagieren. Sie ähnelten Menschen so sehr, daß es schwer fiel, Unterschiede zu erkennen. Außerdem zeichneten sie sich durch eine geradezu atemberaubende Schönheit aus: perfekte Körper, schlank und muskulös, Gesichter, die Janeway engelhaft erschienen.

Die individuellen Merkmale bestanden aus Farben. Einer der Fremden hatte hellblaues Haar, Augen in der gleichen Farbe und schneeweiße Haut. Bei einem anderen sah Janeway honiggelbe Haut und goldenes Haar, bei einem dritten Haut in der Farbe des mitternächtlichen Himmels und Haar, das silbrigweiß schimmerte, wie ferne Sterne. In halbdurchsichtige Gewänder waren die Unbekannten gehüllt, und angesichts der Farben fiel es schwer zu unterscheiden, wo der Körper aufhörte und die Kleidung begann.

»Wir vom Schiff *Lys* brauchen dringend Hilfe«, sagte eine Frau mit indigofarbener Haut und wohltönender Stimme. »Bestimmt haben Sie das uns umgebende Tachyonenfeld geortet. Es stört Kom- und Ortungssignale. Bitte retten Sie uns. Unser Antrieb ist zerstört, und wir befinden uns in großer Gefahr. Bitte kommen Sie und helfen Sie uns.«

»Es handelt sich um echte Kom-Signale, Captain«, sagte Harry Kim.

»Seltsam, daß sie das Tachyonenfeld durchdringen können, obwohl andere Signale blockiert werden«, fügte Tom Paris hinzu. »Außerdem sind wir noch immer in Richtung Wolkenmitte unterwegs, Captain, ob es uns gefällt oder nicht. Es gibt nur einen Unterschied: Wir fliegen jetzt nicht mehr mit Warpgeschwindigkeit, sondern mit geringer Impulskraft.«

»Oh«, erklang B'Elanna Torres' Stimme aus der Dunkelheit, die nach wie vor im hinteren Bereich der Brücke herrschte. »Also ist es uns doch gelingen, das Warptriebwerk zu deaktivieren.«

»Aber es bleibt finster«, brummte Tom Paris. Damit schien er das Stichwort gegeben zu haben: Eine Sekunde später wurde es wieder hell.

»Ich schätze, die Nachricht wurde mit hoher Energie gesendet, um sie trotz der Interferenzen zu übermitteln«, sagte Fähnrich Kim. »Dadurch kam es zu einer Überladung unseres Kom-Systems.«

»Noch etwas, das wir reparieren müssen«, kommentierte Torres so, als läse sie bereits die zweite Seite der Instandsetzungsliste.

»Wann gelangen wir in Scannerreichweite?« fragte Janeway.

»In einer Stunde und vier Minuten«, antwortete Paris sofort. »Soweit es normale Sondierungen betrifft. Aber angesichts der starken Interferenzen bezweifle ich, ob wir genaue Daten gewinnen können.«

»Lieutenant Torres, sind Sie imstande, die Scanner so zu modifizieren, daß Ortungen trotz des Tachyonenfelds möglich werden?« wandte sich Janeway an die Chefingenieurin.

»Ich kann es zumindest versuchen, Captain«, erwiderte B'Elanna. »Aber ich bin nicht sicher, ob es klappt. Aufgrund der hochenergetischen Natur von Tachyonen lassen sich entsprechende Interferenzen besonders schwer aus der Scannererfassung herausfiltern.«

»Wie wäre es mit einem Quanten-Reset?« schlug Kim vor, der sich ganz offensichtlich für das Projekt interessierte. »Ich habe einen Artikel darüber gelesen, bevor wir aufbrachen. Alte Technik wird dabei auf eine ganz neue Weise verwendet – es klang recht vielversprechend.«

»Mr. Kim, begleiten Sie Lieutenant Torres zum Maschinenraum und arbeiten Sie mit ihr zusammen«, wies Janeway den Fähnrich an. »Ich möchte bei den Schiffen dort draußen so schnell wie möglich eine Sondierung nach Lebensformen vornehmen und feststellen, ob sich die bunten Fremden tatsächlich in Gefahr befinden. Falls sie überhaupt existieren«, fügte sie leise hinzu.

Kes fühlte Übelkeit, als sie das Holodeck betrat. Alles wirkte viel zu echt. Sie schmeckte den Staub in der trockenen Luft, nahm den Gestank der anderen Gefangenen und der Kazon-Wächter wahr. Sie konnte sich kaum mehr daran erinnern, daß sie vor wenigen Stunden geduscht hatte und aus einer Welt kam, in der es genug zu essen und zu trinken gab.

Diese Art von Therapie war ein großer Fehler. Kes wollte nicht glauben, daß der Doktor eine falsche Behandlungsmethode gewählt hatte, aber alles in ihr drängte danach, das Holodeck sofort wieder zu verlassen. Sie sah keinen Sinn daran, jene gräßlichen Erlebnisse zu wiederholen. Bestimmt wurde dadurch alles noch schlimmer.

»He, du da, zurück an die Arbeit«, knurrte ein Kazon und stieß sie mit seinem Strahlengewehr an.

»Laß sie hierher kommen, wenn sie zu faul zum Graben ist«, sagte der Vorgesetzte des Wächters und lachte. »Die Ocampa sind viel zu empfindlich und halten nicht lange durch. Wie dem auch sei: Dieses Täubchen sieht gut aus.«

Der Wächter brummte widerwillig, was der Vorgesetzte zum Anlaß nahm, auf ihn zu schießen. Die Entladung brachte den Mann nicht um, führte nur zu einer leichten Verletzung, die ihn die Tugend des Gehorsams lehrte.

Der Vorgesetzte näherte sich, und Kes wich zum dunklen Minenzugang zurück. Wenn sie die Finsternis erreichen konnte ... Sie kannte sich in den Stollen und Schächten aus, verlor in dem unterirdischen Labyrinth nicht die Orientierung. Dem ihr folgenden Kazon brachte sie nur Verachtung entgegen. In der Dunkelheit würde es ihm nicht gelingen, sie einzuholen. Und wenn das doch geschah ... *dann bringe ich ihn um.* Ja, sie schwor sich, ihn umzubringen, wenn er zu ihr aufschloß.

Sie huschte durch einen von vielen Tunneln im Felsgestein ihrer Heimatwelt. Die nackten Füße der Ocampa verursachten keine Geräusche, im Gegensatz zu den schweren Stiefeln des Wächters, der durch die Schwärze stapfte und nach ihr rief.

*Rechnet er etwa damit, daß ich ihm antworte?* fragte sich Kes. Wieder regte sich Verachtung in ihr, und unmittelbar darauf spürte sie auch Ärger – einen Ärger, der ihr selbst galt. Wenn sie ihren Gegner unterschätzte, ließ sie sich vielleicht zu einem Fehler hinreißen. Und einen Fehler durfte sie sich auf keinen Fall leisten.

Sie duckte sich. Es herrschte fast völlige Dunkelheit, doch Kes hörte so gut, daß sie wußte, wann der Wächter den Tunnel erreichte. Sie blieb unten, atmete ganz flach, um sich nicht zu verraten.

Ganz deutlich spürte sie die Wärme des Wächters, als er näher kam. Und sie *roch* ihn. Die Kazon wuschen sich nicht häufiger als ihre Gefangenen, was zu einem unverkennbaren Geruch führte. Außerdem vernahm Kes sein schnaufendes Atmen.

Sie lauerte, als er vorbeischritt. Dies war der schwierigste Teil. Sie roch die Stiefel des Mannes, und Angst quoll in ihr empor, schreckliche Angst. Aber zur gleichen Zeit fühlte sie einen Zorn, der die Furcht zumindest teilweise verdrängte, ihr Mut verlieh.

Der Wächter ging weiter, schnaufte erneut. Kes wartete noch einige Sekunden länger, um dem Kazon Gelegenheit zu geben, jene Stelle zu erreichen, an der sich die Felswand ein wenig nach innen wölbte.

Dann sprang sie, rammte ihre Schulter in die Kniekehlen des Wächters, der mit einem erschrockenen Schrei zu Boden ging. Kes griff nach seinem Strahler, drehte ihn, schlug zu und traf den Kopf des Mannes. Von einem Augenblick zum anderen rührte er sich nicht mehr.

Rasch überprüfte Kes den Puls. Er lebte noch, wie sie fast enttäuscht feststellte. Neuerlicher Zorn brodelte in ihr, und sie tastete nach dem Auslöser der Waffe, fragte sich, ob sie den Kazon erschießen sollte. Sie sehnte sich nach der Genugtuung, einer ihrer Peiniger umzubringen.

Doch sie blieb vorsichtig. Wenn sie den Mann erschoß... Dann wußten die anderen, daß ein Gefangener entkommen war. Kes drehte sich um und eilte fort. Der Bewußtlose würde bestimmt keine Meldung erstatten – weil er sich viel zu sehr schämte, von einer Frau überwältigt worden zu sein. Sie hatte jetzt seinen voll geladenen Strahler, versteckte ihn unter ihrem Hemd. Dabei stellte sie fest, daß sie vor Wut am ganzen Leib bebte.

Kes begriff plötzlich, daß sie den Zorn vergessen, ihn verdrängt hatte. Sie war damals nicht einsam gewesen, sondern zornig. Außer der Wut hatte es nur noch Furcht gegeben – und die Bereitschaft, sich zu verteidigen, mit allen Mitteln.

*Ich bin hier auf dem Holodeck der* Voyager, erinnerte sie sich. Was sie gerade erlebt hatte, gehörte zu ihrer Vergangenheit. Es existierte nur noch in Erinnerungen, und das galt auch für den Zorn. Hier gab es keine Kazon.

Als Kes versuchte, sich in der Finsternis zu beruhigen, hörte sie plötzlich Schritte.

»Kommen Sie mir nicht zu nahe«, sagte sie und nahm überrascht den drohenden Klang ihrer Stimme zur Kenntnis.

»Ich bin's«, erwiderte der Doktor. »Offenbar haben Sie eine therapeutische Katharsis erlebt, noch bevor ich mir Notizen machen konnte.« Der holographische Arzt schien fast enttäuscht zu sein.

»Programm Ende, Medo-Hologramm weiterhin aktiv lassen«, wies er den Computer an.

»Wir brauchen eine Couch und einige Stühle«, fügte Kes hinzu.

Die gewünschten Objekte erschienen. »Soll ich mich hinlegen?« fragte die Ocampa.

»Nein, ich glaube, das ist nicht nötig«, sagte der Doktor. Sie nahmen beide Platz. »Sie haben eben sehr heftig reagiert und weitaus mehr Entschlossenheit gezeigt, als man erwarten konnte.«

»Ich bin von mir selbst überrascht«, pflichtete Kes dem holographischen Arzt bei. »Seltsam. In dem Traum habe ich mich schrecklich einsam gefühlt. Ich wünschte mir einen Gesprächspartner. Doch hier hatte ich nur einen Wunsch: Ich wollte einen Kazon töten.« Sie schauderte bei diesem Gedanken, beugte sich ein wenig vor und starrte ins Leere.

Der Doktor saß ihr gegenüber und musterte sie. Er faltete die Hände im Schoß und wartete darauf, daß Kes fortfuhr. Sie holte tief Luft.

»Ich erinnere mich gar nicht daran, damals an Einsamkeit gelitten zu haben«, sagte die junge Frau langsam. »Ich bin voller Furcht, zornig und entschlossen gewesen. Warum habe ich von Einsamkeit geträumt? Warum war dieses Gefühl so wichtig?«

Der Doktor richtete einen nachdenklichen Blick auf

sie. »Dafür gibt es mehrere mögliche Erklärungen. Vielleicht fühlen Sie sich an Bord der *Voyager* isoliert, ohne sich damit abfinden zu können. Deshalb bringen Sie jenes Empfinden mit einem anderen Abschnitt Ihres Lebens in Verbindung.«

Kes blinzelte überrascht. »Ich fühle mich hier ganz und gar nicht isoliert«, entgegnete sie. »Ich habe mehr Freunde als jemals zuvor. Sie sind ein wundervoller Freund und Lehrer. Und ich bin mit Neelix zusammen. Nein, eine solche Erklärung kommt nicht in Frage.«

»Sonderbar«, kommentierte der holographische Arzt. »Bei empathischen Völkern kann man einen externen Ursprung für derartige Reaktionen vermuten. Allerdings wissen wir nicht, ob die Ocampa in dem Sinne empathisch sind.«

Kes lehnte sich in ihrem Sessel zurück und dachte über die letzte Bemerkung des Doktors nach. Es gab traditionelle Ocampa-Geschichten über Vorgänge, die sich mit den empathischen Erfahrungen von Betazoiden vergleichen ließen. Und es war allgemein bekannt, daß nicht richtig ausgebildete Betazoiden die von anderen Personen projizierten Emotionen für ihre eigenen halten konnten.

»Jarzeman Anla gilt als klassische betazoidische Autorität auf dem Gebiet des empathischen Verhaltens. Er bietet folgenden Rat: Wenn man sich vorstellt, man würde die quälenden Gefühle nur empfangen und sie nicht im eigenen mentalen Kosmos selbst schaffen, so kann man Distanz gewinnen. Die Emotionen verschwinden dadurch nicht, aber sie sind leichter zu ertragen.« Der Doktor stand abrupt auf und schien der Ansicht zu sein, daß die therapeutische Sitzung damit beendet war. Kes sah die Sache ein wenig anders.

»Und wenn es meine eigenen Empfindungen sind?« fragte sie.

»Dann kann eine entsprechende mentale Übung sicher nicht schaden«, erwiderte der Doktor ein wenig zu schnell. »Wenn Sie mich jetzt bitte entschuldigen würden...« Er schnitt eine Grimasse. »Zweifellos warten in der Krankenstation einige Ski-Verletzungen auf mich.«

Kes nickte nur, als der Arzt das Holodeck verließ. Sie dachte über seinen Vorschlag nach. Er hatte recht: Schaden konnte eine solche geistige Übung nicht. Und selbst wenn es sich dabei um eine riskante Sache handelte – sie hatte sich schon größeren Gefahren gestellt. Etwas in ihrem eigenen Kopf konnte bestimmt nicht so schlimm sein wie die Kazon!

Sie ließ dieser Erkenntnis sofort Taten folgen. Nie zuvor hatte sie eine solche Aufgabe bewältigen müssen, doch als sie damit begann... Es fühlte sich so natürlich an wie Gehen oder Atmen. Die sonderbaren Gefühle ohne eine rationale Ursache ließen sich problemlos vom Rest ihres Denkens und Empfindens trennen. Kes stellte sich vor, daß sie in einer Schachtel ruhten, in einer bei den Ocampa gebräuchlichen Festschachtel, von rotem Tuch umwickelt und mit weißen Blumen geschmückt.

Sie hatte einmal eine solche Schachtel von ihren Eltern bekommen, zur Zeit ihrer Reife. Kes erinnerte sich an ihren Inhalt: die Halskette ihrer Urgroßmutter, das eigene Namensarmband und ein Wiedergabegerät mit einem Datenmodul, das viele traditionelle Lieder sowie Erläuterungen dazu enthielt. Einige Sekunden lang fragte sie sich, was aus Schachtel und Inhalt geworden sein mochte. Beides war Teil ihres Bündels gewesen, als sie durch die Tunnel zur Oberfläche wanderte.

Irgendwann und irgendwo hatte sie das Bündel verloren. Vielleicht befand es sich jetzt im Besitz von anderen Traditionsrebellen. Oder die Kazon besaßen es, was bedeutete, daß der Schmuck entweder verkauft worden war oder irgendeinen stinkenden Halunken zierte. In einem solchen Fall konnte von dem Wiedergabegerät kaum mehr übrig sein als Schrott.

Bei diesen Überlegungen fühlte sich Kes von einer

Trauer erfaßt, die in keiner Verbindung mit den anderen seltsamen Empfindungen stand.

Ganz deutlich spürte sie nun den Unterschied zwischen diesem Gedanken, der aus ihrem tatsächlichen Leben kam, und jenen Gefühlen, die in der imaginären Schachtel steckten und eigentlich gar nichts mit ihr zu tun hatten.

Kes zögerte und fragte sich, ob sie den Doktor darauf hinweisen sollte. Sie wußte nicht recht, ob sie eine Bestätigung dafür haben wollte, eine Empathin zu sein. In gewisser Weise wurde sie dadurch wieder zu einem *Ding*, so wie in den Bergwerken. Die Rückkehr zu einem solchen Status kam nicht in Frage.

Außerdem: Wenn die seltsamen Gefühle nicht von ihr stammten, so mußte sie über ihren Ursprung Klarheit gewinnen. Vielleicht gingen sie von Neelix aus. Ja, diese Möglichkeit ergab durchaus einen Sinn. Zwischen ihnen herrschte eine enge Beziehung; Neelix spielte eine zentrale Rolle in Kes' Leben. Er hatte sie gerettet, sein Leben für sie riskiert.

Wenn sie seine emotionalen Probleme spürte, so wollte sie niemandem davon erzählen. So persönliche Dinge gingen nicht einmal den Doktor etwas an.

# 7

»Wir sind jetzt in Scannerreichweite«, sagte Paris. »Dann lassen Sie uns feststellen, ob es tatsächlich irgendwelche Lebensformen in dem ... Durcheinander gibt«, erwiderte Janeway.

Anders ließ es sich kaum ausdrücken. Von einem *Schiff* zu sprechen ... Damit meinten Starfleet-Offiziere etwas, das raumtüchtig war. Und diese Bezeichnung traf auf das Etwas in der Tachyonenwolke sicher nicht zu. Die modifizierten Scanner lieferten kein deutliches Bild; dafür waren die von den intensiven Tachyonenemissionen verursachten Interferenzen noch immer zu stark. Der Hauptschirm zeigte etwas, an dem unter normalen Umständen nur Schrotthändler Interesse haben konnten.

Das erkennbare Metall erwies sich als dunkel, und ihm fehlte jeder Glanz. Es war nicht schwarz oder blau; die unbestimmbare Farbe lag irgendwo dazwischen. Einige orangefarbene Schriftzeichen zeigten sich auf dem zylindrischen Hauptsegment, doch zahlreiche Mikrometeoriten hatten dafür gesorgt, daß sich die ursprünglichen Formen jener Symbole nicht mehr bestimmen ließen.

Zumindest bot sich eine gewisse *Struktur* dar. Ein einfacher Zylinder bildete das zentrale Segment. Die anderen Elemente waren kugelförmig oder gewunden. Die Frage nach ihrer ursprünglichen Anordnung an oder im fremden Raumschiff mußte unbeantwortet bleiben.

Vielleicht gehörten sie auch zu verschiedenen Schiffen. Hier und dort gab es Hinweise auf unterschiedliche

Konstruktionsmuster, die eine solche Vermutung stützten. Einige Teile schienen dem... Haufen hinzugefügt worden zu sein, nachdem sie ihren Zweck – welchen auch immer – erfüllt hatten. Überall boten sich den Blicken der Beobachter teilweise erhebliche Beschädigungen dar. Ein Schiff, beziehungsweise ein Segment davon, war aufgerissen; die Öffnung gab das Innere dem kalten All und der intensiven Tachyonenstrahlung preis. Die Emissionen gingen von dem zentralen Objekt aus. Es war kleiner als die meisten Wracks, die es umgaben, wirkte kompakter und weniger stark in Mitleidenschaft gezogen.

»Sieht nach den Überresten einer Schlacht aus«, sagte Tom Paris.

Das stimmte. Es sah wirklich so aus, als hätte hier vor langer, langer Zeit ein Kampf stattgefunden. Vielleicht waren jene Krieger gestorben, als sich die ersten Meere auf der Erde bildeten. Eine Schlacht in grauer Vorzeit, an einem Himmel, den die Föderation nie gesehen hatte. Möglicherweise war es dabei um Welten gegangen, die längst nicht mehr existierten.

Andererseits... Die Entfernung zur nächsten planetaren Basis betrug viele Lichtjahre, war groß genug, um den Nachschub zu einem Problem werden zu lassen. Was mochte hier tatsächlich geschehen sein? *Gibt es überhaupt noch die Möglichkeit, eine Antwort auf diese Frage zu finden?* dachte Janeway.

Sie klopfte auf ihren Insignienkommunikator. »Mr. Neelix, bitte kommen Sie zur Brücke. Vielleicht gibt es hier etwas, das Sie identifizieren können.«

»Die Scanner liefern keine klaren Ortungsdaten«, sagte Paris. »Zunächst ergeben sich bei der Sondierung negative Werte. Dann kommt es zu Tachyoneninterferenzen, und unmittelbar im Anschluß daran haben wir plötzlich positive Anzeigen. Und zwar immer an der gleichen Stelle. Wenn es hier Leben gibt, scheint es an einem Ort konzentriert zu sein.«

Er zögerte, sah dann von seiner Station auf und blickte zum Captain. »Ich traue der Sache nicht, Sir. Die negativen Anzeigen sind zu deutlich. Vielleicht bewirkt das Partikelbombardement, daß wir falsche Daten bekommen.«

Janeway öffnete erneut einen internen Kom-Kanal, diesmal zum Maschinenraum. »Lassen sich noch mehr Interferenzen herausfiltern?« fragte sie. »Die Störungen sind noch immer zu stark, um ein klares Sondierungsergebnis zu erzielen.«

»Wir geben uns alle Mühe, Captain«, erwiderte Torres. »In dem Tachyonenfeld kommt es zu ausgeprägten Fluktuationen. Sobald ich die Scanner anpasse, kommt es zu Veränderungen, die neue Modifizierungen erfordern.«

»Versuchen Sie es auch weiterhin«, sagte Janeway. Sie wußte natürlich, daß Torres und Kim hart arbeiteten, aber trotzdem spürte sie Ärger. Und gleichzeitig eine besondere Art von Faszination. In ihr regte sich wieder die für einen wissenschaftlichen Offizier typische Neugier; eine Zeitlang gab sie sich Spekulationen und Mutmaßungen in Hinsicht auf das Phänomen vor der *Voyager* hin.

Einmal mehr wanderten Störungsmuster über den Hauptschirm, und als sie sich auflösten, erschienen wieder die bunten Humanoiden. Janeway sah einen Fremden mit grünem Haar und silbriger Haut, einen zweiten mit glänzendem schwarzen Haar und feuerroter Haut.

Die Kommandantin gewann den Eindruck, daß sie etwas in dieser Art schon einmal gesehen hatte, aber sie konnte sich nicht daran erinnern, wo und wann das geschehen war. Was ihr sehr seltsam erschien. Immerhin bekam man nicht jeden Tag Gelegenheit, etwas so Schönes und Bizarres zu betrachten.

Janeway dachte in diesem Zusammenhang an ein Gemälde ...

Wie beim ersten Kom-Kontakt trat das Wesen mit der

indigofarbenen Haut vor. »Bitte beeilen Sie sich. Wir brauchen Ihre Hilfe. Bitte. Wir können Ihnen den Weg zeigen und Sie zu uns holen, wenn Sie gestatten.«

»Wirken sich die Tachyonenemissionen und -fluktuationen nicht nachteilig auf Ihr Transportsystem aus?« fragte Janeway.

»Wir haben uns dem Phänomen angepaßt«, antwortete der indigofarbene Engel sanft. »Aber wenn Sie Ihre eigenen Systeme verwenden wollen... Damit sind wir natürlich einverstanden. Wir legen großen Wert darauf, daß Sie uns vertrauen. Wir brauchen Ihre Hilfe.«

Irgendein Unterton in der Stimme des ›Engels‹ sorgte dafür, daß es Janeway kalt über den Rücken lief. Sie wußte nicht, ob es an den drängenden Worten lag oder an der Ausdrucksweise, aber eins stand für sie fest: Dies war keine gewöhnliche Rettungsmission.

»Wir schicken ein Shuttle, sobald wir in Reichweite sind«, sagte sie. »Halten Sie sich in Bereitschaft.« Und damit unterbrach sie die Verbindung.

»Was hat es mit der ›Shuttlereichweite‹ auf sich, Captain?« fragte Tom Paris verwundert.

Janeway lächelte. »Ich schätze, wir sollten noch das eine oder andere über die Fremden herausfinden, bevor wir sie ›retten‹.«

»Das ist ein tsrananisches Schiff, Captain«, sagte Neelix. Niemand hatte seine Ankunft bemerkt. Es schien ganz selbstverständlich zu sein, daß er sich auf der Brücke befand. »Sieht nach einem ihrer Frachter aus.«

Janeway hob überrascht die Brauen, als sie die Stimme des Talaxianers vernahm. Sie hatte ihn nicht gehört, war sich seiner Präsenz nicht bewußt gewesen.

»Haben Sie die Leute auf dem Schirm gesehen?« fragte die Kommandantin. »Können Sie die Fremden identifizieren?«

»Solchen Geschöpfen bin ich noch nie begegnet«, erwiderte Neelix. »Ein Volk, bei dem jedes Individuum eine andere Farbe hat – das ist doch absurd.«

»Vielleicht gibt es dafür kosmetische Gründe«, spekulierte Tuvok.

»Warum sollte sich jemand, der großen Gefahren ausgesetzt ist, unter hohem Zeitaufwand *schminken?*« fragte Janeway.

»Es könnte sich um ein Ritual handeln«, antwortete der Vulkanier. »Oder die Farben bringen Unterschiede in Rang und Position zum Ausdruck. Es wäre auch denkbar, daß sie Teil der individuellen Identität sind. So etwas ist uns von drei Spezies her bekannt. Zwei davon sind im Alpha-Quadranten beheimatet, die dritte im Gamma-Quadranten.«

»Vielleicht gibt es auch einen ganz anderen und viel einfacheren Grund.« Janeway lauschte dem Klang der eigenen Worte, betrachtete ihre Idee in Gedanken von allen Seiten. »Computer«, sagte sie lauter und in einem befehlenden Tonfall, »Reprojektion der gerade empfangenen Kom-Signale, ohne die Audiokomponente. Zeig uns die Bilder in Zeitlupe und vergrößere die Gesichter.«

Engelsmienen erschienen auf dem Hauptschirm.

»Computer, blende ein aufgezeichnetes Bild der früheren Sendung ein.«

Eine zweite Szene formte sich im zentralen Projektionsfeld, zeigte den Fremden mit den hellblauen Haaren neben dem Geschöpf mit der feuerroten Haut.

»Es könnten Zwillinge sein«, sagte Paris. »Sie sehen fast gleich aus.«

»Nicht nur fast, Mr. Paris«, berichtigte die Kommandantin den Navigator. »Die Gesichter sind völlig gleich beschaffen. Sehen Sie genau hin. Computer, schalte auf Schwarweiß-Darstellung um.«

Die Farben verschwanden, und daraufhin wurde sofort klar: Alle ›Engel‹ hatten das gleiche Gesicht.

»Nichts deutet auf Lebensformen hin«, meldete Paris. »Die Sondierung liefert jetzt kohärente Daten, und daraus geht hervor: Es gibt niemanden, der gerettet werden muß.« Er drehte sich um und sah zum Captain. »Es handelt sich um eine Falle.«

Kathryn Janeway lächelte. »So viel ist inzwischen klar«, entgegnete sie ruhig. »Die Frage lautet: Warum versucht hier etwas, Raumschiffe anzulocken?«

»Dieses Etwas hat die Rhiellianer umgebracht«, warf Neelix leise ein. »Der Überlebende sprach von wunderschönen Personen, die nach ihnen riefen. Obwohl... Rhiellianer stellen sich unter ›wunderschön‹ sicher etwas anderes vor als wir. Immerhin verfügen sie über sechs Beine und ein Ektoskelett. Bunte Humanoiden fänden sie vermutlich ziemlich langweilig.«

Janeway nickte langsam. »Woraus folgt: Was auch immer dort draußen lauert – es paßt seine visuellen Kom-Signale den jeweiligen Empfängern an. Was bedeutet, daß die Falle nicht nach ganz bestimmten intelligenten Wesen Ausschau hält. Ihr sind alle Leute recht, die zufälligerweise vorbeikommen.«

»Nun, wir sind hier nicht gerade im Einkaufszentrum von Rigel«, meinte Tom Paris. »Mitten im Nichts muß man sich mit dem begnügen, was man bekommt.«

Janeway stand auf und lächelte humorlos. »Vielleicht ist dies nicht immer die Mitte des Nichts gewesen«, sagte sie grimmig. »Aber das spielt jetzt keine Rolle. Wir müssen einen Weg finden, von hier zu verschwinden.«

Sie berührte ihren Insignienkommunikator. »Mr. Kim, begeben Sie sich in den Shuttlehangar zwei.« Sie wandte sich noch einmal den Brückenoffizieren zu. »Mr. Paris, Sie begleiten mich. Wir sehen uns das Etwas dort draußen aus der Nähe an.«

Paris nahm im Pilotensessel des Shuttles Platz. Der Captain und Harry Kim konnten zwar ebenfalls mit den Navigationskontrollen umgehen, doch Paris galt als besonders guter Pilot – vor allem in kitzligen Situationen.

Zum Beispiel bei einem Flug durchs Tachyonenfeld, das die Sensorerfassung beeinträchtigte – bis hin zu dem Gebilde, das die seltsamen Kom-Signale sendete. Keine leichte Aufgabe. Aber Paris liebte so etwas. Wenn er flog, wenn er dabei sein ganzes Geschick beweisen mußte... Dann fühlte er sich wirklich lebendig. Und wie viele gute Piloten fand er nicht nur Gefallen daran, an der Navigationsstation eines Raumschiffs wie der *Voyager* zu sitzen; er mochte es auch, ein wesentlich kleineres Shuttle zu fliegen.

»Startgenehmigung wurde erteilt«, verkündete die Computerstimme. »Dekompression erfolgt in sieben Sekunden. Sechs. Fünf. Vier. Drei...«

Das große Außenschott öffnete sich, gab den Blick frei, hinaus in die Schwärze des Alls. Janeway reduzierte die Beleuchtung im Innern des Shuttles, damit sie draußen Einzelheiten erkennen konnten.

»*Voyager*, gibt es weitere Sondierungsdaten in Hinsicht auf die Kom-Signale oder ihre Quelle?« fragte sie, als das Shuttle von der *Voyager* fortglitt und in Richtung Wolkenzentrum flog.

»Nein, Captain«, antwortete Tuvok. »Die einzelnen Sondierungen liefern widersprüchliche Ergebnisse. Es läßt sich nichts Konkretes in Erfahrung bringen.«

Janeway wußte, daß er ihre Entscheidung nicht befürwortete. Er war viel zu diszipliniert, um sie deutlich darauf hinzuweisen, aber sie erahnte seine Gedanken. *Der Platz eines Captains ist auf der Brücke. Er darf nicht sich selbst in Gefahr begeben, sollte statt dessen eine gut vorbereitete Einsatzgruppe losschicken.*

Sie fühlte sich vorbereitet, zumindest so gut vorbereitet, wie es unter den gegenwärtigen Umständen möglich war. Und was den Platz auf der Brücke betraf... Nun, er gebührte tatsächlich dem Captain. Doch die Pflicht eines Captains bestand auch darin, anzuführen, Orte aufzusuchen, die andere fürchteten, einen ersten Kontakt herzustellen, Entscheidungen zu treffen.

Von ihrer Crew verlangte sie nichts, zu dem sie nicht auch selbst bereit war. Nach diesem Prinzip lebte

Kathryn Janeway, seit sie zu Starfleet gehörte, und daran wollte sie jetzt nichts ändern.

Sie beobachtete Tom Paris an den Kontrollen. Er flog vor allem nach Sicht, benutzte nur gelegentlich die Instrumente, die ihm aufgrund der Tachyonenemissionen keine zuverlässigen Daten lieferten.

Vom Sitz des Copiloten aus sah Janeway nicht nur die Kontrollen, sondern hatte auch einen guten Blick nach draußen. Sie lehnte sich zurück, überließ Paris seiner Aufgabe und nahm ihre eigene wahr, indem sie beobachtete und zu verstehen versuchte, was um sie herum geschah. Es ging darum, Gefahren von der *Voyager* abzuwenden. Das kam für sie immer an erster Stelle: ihr Schiff.

Große Wrackteile schwebten ziellos am Shuttle vorbei und drehten sich dabei um die eigene Achse, vollführten ein Ballett, dessen Choreographie allein von Gravitation und Geschwindigkeit bestimmt wurde. Janeway verglich das Trümmerfeld im All mit einem Asteroidengürtel. Doch die Überbleibsel uralter Schriftzeichen und Korrosionsspuren auf einstmals glattem Metall erinnerten sie immer wieder daran, daß sie durch einen Raumschiff-Friedhof flogen.

Die ewige Stille des Vakuums umhüllte das Shuttle. Niemand von ihnen sprach, als sie beobachteten, wie Wrackteile vorbeidrifteten.

Sie näherten sich nun dem zentralen Bereich, und Janeway sah zu den Resten alter Schiffe: Dutzende von verschiedenen Raumern, die wie zufällig entstandene Gruppen bildeten. Einige waren kollidiert; anderen drehten sich langsam in ihrem eigenen Trümmerhalo.

Viele Wracks zeigten weiße und schwarze Flächen, boten den Blicken der Besucher das nackte Material dar, aus dem sie einst erbaut worden waren. Bei anderen zeigten sich hier und dort noch einige Farbreste. In einem Fall bemerkte Janeway orangefarbene Symbole, die vielleicht einmal ein Bild geformt hatten. Bei einem anderen Raumer sah sie seltsame Hieroglyphen auf einer ansonsten glatten Außenhülle. Einmal mehr versuchte sie, sich das Alter dieser Schiffe vorzustellen. Im Weltraum dauerte die ›Erosion‹ viel länger als auf einem Planeten. Hier hatten nicht Wind und Wetter Farbe von Metall gefressen, sondern Mikrometeoriten, kosmische Strahlung und interstellarer Staub.

Kurze Zeit später richtete Janeway ihre volle Aufmerksamkeit auf das Objekt im Zentrum des Trümmerfelds. Abgesehen von dem Riß in einer Seite schien es intakt zu sein. Die Außenhülle bestand aus einem dunklen Material, das bläulich schimmerte, wenn Licht darauf traf. Andernfalls blieb es fast in der Dunkelheit des Alls verborgen. Janeway fragte sich, ob diese besondere Farbe zur Tarnung gedient hatte – oder ob damit der Weltraum geehrt werden sollte.

Antriebslos hing das Schiff im All, ebenso ein Wrack wie die anderen. Nichts deutete darauf hin, daß es Leben an Bord gab. Was die empfangenen Kom-Signale betraf... Die Kommandantin sah sich in ihrer Vermutung bestätigt, daß es sich dabei um eine vor langer Zeit vorbereitete Falle handelte. Sie funktionierte noch immer, nach Äonen, lockte auch weiterhin Neugierige an – und brachte ihnen den Tod.

Janeway dachte an ein Spinnennetz, das aus dem Tachyonenfeld und dem Notruf bestand. Sie fragte sich, wie die Sendung so gut den Besonderheiten einzelner Spezies angepaßt werden konnte. Mit einer derartigen Technik ließ sich vielleicht etwas anfangen...

Nicht zum erstenmal stießen sie auf etwas, das Hoffnung weckte. Wenn ein Volk gelernt hatte, die Raumzeit zu falten, so mußten auch andere dazu imstande sein. Ganz zu schweigen von der Technik des Beschützers: Sie war so hochentwickelt, daß die *Voyager* im Vergleich dazu wie ein hölzernes Segelschiff wirkte.

O ja, hier gab es Hoffnung, Dinge, die in Erfahrung gebracht werden konnten. Es existierte kein Leben mehr an Bord, und das bedeutete: Was sie an diesem Ort fanden, gehörte ihnen. Janeway bedauerte, B'Elanna Torres nicht mitgenommen zu haben. Sie wäre sicher in der Lage gewesen, Zweck und Funktion bestimmter Installationen zu erkennen.

Aber B'Elanna hatte alle Hände voll damit zu tun, den seltsamen Fehlfunktionen an Bord der *Voyager* auf den Grund zu gehen. Wenn Janeway festgestellt hatte, was genau sich hier befand und welche Aspekte des Wracks eingehende Untersuchungen verdienten ... Dann konnte sie Torres rufen. Auf diese Weise war alles viel besser und effizienter. Andernfalls wäre die Chefingenieurin bestimmt bestrebt gewesen, das Wrack Stück für Stück auseinanderzunehmen.

»So viele Hangarköniginnen auf einem Haufen ...«, murmelte Paris und unterbrach damit Janeways Überlegungen.

»Hangarköniginnen?« wiederholte Kim. Die Kommandantin lächelte. Sie hatte noch nicht daran gedacht, aber es lag natürlich auf der Hand.

»So nennt man Schiffe, die im Dock sitzen und deren Komponenten man dafür verwendet, andere Schiffe zu reparieren«, erklärte Tom Paris und lächelte ebenfalls. »Sie bilden eine Art Ersatzteillager. Beim Maquis geschah so etwas recht häufig.«

»Sie sind doch gar nicht so lange Maquisard gewesen«, erwiderte Harry.

»Ich war es lange genug, um das eine oder andere zu verstehen«, sagte Paris. »Eines steht fest: B'Elanna wird hiervon begeistert sein.«

»Bevor wir damit beginnen, die Beute zu teilen, sollten wir uns erst einmal ansehen, woraus sie besteht«, warf Janeway trocken ein. »Bringen Sie uns näher heran, Mr. Paris. Aber seien Sie vorsichtig. Wenn es hier noch andere Fallen gibt, so sollten wir vermeiden, sie auszulösen.«

Der Pilot nickte und steuerte das Shuttle in einem eleganten weiten Bogen am Rand des Raumschiff-Friedhofs entlang, änderte dann den Kurs und flog in das Trümmerfeld hinein. Sicherheitshalber senkte er die Geschwindigkeit, um das Risiko in Grenzen zu halten. Es war nicht weiter schwer, den großen Schiffen auszuweichen, aber ganz anders sah die Sache bei den Trümmerstücken aus, die sich von den Raumern gelöst hatten.

Harry Kim schnappte nach Luft, als das Shuttle an zwei scharfkantigen Wrackteilen vorbeiglitt – sie wirkten wie Klingen, bereit dazu, den Leib der Raumfähre aufzuschlitzen. Janeway hingegen blieb so ruhig wie bei einer Partie 3D-Schach im Gesellschaftsraum der *Voyager*.

Paris zog das Shuttle abrupt hoch, als vor ihnen ein Trümmerstück wie aus dem Nichts erschien und direkt auf sie zuhielt. Gleichzeitig beschleunigte er jäh, lenkte die Raumfähre zwei großen Schiffen entgegen. Es blieb ihm keine andere Wahl – der Manövrierspielraum war zu knapp. Paris fluchte leise und biß dann die Zähne zusammen, als er das Shuttle am Bug der beiden enormen Massen vorbeizwang.

Unmittelbar dahinter drückte er die Nase des Shuttles nach ›unten‹ und zur Backbordseite. Eine halbe Sekunde später eröffnete ein uraltes Kriegsschiff das Feuer.

Nur Paris' schnelle Reaktion bewahrte sie vor einem fatalen Treffer. Ein dicker Energiestrahl verfehlte das Shuttle nur um wenige Meter, und die energetische Druckwelle führte zu starken Erschütterungen.

Tom Paris begann mit einigen Manövern, die normalerweise für Kampfschiffe bestimmt waren. Er setzte die strukturelle Integrität des Shuttles erheblichen Belastungen aus, als er es trudeln sowie abrupte Brems- und Beschleunigungsmanöver aufeinander folgen ließ.

Er riß die Fähre so hart nach Steuerbord, daß Janeway und Kim fast aus ihren Sesseln geschleudert worden wären – sie hatten noch gar keine Gelegenheit gefunden, sich anzuschnallen.

»Was war das, Captain?« fragte Kim und hielt sich krampfhaft an den Armlehnen des Sessels fest.

»Ich schätze, mit unserem dichten Vorbeiflug haben wir ein automatisches Waffensystem aktiviert.« Janeway atmete tief durch und wagte es, sich wieder zu entspannen. »Eins steht fest: Ein Frachter war das nicht.«

Tom Paris grinste breit. »Wir sind dem Schiff in der Mitte inzwischen erheblich näher. Von jetzt an dürfte alles ganz einfach sein.«

»Vorausgesetzt, man schießt nicht erneut auf uns«, erwiderte Kim. »Ich dachte, hier gäbe es keine Lebensformen.«

»Das stimmt auch«, sagte Janeway. »Darum habe ich eben von einem *automatischen* Waffensystem gesprochen. Für so etwas gibt es auch Beispiele im Alpha-Quadranten.«

»Die Cardassianer griffen oft auf solche Tricks zurück«, meinte Paris. »Mit einem wichtigen Unterschied: An Bord der betreffenden Schiffe sind Lebensformen präsent. Manchmal bringen sie dort Leute unter, die sie für Verräter halten, zusammen mit Gefangenen. Und dann beobachten sie, wie das Schiff auf eine eintreffende Rettungsgruppe schießt. Chakotay erzählte mir, er hätte sich einmal an Bord einer solchen Falle befunden.«

Harry Kim wirkte plötzlich sehr besorgt.

»Wir sind nicht hierher gekommen, um uns mit irgendwelchen Schauergeschichten die Zeit zu vertreiben«, sagte Janeway. Ihre feste Stimme verscheuchte die Beklommenheit nach dem überraschenden Angriff. »Mr. Paris, bringen Sie uns zu dem Schiff dort vorn.«

# 8

Die Öffnung in der Außenhülle war so groß wie ein Hangartor der McKinley-Station. Sie bereitete Paris nicht die geringsten Schwierigkeiten, wofür er nach der Begegnung mit dem automatischen Waffensystem sehr dankbar war. Der jähe Adrenalinschub ließ nun nach, und eine seltsame Kühle blieb zurück. Außerdem klebte ein metallischer Geschmack am Gaumen des Piloten, ebenfalls eine Erinnerung an die jüngste Aufregung.

Ein ehrfurchtgebietender Anblick bot sich ihm dar. Nichts rührte sich im Innern der großen Öffnung, doch es fiel nicht weiter schwer, sich dort Geschöpfe vorzustellen. Deutlich waren einzelne Decks zu erkennen.

»Die Besatzungsmitglieder dieses Schiffes müssen wahre Riesen gewesen sein«, hauchte Harry Kim.

Der Captain und Paris schwiegen. Sie brauchten auch gar keinen Kommentar abzugeben. Das vom Shuttle ausgehende Licht erhellte weite Arbeits- und Wohnbereiche, die für sich selbst sprachen.

Es gab keine auf den ersten Blick zu identifizierenden Einrichtungsgegenstände. In jedem großen, hohen Raum hingen funkelnde Kristalle von der Decke herab, und vom Boden her wuchsen ihnen runde, gedrungene Äquivalente entgegen. Es sah nach einer natürlichen Formation aus, nach Höhlen, vor Urzeiten von Flüssen ausgewaschen.

»Hier kommt ein besonderer Sinn für Ästhetik zum Ausdruck«, sagte Janeway leise. »Kein Wunder, daß die

Fremden so schön erscheinen, ganz gleich, in welcher Gestalt sie sich darbieten.«

»Ich sehe nichts, das den Eindruck eines Kontrollzentrums erweckt«, meinte Paris. »Alles scheint mehr oder weniger gleich beschaffen zu sein. Ich schätze, hier wartet viel Arbeit auf B'Elanna.«

»Wir sind noch immer zu weit entfernt«, wandte Janeway ein. »Wenn wir näher herankommen ... Dann erweisen sich einige der kristallartigen Auswüchse vielleicht als Kontrollmodule.«

»Wollen wir wetten, Captain?« fragten Paris und Kim wie aus einem Mund.

Janeway schmunzelte. »Ich glaube, Sie verbringen zu viel Zeit beim Poolbillard auf dem Holodeck. Um was möchten Sie wetten?«

Paris lächelte hintergründig. »Um eine Tasse echten, von der Erde stammenden Kaffee.«

»Abgemacht«, sagte Janeway und erwiderte das Lächeln. »Also los, meine Herren. Wir wollen doch nicht den Rest des Jahrtausends an diesem Ort verbringen, oder?«

»Wo soll ich landen?« fragte Paris und konzentrierte sich wieder auf seine Aufgabe.

»Vielleicht dort.« Janeway deutete zu einer Stelle, die hell funkelte, als das Shuttlelicht sie berührte. »Jener Bereich scheint wichtiger zu sein als die anderen.«

»Dort würde ich ein Kontrollzentrum unterbringen«, meinte Paris. »Vorn und in der Mitte. Also gut, los geht's.«

Er steuerte das Shuttle zu einem Ort, der nach dem Kern einer einstigen Kontrollzentrale aussah. Das Scheinwerferlicht des Shuttles schuf einen starken Kontrast zwischen hellen Flächen und finsteren Schatten. Alles wirkte seltsam und überaus exotisch. Das Schimmern dieses Bereichs schien überhaupt nicht zu der Dunkelheit im Rest des Schiffes zu passen – in einem riesigen Höhlensystem, das zu einem Raumschiff geworden war.

»In gewisser Weise ergibt es einen Sinn«, überlegte Janeway laut. Einmal mehr erwachte ihre wissenschaftliche Neugier. »Trologdyten, die ins All vorgestoßen sind. Dunkelheit und Isolation hätten keinen Schrecken für sie, wären vielmehr eine Erweiterung ihres natürlichen Habitats.«

Tom Paris achtete nicht auf diese Worte, als sie sich dem ausgewählten Bereich näherten und er dort vergeblich nach einem geeigneten Landeplatz Ausschau hielt. Überall fiel sein Blick auf scharfkantige Kristalle und andere Vorsprünge, die aus etwas ragten, das nach einer dünnen Kruste aussah.

»Was immer das auch sein mag – es wird beschädigt, wenn wir hier landen, Captain«, sagte der Pilot. »Wenn Sie das riskieren wollen, bin ich durchaus bereit...«

»Nein«, erwiderte Janeway rasch. »Ich möchte unbedingt vermeiden, weitere Schäden im technischen System dieses Schiffes anzurichten – vielleicht können wir es noch gebrauchen. Landen Sie drei Decks tiefer. Dort gibt es einen offenen Raum, der nach einer Art Frachtkammer aussieht. Anschließend gehen wir zu Fuß.«

»In Schutzanzügen«, stöhnte Paris.

Es dauerte einige Minuten, einen Raumanzug überzustreifen. Zum letzten Mal hatte Paris einen während der Akademie-Ausbildung getragen, und es wäre ihm viel lieber gewesen, auf eine Wiederholung jener Erfahrung zu verzichten.

»Wie stellt man die verdammte Heizung ab?« fragte er, während Schweiß auf seiner Stirn perlte.

»Ich kümmere mich gleich darum, Tom«, entgegnete Kim. »Sobald ich mit dem Captain fertig bin. Man hat versucht, die Kontrollen bei dieser Version zu vereinfachen.«

Zu vereinfachen – das hatte Paris schon des öfteren gehört. Aber solche Dinge wurden nicht einfacher, sondern immer komplizierter. Harry Kim kam gerade erst von der Akademie, kannte sich daher mit dem neuen Schutzanzugmodell gut aus und zeigte dem Piloten, wie man die Temperatur regelte. Allerdings wurde es dadurch nicht leichter, sich in dem Ding zu bewegen. Paris erinnerte sich an die Aufforderungen seiner Mutter, im Winter einen dicken Pullover unter der Jacke zu tragen – dadurch konnte man kaum mehr die Arme beugen.

»Gehen wir«, sagte Janeway. Sie verließ die Raumfähre, betrat das fremde Schiff. Ihre Stimme drang aus den kleinen Kom-Lautsprechern im Innern der Raumhelme.

Wenige Sekunden später vergaß Paris die Unbequemlichkeiten, die das Tragen eines Schutzanzugs mit sich brachte.

Er sah sich um und staunte. Während des Anflugs hatte er die Öffnung in der Außenhülle für groß gehalten. Als sie jetzt in einer Frachtkammer oder vielleicht einem Hangar standen, verschob sich seine Perspektive für Größe und Ausmaße. Der Riß war nicht nur groß, sondern gigantisch. Kim hatte recht. Die Besatzungsmitglieder dieses Schiffes mußten wirklich Riesen gewesen sein.

»Die Legierung läßt sich mit Stahl vergleichen, enthält jedoch ein Element, das der Tricorder nicht identifizieren kann«, sagte der junge Fähnrich. Er hielt ein Sondierungsgerät in der Hand – Paris hatte sich statt dessen für den Phaser entschieden. Obwohl er natürlich nicht damit zu rechnete, lebenden Wesen zu begegnen. Inzwischen konnten sie ziemlich sicher sein, daß es keine Lebensformen an Bord dieses Schiffes gab. Trotzdem: Die Waffe verlieh ihm ein Gefühl der Sicherheit. Um ihn herum wirkte alles so unheimlich, daß er jeden Augenblick damit rechnete, einen riesenhaften Geist zu sehen.

Janeway verlor keine Zeit in dem saalartigen Raum. Was auch immer er einst gewesen war, Frachtkammer, Hangar oder etwas anderes – das Vakuum des Weltraums hatte alles aus ihm herausgesaugt.

Die Kommandantin trat zu einer geschlossenen Tür.

Harry Kim näherte sich ebenfalls und richtete den Tricorder auf einen ziemlich kompliziert wirkenden Verriegelungsmechanismus.

»Ich glaube, es handelt sich um eine Luftschleuse, Captain«, sagte Kim überrascht. »Welchen Sinn hat so etwas im *Innern* eines Raumschiffs?«

»Vielleicht war dies ein Flugdeck«, vermutete Tom Paris. »Vielleicht konnte der ganze Bereich zum All hin geöffnet werden, um den gleichzeitigen Start vieler kleiner Schiffe zu ermöglichen.«

»Das wäre denkbar«, räumte Janeway ein. »Aber es könnte auch sein, daß dieser Koloß eine frühe Phase der fremden Raumfahrttechnik repräsentiert. Viele Völker bauen ihre ersten Raumer in Form von einzelnen Segmenten, die durch Luftschleusen miteinander verbunden sind und separiert werden können, falls es zu einem Leck kommt.«

Tom Paris hob den Phaser, um auf das Schott zu schießen.

Janeway schüttelte den Kopf. »Wir sollten Beschädigungen vermeiden. Wenn es sich tatsächlich um eine frühe Konstruktion handelt, müßte der Mechanismus eigentlich ganz einfach zu bedienen sein. Außerdem spricht einiges dafür, daß das Schott nicht verriegelt ist. Luftschleusen dienen dazu, das Entweichen einer Atmosphäre zu verhindern. Sie sind nicht dafür gedacht, Eindringlinge aufzuhalten.«

Sie trat vor und streckte die Hand nach einem Griff aus, der Paris viel zu groß erschien. Sie zog und zerrte daran, gab ihm schließlich einen Stoß.

»Dieses Schiff ist sehr alt«, sagte Kim. »Vielleicht funktioniert der Öffnungsmechanismus nicht mehr.«

Eine halbe Sekunde später glühte ein mattes Licht, und die schwere Tür öffnete sich.

Die Kammer der Luftschleuse bot Janeway, Kim und Paris genug Platz. Das Außenschott schloß sich wieder, und daraufhin herrschte völlige Finsternis.

»Eine seltsame Konstruktion«, kommentierte Harry leise. »So etwas habe ich nie zuvor gesehen.«

Es blieb still und dunkel. Paris verlor schon bald das Zeitgefühl und wußte nicht, ob zwei oder zehn Minuten vergangen waren, als schließlich das Innenschott aufschwang. Dahinter erstreckte sich ein Korridor, in dem es nicht völlig finster war.

Das Licht stammte aus dem Innern der Kristalle, die wie Eiszapfen von der Decke herabreichten – das bunte Flackern wirkte nicht nur sehr ästhetisch, sondern auch rätselhaft und geheimnisvoll. Weitere Kristalle zeigten sich rechts und links an den Wänden, und zwischen ihnen erstreckte sich ein glatter Boden.

Die kristallenen Vorsprünge wiescn keine regelmäßigen Strukturen auf. Jeder von ihnen hatte eine individuelle Form, die sich nirgends wiederholte, und auch die Farben unterschieden sich. Dadurch vermittelte alles den Eindruck, natürlichen Ursprungs zu sein. *Wie der Garten meiner Mutter*, fuhr es Paris durch den Sinn. Er sah so aus, als sei er der Natur überlassen worden, doch in Wirklichkeit steckte sorgfältige Planung dahinter.

Er war beeindruckt.

»Zeichnen Sie alles auf, Mr. Kim?« fragte Janeway.

Harry bestätigte, drehte den Tricorder hin und her, damit er alle Einzelheiten erfaßte.

»Können wir die Schutzanzüge jetzt ablegen, Captain?« erkundigte sich Paris. Immerhin waren sie nicht mehr dem Vakuum ausgesetzt.

»Die Temperatur beträgt hundert Grad unter null«, erwiderte Kim. »Eigentlich erstaunlich, daß hier noch etwas funktioniert. Das heißt... Vielleicht verwendeten die Fremden supraleitende Materialien.«

Nach einigen Metern knickte der Korridor auf einmal nach links ab, und hinter der Ecke stießen sie auf eine Tür, die kein Schloß aufwies.

»Sesam, öffne dich«, murmelte Paris scherzhaft.

Und die Tür öffnete sich.

»He, Moment mal, das sollte eigentlich nicht passieren!« entfuhr es dem Piloten.

»Vielleicht hat der Helmkommunikator den Öffnungsmechanismus ausgelöst«, spekulierte Janeway.

Von einem Augenblick zum anderen waren sie von den bunten Engeln umringt. Paris hatte sie bereits auf dem Hauptschirm im Kontrollraum der *Voyager* gesehen: der Humanoide mit der indigofarbenen Haut und dem silberweißen Haar; hinzu kamen andere mit roter, grüner und hellblauer Haut. Sie alle lächelten freundlich.

Sie waren groß – aber nicht so groß, wie es die Erbauer dieses Schiffes gewesen sein mußten. Sie überragten Paris, doch nicht auf eine für Menschen ungewöhnliche Weise. Er schätzte, daß sie alle etwas mehr als einen Meter neunzig maßen.

»Vielen Dank, daß Sie gekommen sind«, sagte der indigofarbene Fremde. »Wir haben lange gewartet, bis jemand auf unseren Hilferuf reagierte. Hier sind wir sicher vor dem wartenden Etwas. Hier finden wir Geborgenheit. Bitte bleiben Sie bei uns, Sie alle.«

»Das ›wartende Etwas‹?« wiederholte Janeway. Zwar klang ihre Stimme neutral, aber Paris glaubte trotzdem, Skepsis zu hören. *Sie ist mißtrauisch,* dachte er. Und er teilte ihren Argwohn.

»Der Tricorder zeigt keine einzige Lebensform an, Captain. Ich habe die Sondierungsparameter geändert, um nicht nur nach organischen Substanzen zu suchen, sondern auch nach Kunststoffen und Metall. Doch die Anzeigen deuten nur auf hohe Energiekonzentrationen und kohärentes Licht hin.«

»Meine Herren... Wir haben das Holodeck erreicht«, verkündete Janeway. »Eigentlich entspricht das meinen Erwartungen. Dies hier wurde extra für uns geschaffen.«

»Die Komplexität einer solchen Anlage bildet einen auffallenden Kontrast zu der einfachen Luftschleuse«, sagte Harry Kim.

»Und diese Leute sind nicht groß genug für das Schiff«, fügte Paris hinzu. »Ihre Dimensionen werden einfach nicht den hier herrschenden Maßstäben gerecht.«

»Dieser Ort ist schön«, sagte der indigofarbene Humanoide. »Hier gibt es alles, auch und vor allem Sicherheit. Sie können hierbleiben und bekommen, was Sie brauchen. Dann ist das wartende Etwas zufrieden. Es wird Ihnen kein Leid zufügen. Es will niemandem schaden, wenn wir nicht versuchen, es an der Erfüllung seiner Bedürfnisse zu hindern.«

»Wir würden uns gern den Rest des Schiffes ansehen«, erwiderte Janeway und wandte sich der Tür zu.

Allerdings ... Die Tür existierte nicht mehr. Sie war verschwunden, zusammen mit den Wänden und seltsamen Kristallen. Statt dessen sahen die Besucher von der *Voyager* einen kleinen Teich mit Goldfischen und kleinen violetten Seerosen. Ein anderer ›Engel‹, türkisfarben und rot, warf Brotkrumen ins Wasser. Janeway, Paris und Kim befanden sich nun in einem Garten. Auf der einen Seite plätscherte ein Springbrunnen, und dort standen weiße Sitzbänke an einem kleinen Tisch. Rosarote Kletterrosen rankten sich an einer Platane empor, deren Schatten auf eine Picknickdecke fiel. Mehrere Engel breiteten dort Speisen aus, die man an Bord der *Voyager* seit Monaten nicht mehr gesehen hatte.

Eine große Schale enthielt frische Ananas, Mandarinen, Orangen und Birnen. Ein silbernes Tablett präsentierte einen gebratenen Truthahn, umgeben von Brot, mehreren Karaffen Wein sowie Tellern mit Pasteten, Reis und toskanischen weißen Bohnen in Rosmarin.

»Legen Sie die Schutzanzüge ab«, sagte Indigo. »Der Aufenthalt an diesem Ort ist sehr angenehm. Genießen Sie eine köstliche Mahlzeit, und anschließend reden wir über alles.«

»Mr. Paris ...« Captain Janeways Stimme schnitt durch

das von den Fremden geschaffene Netz aus Verlockungen. »Ihr Phaser. Jetzt sofort.«

Er wartete keine zweite Aufforderung ab, drehte sich um und feuerte mit voller Energiestärke.

Nichts geschah. Die Waffe war aufgeladen worden, bevor sie die *Voyager* verlassen hatten. Er erinnerte sich daran, die Ergzelle selbst überprüft zu haben – bei dieser Mission wollte er bewaffnet sein, und solche Dinge überließ er nicht dem Zufall.

Woraus folgte: Der Strahler sollte funktionieren.

Vielleicht lag es an der niedrigen Temperatur. Vielleicht waren einige interne Komponenten der Waffe eingefroren.

Eine lächerliche Vorstellung. Niedrige Temperaturen wirkten sich nicht auf solche Waffen aus. Ein Phaser, der vor zwei Stunden voll einsatzbereit gewesen war, sollte auch jetzt noch funktionieren.

Paris schoß erneut, und diesmal nahm er den Finger nicht sofort vom Auslöser. Er beobachtete, wie die Balkenanzeige der Ladung um zwei Markierungen sank.

»Nach dem Tricorder zu urteilen, hat der Phaserstrahl ein großes, qualmendes Loch geschaffen«, brachte Harry ungläubig hervor.

»Mal sehen, was passiert, wenn wir einfach losgehen.« Janeway wandte sich von den bunten Humanoiden ab, trat geradewegs in die Platane und verschwand hinter den Kletterrosen.

»Sie machen einen großen Fehler«, sagte der indigofarbene Engel. Seine Worte galten Janeway. »Aber wenn Sie zurückkehren ... Dann werden wir versuchen, Ihnen zu helfen. Niemand überlebt hier ohne unsere Hilfe. Niemand kommt allein zurecht. Wir müssen uns mit dem abfinden, was es hier gibt. Lassen Sie es uns gemeinsam genießen. Bitte kommen Sie zurück. Sie werden zurückkommen. Wir freuen uns schon darauf.«

Paris und Kim folgten dem Captain in die Platane. Als sie den Baum erreichten, stellte er kein Hindernis für sie dar. Sie drehten sich um, sahen Teile des Gartens wie durch einen Nebelschleier – Dunst wogte dort, wo oben noch eine Wand gewesen war.

»Offenbar repariert sich die Anlage selbst, Captain«, sagte Kim, der die Anzeigen seines Tricorders im Auge behielt. »Alles ist vollkommen anorganisch, aber es entsteht ein Energiefeld, das … Offenbar erzeugt es eine Matrix für Materie.«

»Mit einer solchen Technik könnten wir durchaus etwas anfangen«, sagte Janeway. Sie sah sich kurz um. »Wir sind nicht auf diesem Weg gekommen.« Sie setzte sich in Bewegung und schritt durch einen anderen Korridor, dem flackernden kristallenen Licht entgegen.

# 9

Es war dunkel im Maschinenraum. Er wirkte wie *tot*, dachte Chakotay, als er B'Elanna Torres mit einem Wink aufforderte, ihm in eine Ecke zu folgen. Zwar waren einige Technikergruppen auch weiterhin mit Reparaturen beschäftigt, aber mit der Dunkelheit kam auch eine seltsame Stille: Die Stimmen der Männer und Frauen klangen gedämpft. *So wie bei einer Totenwache*, dachte der Erste Offizier. *Und der deaktivierte Warpkern bildet den Leichnam*. Fast grell strahlende Notlichter und Taschenlampen schufen einen gespenstischen Chiaroscuro-Effekt, der die Atmosphäre des Todes noch verstärkte.

Ein Blick in B'Elannas Gesicht genügte Chakotay, um festzustellen, daß sie außer sich war. Verwirrung gesellte sich ihrem Zorn hinzu, und sie haßte es, verwirrt zu sein. Der Erste Offizier erlebte nun zum ersten Mal, daß die Chefingenieurin die Ursache eines technischen Problems nicht verstehen konnte.

Sie sah ihn nicht an, als sie sprach, starrte statt dessen auf die Anzeigen und schien die Displays stumm anzuflehen, ihr endlich Auskunft zu geben.

»Ich habe es mit verschiedenen Diagnoseprogrammen versucht«, sagte B'Elanna, bevor Chakotay eine Frage an sie richten konnte. »Außerdem habe ich alle durchtrennten Interfacemodule überprüft. Diese Sache ergibt einfach keinen Sinn. Der Computer funktioniert wie vorgesehen, und alle Verbindungen waren mit den richtigen Schnittstellen gekoppelt. Es gibt nicht einen einzigen lokalisierbaren Defekt.« Sie spuckte die letzten

Worte regelrecht aus, als hinterließen sie einen üblen Geschmack im Mund.

»Trotzdem existiert ein Problem«, erwiderte Chakotay, um die Chefingenieurin zu veranlassen, noch einmal alles durchzugehen. Er rechnete natürlich nicht damit, selbst eine Lösung zu finden – seinen Fähigkeiten waren enge Grenzen gesetzt, wenn es um Technisches ging. Aber wenn B'Elanna die einzelnen Punkte noch einmal durchging, boten sich ihr vielleicht neue Erkenntnisse.

Erkenntnisse, die es ihnen ermöglichten, alle Schäden zu beheben und den Flug fortzusetzen.

Darin bestand Chakotays Ziel. Wenn Captain Janeway zurückkehrte, sollte sie ein in jeder Hinsicht einsatzfähiges Schiff vorfinden. Er hatte darin eine Aufgabe gesehen, die nicht mit größeren Schwierigkeiten verbunden war. *Aber da habe ich mich ganz offensichtlich getäuscht,* dachte er nun.

»Das Problem ist sogar ziemlich groß.« Torres seufzte schwer. »Der Computer bestreitet, daß uns ein Navigationsfehler an diesen Ort brachte.« Sie seufzte erneut und klopfte mit den Fingern auf die Konsole. »Wissen Sie, ich habe Computern immer vertraut. Sie sind nicht wie Personen, die sich von Gefühlen und Launen leiten lassen, anstatt der Vernunft den Vorrang zu geben. Aber dieser Computer verhält sich anders. Man könnte fast meinen, wir hätten es mit einem irrationalen Geschöpf zu tun, das aus egoistischen Gründen Schwierigkeiten verursacht.

Das ist der zentrale Punkt bei der ganzen Angelegenheit. In rein technischer Hinsicht ist das Computersystem völlig in Ordnung. Doch es geht hier weniger um Technik. Ich habe das Gefühl, belogen zu werden.«

Chakotay nickte. Er verstand dieses Gefühl sehr gut, aber es mit einem Computer in Zusammenhang zu bringen... »Beginnen wir mit einem der leichteren Aspekte«, sagte er. »Können wir die Verbindung zwischen den Interfacemodulen im Maschinenraum wiederherstellen? Stehen uns dafür genügend Ersatzteile zur Verfügung? Ich möchte erst mit der Arbeit beginnen, wenn wir den Fehler gefunden haben, der das gegenwärtige Problem verursacht. Aber wir müssen bereit sein. Wenn Captain Janeway zurückkehrt, möchte sie die Tachyonenwolke sicher sofort verlassen.«

Torres nickte kurz und wirkte erleichtert – dieser Aufgabe fühlte sie sich ganz offensichtlich gewachsen.

»Die notwendigen Ersatzteile haben wir, aber das energetische Niveau der Phasensynchronisierungskanäle im dritten Segment ist ziemlich gering, und wir brauchen mehr Initialisierungsenergie. Wir könnten einen Teil der Impulskraft verwenden, aber dann besteht die Gefahr, daß die Kanäle durchbrennen.« Torres schüttelte den Kopf. »Besser wäre es, jenes improvisierte Etwas anzuzapfen, das Neelix als seinen Backofen bezeichnet – was dem Talaxianer wohl kaum gefiele.«

»Vielleicht bliebe uns dadurch das eine oder andere kulinarische Experiment erspart«, sagte Chakotay und lachte zusammen mit B'Elanna.

»Neelix sollte eigentlich kein Problem darstellen«, meinte der Erste Offizier. »Er weiß, daß unsere Energie knapp ist, und sein Backofen arbeitet ohnehin nicht sehr zuverlässig.«

»Ich könnte ihm anbieten, das Ding zu kalibrieren und auch die energetische Effizienz zu verbessern.« Torres lächelte. »Wenn wir uns mit unseren Werkzeugen an die Arbeit machen ... Bestimmt weiß er gar nicht, was wir anstellen. Und hinterher funktioniert sein Backofen besser als vorher.«

»Na bitte, Problem gelöst.« Chakotays Schmunzeln verblaßte. »Unglücklicherweise ändert sich an dem größeren Problem dadurch nichts. Wir haben noch immer keine Ahnung, was mit dem Computer geschah – diese Frage muß möglichst schnell geklärt werden. Wenn uns die Diagnoseprogramme nicht die gewünschten Hinweise liefern... Besteht die Möglichkeit, direkt auf den Programmcode zuzugreifen? Vielleicht finden wir dann heraus, was das Datenpaket aus dem Tachyonenfeld beinhaltete. Bis zu seinem Empfang funktionierte der Computer einwandfrei.«

Torres schürzte nachdenklich die Lippen. »Ich kann es versuchen. Aber dazu brauche ich den besten Programmierer dieses Schiffes, und das ist Harry Kim.«

»Der zu Captain Janeways Einsatzgruppe gehört«, sagte der Erste Offizier. Er überlegte ebenfalls. »Wie wäre es mit Fähnrich Mandel? Vielleicht ist sie noch besser als Kim, wenn es um den Basiscode geht. Ich schicke sie zu Ihnen.«

»Zu welcher Abteilung gehört sie?« fragte Torres und konnte die Skepsis nicht ganz aus ihrer Stimme vertreiben. Alle wirklich guten Programmierer gehörten zur technischen Sektion, und sie kannte die Fähigkeiten ihrer Mitarbeiter.

»Stellarkartographie«, antwortete Chakotay.

Torres schnaubte. »Natürlich. Das hätte ich mir auch gleich denken können. Die Kartographie schnappt sich immer die besten Programmierer.«

Chakotay lächelte erneut. B'Elanna Torres war die beste Technikerin, die er kannte, aber im Umgang mit anderen Personen zeichnete sie sich noch immer durch eine gewisse Unerfahrenheit aus.

Allerdings hatte sie seit ihren anfänglichen Auseinandersetzungen mit Carey in dieser Hinsicht erhebliche Fortschritte erzielt. »Bestimmt kommen Sie gut mit Mandel zurecht. Ihr Führungsstil verbessert sich so schnell, daß Sie vermutlich für den diplomatischen Dienst reif sind, wenn wir zur Föderation zurückkehren.« Mit diesen anerkennenden Worten ging Chakotay.

Er spürte eine Zufriedenheit, die ihn selbst erstaunte. Er freute sich immer dann, wenn er das Problem des Tages lösen konnte – und fühlte sich niedergeschlagen, wenn er an die ferne Heimat dachte.

Vielleicht verdankte er seine Erleichterung dem Umstand, daß er B'Elannas Problem gelöst und eine Programmiererin für sie gefunden hatte. Eigentlich gab es keinen Grund, Mandel nicht sofort zu ihr zu schicken. Er klopfte auf seinen Insignienkommunikator und übermittelte ihr eine entsprechende Anweisung.

Doch *dieses* Problem war nur eins auf einer langen Liste. Es mußten noch viele andere gelöst werden, bis Janeway und ihre Begleiter von dem Außeneinsatz zurückkamen.

Fähnrich Daphne Mandel freute sich nicht darüber, in den Maschinenraum beordert zu werden. Andere Arbeit wartete auf sie, wichtige Arbeit. Sie hatte von so etwas geträumt, ohne wirklich zu glauben, daß ihr Wunsch einmal in Erfüllung gehen würde – ein ganzer unerforschter Quadrant, den es zu kartographieren galt.

Mit einer Menge Glück, so hatte Mandel früher spekuliert, würde sie vielleicht nach Deep Space Nine versetzt werden, um dort mit den Leuten zusammenzuarbeiten, die den Gamma-Quadranten kartographierten. Zwar standen Karten von den dort beheimateten Völkern zur Verfügung, aber es gab noch immer viel zu tun.

Doch hier im Delta-Quadranten... Nie zuvor hatte sich jemand aus der Föderation in diesem Bereich der Galaxis aufgehalten. Für Daphne Mandel war es so, als ginge ihr Wunschtraum in Erfüllung. Manchmal mußte sie sich kneifen, um wirklich sicher zu sein, daß sie tatsächlich die Realität erlebte.

Sie verabscheute es, ihre Arbeit wegen irgend etwas zu unterbrechen. Sie schlief und aß nur, weil sich so etwas nicht vermeiden ließ. Früher oder später gelang es ihr vielleicht, diese beiden Bedürfnisse zu überwinden. Derzeit begnügte sie sich damit, vor der Kombüse anzustehen und mit der Mahlzeit sofort zu ihrer Station zurückzukehren. Dadurch verlor sie nur fünfzehn

Minuten, zwanzig in ungünstigen Fällen, wenn die Schlange der Wartenden länger war als sonst.

Ihre Abteilung bot nur wenig Platz – die *Voyager* war nicht als Forschungsschiff konzipiert. Für Daphne Mandel bedeutete es: Es gab weniger Leute, die Fehler machen konnten.

Bei der Konstruktionsplanung der *Voyager* hatte man es nicht für nötig gehalten, die Sektion Stellarkartographie in der Nähe wichtiger Bordfunktionen unterzubringen – sie befand sich in einem Nebenkorridor und bestand zum größten Teil aus zwei Holotischen, die alle Karten des Quadranten, alte wie neue, projizieren, miteinander vergleichen und aktualisieren konnten. Manchmal kam Captain Janeway, um sich die Projektionen anzusehen und eine bessere Vorstellung von der gegenwärtigen Position des Schiffes zu gewinnen. Häufiger geschah es, daß die Stellarkartographie komplexe Karten vereinfachte und in zweidimensionaler Form der Navigation zur Verfügung stellte.

Während ihrer Ausbildung an der Akademie hatte ihr ein Professor vorgeschlagen, sich auf Navigation zu spezialisieren. Bei dieser Vorstellung schauderte Mandel noch heute. In der Navigationsabteilung ging es nur um praktische Lösungen; mathematische Eleganz wußte man dort nicht zu schätzen.

Schon während des ersten Jahres an der Akademie verliebte sich Daphne Mandel in die stellare Kartographie. Seitdem lehnte sie alles ab, das sie von ihrer heißgeliebten Arbeit ablenkte. Sie war nicht bereit, kostbare Minuten für Gespräche mit anderen Besatzungsmitgliedern zu vergeuden, geschweige denn Stunden für Freizeit und Privatleben. Sie bedauerte den Umstand, daß Körper und Geist Schlaf brauchten. Wenn es nach ihr gegangen wäre, hätte sie den Platz an der Kartographierungsstation nie verlassen.

Jetzt wurde sie aufgefordert, sich *stunden*lang mit anderen Dingen zu befassen. Sie sollte an einer Sache arbeiten, die das Ziel hatte, sie alle nach Hause zu bringen. Nun, ihre Arbeit blieb natürlich sinnlos, wenn sie nie zur Föderation zurückkehrten – in dieser Hinsicht machte sich Mandel nichts vor. Doch die Feststellung, daß es siebzig Jahre dauerte, um die Heimat erreichen... Sie war von dieser Nachricht begeistert gewesen. Ihr ganzes Leben konnte sie damit bringen, das Unbekannte zu kartographieren, und den krönenden Abschluß bildete dann eine triumphale Rückkehr.

Weitere Kontakte mit der Familie – samt Ärger, Erwartungen und Enttäuschungen – blieben ihr erspart. Mandel konnte ihre Verwandten einfach vergessen. Sie waren längst alle tot, wenn die *Voyager* wieder das stellare Territorium der Föderation erreichte.

Nein, sie freute sich nicht über den Auftrag, sich um ein Problem im Maschinenraum zu kümmern. Hinzu kam, daß ihr die Chefingenieurin Unbehagen bereitete. Torres war wie all die anderen Techniker, mit denen Mandel zusammengearbeitet hatte. Ihnen ging es in erste Linie darum, an Dingen herumzuspielen und dafür zu sorgen, daß alles reibungslos funktionierte. Für die Schönheit reiner Mathematik hatten sie überhaupt nichts übrig. In der Stellarkartographie wußte sogar das Computerprogramm, daß es sich bei der Kartographierung um die aufregendste und lohnendste Arbeit bei Starfleet handelte – sie stellte einen der wichtigsten Gründe für die Existenz der Sternenflotte dar.

In der technischen Abteilung verschwendete niemand einen Gedanken daran. Mandel wäre bereit gewesen, viel Geld darauf zu wetten – wenn Geld ihr irgend etwas bedeutet hätte.

Torres nahm ihre Ankunft im Maschinenraum mit großer Erleichterung zur Kenntnis und hielt sich nicht mit irgendwelchen Höflichkeitsfloskeln auf. Sie kam sofort zur Sache. »Sehen Sie sich diesen Code an und erklären Sie mir, warum der Computer keine Navigationsdaten akzeptiert«, sagte die Chefingenieurin.

Daphne Mandel blickte auf den Bildschirm. Eine eingeblendete Infozeile teilte ihr mit, daß null Komma zwei Prozent der gesamten Informationen angezeigt wurden. Es gab also jede Menge Programmcode. Sie seufzte und begann mit der Arbeit. Je eher sie damit fertig wurde, desto schneller konnte sie zu ihren geliebten Sternen zurückkehren.

»Es besteht noch immer die Möglichkeit von Sabotage«, sagte Tuvok ruhig, nachdem Chakotay darauf hingewiesen hatte, daß die Diagnoseprogramme keine Resultate lieferten. »Durch den Umstand, daß es keine klaren Hinweise gibt, wird dies meiner Meinung nach sogar noch wahrscheinlicher. Ich halte es praktisch für ausgeschlossen, daß jemand, der nicht von der *Voyager* – und nicht aus unserem Quadranten der Galaxis – stammt, unser Computersystem so nachhaltig beeinflussen kann. Wenn es um eine klar definierbare Fehlfunktion ginge, könnten wir einen Zusammenhang mit dem empfangenen Datenpaket vermuten. Aber diese Sache geht viel tiefer, betrifft ganz offensichtlich die Basisfunktionen.«

Chakotay schwieg. Er hätte dem vor ihm stehenden Vulkanier gern widersprochen, doch dazu sah er sich außerstande. Seine Ausführungen klangen viel zu plausibel. Und doch … Er spürte, daß noch etwas anderes vor sich ging, im Verborgenen.

Der Bereitschaftsraum bot ihnen Gelegenheit, ganz offen über Tuvoks Theorie zu reden, ohne daß jemand mithörte. Dafür war Chakotay dankbar. Er wollte vermeiden, daß entsprechende Gerüchte bei der Besatzung kursierten – sie hätten den hypothetischen Saboteur nur alarmiert.

»Setzen Sie Ihre Ermittlungen fort, Mr. Tuvok«, sagte der Erste Offizier schließlich. »Aber denken Sie daran, daß wir keine konkreten Anhaltspunkte haben.«

»Ich werde die notwendige Diskretion walten lassen,

Sir«, versprach Tuvok und verließ den Bereitschaftsraum. Chakotay blieb allein zurück.

*Es gibt doch gar keinen Grund für Sabotage,* dachte er. Sie saßen alle im gleichen Boot, und zwar im wahrsten Sinne des Wortes. Ungeachtet der Herkunft und aller anderen persönlichen Unterschiede: Sie wollten heim. Der Rest spielte eine untergeordnete Rolle.

Chakotay blickte auf seinen elektronischen Datenblock und rieb sich resigniert die Augen.

Die verzwickte Situation kostete ihn viel geistige Energie, und deshalb fühlte er sich erschöpft. Kaffee wäre jetzt nicht schlecht gewesen. Obwohl … Mit Kaffee allein ließ sich das Problem gewiß nicht lösen. Sie brauchten weitere Informationen – vielleicht entdeckte die Einsatzgruppe etwas, das ihnen Aufschluß gab.

Aber was auch immer Janeway und ihre beiden Begleiter fanden: Chakotay ahnte, daß ihr Problem dadurch nur noch größer wurde. So war es meistens. Eine im Kern einfache Sache, umgeben von einem dicht gesponnenen Kokon aus Komplexität. Er entsann sich an ein gutes Beispiel, von dem er einmal in einem Kinderbuch gelesen hatte: ein dreidimensionaler Kegel, der versuchte, sich einer zweidimensionalen Fläche zu erklären.

Andererseits … Man konnte nie wissen. Vielleicht gelang der Einsatzgruppe das Downloading eines kompletten Datenarchivs, das alle Rätsel mit einigen schlichten Worten löste.

*Nein, darauf würde ich nicht einmal zwei lausige Credits wetten.* Chakotay lächelte. Vielleicht war es eine gute Sache, daß auch Tom Paris zu dem Einsatzteam gehörte.

# 10

Wir sind nicht auf diesem Weg gekommen, Captain«, sagte Kim und sah sich in dem Korridor um.

»Da haben Sie zweifellos recht, Mr. Kim. Ein Umstand, den wir begrüßen sollten.« Janeway übernahm die Führung und schritt durch den Tunnel.

Der Korridor sah völlig anders aus als die an Bord der *Voyager*. Die Wände waren gewölbt, und es fehlten Übergangsstellen zwischen ihnen, der Decke und dem Boden. Zusammen bildeten sie ein Ovoid. Einige wenige Kristalle ragten aus der Decke, aber es ging kein Licht von ihnen aus. Alles wirkte wie … das Innere einer Felsenhöhle oder eines aufgegebenen Stollens.

Auf halbem Weg durch den Tunnel erreichten sie eine Nische mit einer Tafel weit oben. Janeway kletterte an der Wand empor, benutzte die dortigen Kristalle wie Trittsteine oder Stufen einer exotischen Treppe. Als ihr Helmlicht auf die Tafel fiel, sahen die beiden unten stehenden Männer, daß es sich um eine schematische Darstellung des Schiffes handelte. Aus dieser Entfernung ließ sich kaum feststellen, welche Bereiche mit ›Brücke‹ oder ›Maschinenraum‹ identifiziert werden konnten, doch wichtiger war, daß sie nun einen Hinweis auf ihren Aufenthaltsort bekamen.

Inmitten der blauen und orangefarbenen Flächen zeigte sich ein weißer Punkt, der vermutlich die gegenwärtige Position der Einsatzgruppe verdeutlichte. Selbst wenn es möglich gewesen wäre, den ganzen Sinn der Darstellung zu erfassen: Angesichts der großen Öffnung in einer Flanke des Raumers stimmte die aktuelle Konfiguration nicht mehr mit diesen Angaben überein. Trotzdem konnte Janeway zumindest einen allgemeinen Überblick gewinnen.

Sie kletterte wieder herunter, wählte eine der Vorwölbungen an der Wand und berührte sie, woraufhin sich der Zugang eines weiteren Korridors öffnete. Er bot mehr Licht und wirkte besser erhalten als jener, der sie zum Holodeck gebracht hatte. An der einen Seite des Bodens zog sich eine lange Reihe aus bernsteinfarbenen Vorsprüngen entlang. Hier gab es mehr Kristalle. Einige von ihnen erweckten den Eindruck, zerbrochen und geborsten zu sein. Rosarotes und grünes Licht glühte in ihnen; hier und dort zeigte sich auch ein weißes Schimmern, das am Rand purpurne Tönungen gewann.

Paris setzte sich nun an die Spitze und entdeckte mehrere Türen. Er berührte sie vorsichtig, und zwei von ihnen öffneten sich. Die anderen waren zwar unverriegelt, aber ihr Öffnungsmechanismus funktionierte nicht mehr.

Die erste Tür führte in ein kleines Zimmer mit nur wenigen Vorsprüngen. Paris griff nach einigen, doch nur ein oder zwei reagierten auf den Kontakt, indem mattes Licht in ihnen erschien.

Der zweite Raum erwies sich als wesentlich größer. Paris warf nur einen flüchtigen Blick hinein und rief die anderen. Dann drehte er sich um und betrat die Kammer. Sofort wurde es hell: Strahlender Glanz ging von den Kristallen an der Decke aus und flackerte auf eine inzwischen schon vertraute Weise.

Plötzlich deutete Janeway zur Mitte des Raums und ging in die entsprechende Richtung. Paris drehte sich um, sah eine zerfranste Decke mit komplizierten Mustern. Und darauf lag… eine Leiche. Vier Meter lang war sie, ausgestattet mit sechs Gliedmaßen. In dem seltsamen Licht wirkte die Haut grau und grün, doch Janeway wußte nicht, ob es sich dabei um die tatsächliche

Hautfarbe dieser Geschöpfe handelte. Vielleicht hatte der Tod sie verändert.

Sie betrachtete das Gesicht, das keine Ähnlichkeit mit dem eines Menschen aufwies, aber recht ausdrucksvoll war. Nirgends zeigten sich Haare, und die geschlossenen Augen bildeten nur zwei schmale Schlitze. Janeway glaubte, Intelligenz in den erstarrten Zügen zu erkennen. Sie erinnerte sich an die Dinosaurier-Hologramme, mit denen sie als Kind gespielt hatte: zu groß und wie Hände dargestellte Klauen, ein fröhliches Lächeln in den Echsenmienen. Doch dieses Wesen lächelte nicht. Die Kommandantin stellte sich vor, wie der lippenlose Mund einst gelacht hatte. Die hohen Wangenknochen und das Kinn... Irgend etwas darin brachte vornehme Eleganz zum Ausdruck.

»Gefroren«, sagte Janeway und blickte noch immer auf den Leichnam hinab. »Die niedrige Temperatur hat das Verwesen verhindert.«

»Was mag die Todesursache gewesen sein?« fragte Tom Paris. »Die Kälte? Dieses Geschöpf wirkt wie aufgebahrt. Und der Körper weist keine sichtbaren Verletzungen auf.«

Harry Kim betrachtete die Anzeigen des Tricorders. »Ich kann nicht feststellen, wodurch dieser Fremde ums Leben kam. Wenn wir mehr über ihn herausfinden wollen, müssen wir ihn zur *Voyager* mitnehmen, damit der Doktor eine Autopsie durchführen kann.«

»Nein, Mr. Kim«, widersprach Janeway mit fester Stimme. »Wir wissen nichts über dieses Volk und seine Bestattungsrituale. Begnügen wir uns mit den vom Tricorder ermittelten Daten.«

Sie wandte sich von dem Toten ab und ließ ihren Blick durch die Kammer schweifen.

Kristalle ragten aus den Wänden, bildeten einzelne Alkoven, in denen verschiedene Dinge lagen. In einigen Fällen schienen es Reste von Kleidung zu sein, und zwei Gegenstände dienten offenbar der Zierde –

zumindest konnte Janeway keinen anderen Zweck erkennen.

»Das hier sieht nach Stuhl und Schreibtisch aus.«

Janeway trat zu Harry Kim, der auf der gegenüberliegenden Seite des Raums stand. Zwei besonders große Vorsprünge bildeten dort eine Säule, die so ausgehöhlt war, daß sie dem Wesen auf der Decke genug Platz bot. Ein ganzes Stück darüber ragte ein Kristall aus der Wand, der wie ein Regal geformt war: Kims ›Schreibtisch‹.

Um ihn zu sehen, mußte Janeway in die Säule klettern und sich dort auf die Zehenspitzen stellen. Auch diesmal zeichnete Kim mit seinem Tricorder alles auf.

Paris näherte sich. »Augenblick mal«, sagte er und zeigte plötzliches Interesse. »Vielleicht ist das hier eine Art Computer. Mal sehen.« Er berührte kleine Zapfen, die aus dem ›Schreibtisch‹ ragten, und mehrere Kristalle glühten rot, grün und gelb. »He, ich glaube, ich habe das Ding eingeschaltet.«

Kim und Janeway wandten sich ihm zu. »Vielleicht gibt es von hier aus eine Verbindung zum Navigationssystem«, sagte Paris aufgeregt.

»Oder Sie haben gerade die Kaffeemaschine aktiviert«, erwiderte Kim.

»*Das* wäre eine großartige Entdeckung«, kommentierte Janeway.

Sie lachten, wenn auch leise und ein wenig nervös – immerhin war der Tod präsent.

»Der Tricorder hat alles erfaßt«, meinte Kim. »An Bord der *Voyager* können wir die Daten analysieren.«

Janeway nickte dem jungen Fähnrich zu und ging dann in Richtung Ausgang, mit so langen Schritten, daß Kim und Paris fast laufen mußten, um nicht den Anschluß zu verlieren. Die Schutzanzüge machten dieses Unterfangen nicht gerade einfacher, und hinzu kam, daß überall Kristalle aus dem Boden ragten, denen es auszuweichen galt.

Offenbar führte der Weg jetzt nach oben. Angesichts der fehlenden Schwerkraft konnte man kaum sicher sein, aber Paris spürte, wie Waden und Fußknöchel stärker belastet wurde. Die magnetischen Verankerungen der Stiefel verhinderten, daß er den Bodenkontakt verlor, doch durch das fehlende Gewicht fiel es nicht leichter, sich an Bord des fremden Schiffes zu bewegen. Eher war das Gegenteil der Fall.

»Wenn wir das Kontrollzentrum erreichen...«, brummte er. »Vielleicht können wir dort die Lebenserhaltungssysteme reaktivieren.«

»Das wäre ausgezeichnet«, erwiderte Janeway. »Aktive ambientale Systeme würde es uns erleichtern, mehr über dieses Schiff herauszufinden.«

Paris nickte und dachte zu spät daran, daß es in der Dunkelheit niemand sehen konnte. Der Captain und Kim gingen vor ihm, und er achtete darauf, daß der Abstand nicht zu groß wurde. Was unglücklicherweise bedeutete, daß er nicht jede Tür öffnen konnte, an der sie vorbeikamen. Mit einer genaueren Untersuchung der Umgebung hätten sie sicher noch viele interessante Informationen sammeln können, aber ihnen stand nicht unbegrenzt viel Zeit zu Verfügung. Sie durften sich nicht damit aufhalten, jeden Gang und jedes einzelne Zimmer zu erforschen.

»Hier entlang«, sagte Janeway nach einer Weile und passierte eine weitere unverschlossene Tür. Doch dahinter erstreckte sich nicht etwa der große Raum, den sie von Bord des Shuttles aus gesehen hatten.

Vermutlich stellte jener Raum ein peripheres Kontrollzentrum dar. Dies hingegen war die Brücke. Daran konnte überhaupt kein Zweifel bestehen, fand Paris. Die Erbauer dieses Raumschiffs mochten völlig anders gedacht und empfunden haben als Menschen, aber die Brücke eines Schiffes zeichnete sich immer durch eine spezielle Atmosphäre aus, ungeachtet aller konstruktionsspezifischen Unterschiede.

Der geradezu riesige Kommandosessel stand in der Mitte, wie auch an Bord von Föderationsschiffen. So war es auch bei Klingonen, Cardassianern, Romulanern und sogar bei den Jem-Hadar üblich. Hier bot er sich in Form einer funkelnden Kristallsäule dar, die bis zur Decke emporreichte und ausgehöhlt war, so wie in der Kammer des Toten. Dutzende von Kontrollzapfen zeigten sich in der Mulde.

Vor dem Kommandosessel erstreckte sich ein großer Bildschirm an der Wand, der nur graues Nichts zeigte. Andere Stationen umgaben den Platz des Kommandanten und ähnelten dem ›Schreibtisch‹, den Tom zuvor so interessant gefunden hatte. Die Muster aus Zapfen und kristallenen Vorsprüngen unterschieden sich voneinander. Paris streckte die Hand aus – und ließ sie dann wieder sinken, ohne etwas zu berühren. Er erkannte die Bedeutung der einzelnen Stationen, fühlte sich plötzlich wie zu Hause: Dies war die Brücke eines Sternenschiffes.

»In Hinsicht auf die Brückenstruktur sind nicht sehr viele Variationen möglich«, sagte er. »Ich wette, die Navigationsstation befindet sich vorn, während die Kontrollen der Lebenserhaltungssysteme im rückwärtigen Teil untergebracht sind.«

»Was ist mit den Waffen?« fragte Harry Kim, dessen Aufmerksamkeit vor allem den Anzeigen seines Tricorders galt.

»Dies war ein Frachter, kein militärisches Schiff«, entgegnete Janeway. »Denken Sie nur an die großen Frachtkammern. Außerdem gibt es hier nicht genug Stationen für eine aus Soldaten bestehende Crew. Alles ist so konzipiert, daß nur wenige Besatzungsmitglieder erforderlich sind.«

Paris sah sich um und begriff, daß Janeway mit einem Blick die wesentlichen Merkmale erfaßt hatte. Es gab nur zwei vordere Stationen, nicht drei oder vier, und nur zwei weitere an der Rückwand. Jede ›Konsole‹ bestand aus Dutzenden von Kontrollzapfen, die vielleicht sogar multiplen Zwecken dienten. Auf diese Weise waren nur wenige Personen nötig, um alle Funktionen des Schiffes zu steuern.

*Bestimmt haben sie sich sehr einsam gefühlt*, dachte Paris. Ein riesiges Raumschiff, mit unglaublich viel Platz an Bord – und nur fünf Personen auf der Brücke. Angenommen, die Fremden hatten in drei Schichten gearbeitet... Nun, eigentlich gab es keinen Grund, von einer solchen Vermutung auszugehen; die Einteilung in drei Schichten wurde vor allem menschlichen Bedürfnissen gerecht. Doch in diesem besonderen Fall erschien die Zahl drei angemessen – sie paßte gut zu Geschöpfen mit sechs Gliedmaßen.

Drei Schichten bedeuteten ein Maximum von fünfzehn Besatzungsmitglieder. Fünfzehn Personen. Das waren nicht viele, wenn man bedachte, daß die jeweiligen Reisen durchs All vielleicht viele Monate oder gar Jahre dauerten. Die Last der Isolation...

Tom Paris schüttelte sich, als wollte er die Bilder eines üblen Traums abstreifen. Warum dachte er so etwas? Mit Maschinen war er immer besser zurechtgekommen als mit anderen Leuten. Normalerweise konzentrierte er sich auf die technischen Aspekte eines Problem, ließ die Emotionen der Beteiligten völlig unberücksichtigt. Warum stellte er sich hier vor, wie völlig fremde Wesen empfunden hatten? Was veranlaßte ihn überhaupt, ihnen vertraute emotionale Maßstäbe anzulegen?

Der Bildschirm an der Wand erhellte sich, und das engelhafte Geschöpf mit der indigofarbenen Haut erschien im Projektionsfeld. Hinter ihm war die Platane zu sehen, auf die Paris mit seinem Phaser geschossen hatte; nicht die geringsten Brandspuren zeigten sich dort. Er wußte natürlich, daß er ein Hologramm sah, aber der Anblick beunruhigte ihn trotzdem. Vergeblich hielt er nach irgendwelchen Anzeichen dafür Ausschau, daß sie schon einmal auf dem Holodeck gewesen waren.

»Bitte helfen Sie uns«, sagte Indigo. »Wir sind in großen Schwierigkeiten und sterben, wenn Sie uns nicht zu Hilfe kommen. Wir sind hier länger gefangen, als wir uns zurückerinnern können, und jetzt gehen unsere Sauerstoffvorräte zur Neige. Bitte helfen Sie uns bei der Reparatur unseres Raumschiffs.«

»Das wird derzeit gesendet«, sagte Harry Kim. »Als hätten wir überhaupt nicht auf die ersten Kom-Signale reagiert.«

Paris musterte Janeway. Ihre Lippen bildeten einen dünnen Strich, und in den Augen zeigte sich ein frostiger Glanz.

Er hatte diesen Ausdruck schon einmal gesehen und war froh, daß er nicht ihm galt. Zorn brodelte in Janeway, und wer auch immer ihn zu spüren bekam – Paris wollte nicht in der Haut des Betreffenden stecken.

Dann zeigte der große Bildschirm plötzlich Chakotays Gesicht.

»Seltsam«, murmelte Janeway.

»Wo ist unsere Einsatzgruppe?« fragte der Erste Offizier. »Drei Personen sind zu Ihnen geflogen und sollten sich jetzt an Bord Ihres Schiffes befinden.«

Tachyonenstrahlung verursachte jähe Interferenzen, die Streifenmuster auf dem Schirm bildeten. Als sie sich verflüchtigten, erschienen wieder die bunten Humanoiden.

»Warum projizieren sie das auf ihre eigenen Schirme?« fragte Paris. »Das ergibt doch keinen Sinn.«

»Oh, es ergibt sehr wohl einen Sinn, Mr. Paris«, erwiderte Janeway. »Vor allem dann, wenn sie wissen, wo wir sind. Dieser Zwischenfall überzeugt mich davon, daß alles sorgfältig inszeniert ist.«

»Die bunten Fremden sind Hologramme«, sagte Harry Kim. »Das erinnert mich an den Beschützer und seine Raumstation.«

Paris spürte, wie sein Herz vor Aufregung schneller schlug. Hatten sie vielleicht die Gefährtin des Beschützers gefunden, die einzige andere Entität mit der Macht, sie alle in den Alpha-Quadranten zurückzubringen? *Es wäre zu schön, um wahr zu sein*, dachte er.

»Nein«, sagte Janeway. »Die Hologramme des Beschützers sollten uns beruhigen. Zusammen mit ihnen schuf er eine Umgebung, in der wir überleben konnten. Dies hier ist weitaus weniger hochentwickelt. Die Ähnlichkeiten sind nur oberflächlicher Natur.«

Irgend etwas schien in Tom Paris' Gehirn zu explodieren. Eine Antwort formte sich, brachte neue Hoffnung. »Es ist wie beim Beschützer, nur ein ganzes Stück primitiver«, sagte er langsam und wartete darauf, daß sich die einzelnen Worte formten. Vorstellungsbilder huschten an seinem inneren Auge vorbei. »Wer auch immer dies ›inszeniert‹, Captain: Vielleicht hat er von der Gefährtin des Beschützers gelernt. Vielleicht kam sie hierher. Vielleicht gibt es im hiesigen Computer Aufzeichnungen der Begegnung – Daten, die uns bei der Rückkehr helfen könnten.«

Janeway und Kim starrten ihn groß an. »Das ist nicht ausgeschlossen«, räumte die Kommandantin ein. Auch in ihr regte sich Hoffnung. »Mr. Kim, können Sie das Logbuch des Computers downloaden?«

»Keine Ahnung, Captain«, erwiderte er. »Ich weiß nicht einmal, wie man auf die im Computer gespeicherten Daten zugreift. Und außerdem: Vielleicht existiert gar kein elektronisches Logbuch.«

»Es gibt bestimmt eins«, sagte Janeway. Sie schien vollkommen davon überzeugt zu sein. »Wir müssen es nur finden.«

Eine sonderbare Mischung aus Zorn und Besorgnis zitterte in Chakotay. Inzwischen konnte nicht mehr der geringste Zweifel daran bestehen, daß es sich um eine Falle handelte.

Als die Fremden ihre Bitte um Hilfe zum dritten Mal wiederholten, obgleich sich Janeway, Paris und Kim an

Bord ihres Schiffes befanden ... Da wußte Chakotay Bescheid. Allerdings durfte er sich während des Kom-Kontakts nichts anmerken lassen.

Er begriff, daß er den Captain und die anderen da irgendwie herausholen mußte. Ganz gleich, was die bunten Fremden behaupteten: Es war alles gelogen. Es gab keine andere Erklärung. Sie reagierten nicht auf seine Fragen nach der Einsatzgruppe, baten nur immer wieder darum, ›gerettet‹ zu werden.

Zwar dauerte es noch eine Weile bis zum vereinbarten Kom-Kontakt, aber Chakotay versuchte trotzdem, eine Verbindung herzustellen. Nur das Knistern und Prasseln von Interferenzen drang aus dem Lautsprecher. Aus dem Umstand, daß die Einsatzgruppe nicht antwortete, durfte keineswegs geschlossen werden, daß sie sich in Gefahr befand. Die Sensoren und Scanner hatten keine Lebensformen an Bord des fremden Schiffes entdeckt. Janeway und ihre beiden Begleiter brauchten also nicht zu befürchten, von jemandem angegriffen zu werden.

Aber warum dann die Falle? Wer hatte den Köder ausgelegt?

Fallen waren Werkzeuge der Jagd, und mit der Jagd kannte sich Chakotay aus. Manche Dinge boten sich in verschiedenen Formen dar, blieben in ihrem Kern jedoch unverändert. Der Jäger stattete eine Falle mit einem Köder aus und wartete dann darauf, daß die Beute den Köder annahm. Unterschiedliche Beute erforderte verschiedene Köder.

Wie konnte etwas im Delta-Quadranten eine Falle für Menschen vorbereiten? Woher sollte dieses Etwas wissen, welcher Köder für Menschen in Frage kam? Oder diente die Falle dazu, andere Wesen zu fangen, Geschöpfe, die große Ähnlichkeit mit Menschen aufwiesen?

Aber wenn das der Fall war ... Warum hatten die bunten Humanoiden dann Föderationsstandard gesprochen?

Diese Erkenntnis verblüffte Chakotay. Zu Hause hätte sich niemand darüber Gedanken gemacht. Doch auf der anderen Seite der Galaxis in der eigenen Sprache begrüßt zu werden... Das war mehr als nur seltsam.

Wie konnte jemand, der nicht über einen automatischen Translator verfügte, so gut Föderationsstandard sprechen? Die Kazon und einige andere Völker, denen die *Voyager* im Delta-Quadranten begegnet war, hatten Übersetzungsgeräte, die jedoch nicht annähernd so gut funktionierten wie die entsprechende Starfleet-Technik.

Chakotay sah nur eine Erklärung: Der Computer des fremden Schiffes mußte die Translator-Dateien kopiert haben.

Woraus sich ganz neue Fragen ergaben. Chakotay wünschte sich Zeit, um über ihre Bedeutung nachzudenken und zu versuchen, das Rätsel zu lösen.

Doch er hatte keine Zeit.

Er mußte eine Entscheidung treffen und überlegte, wie sich Janeway an seiner Stelle verhalten hätte. Dadurch fiel ihm alles leichter. Er beschloß, selbst aufzubrechen. Nicht etwa deshalb, weil es ihn danach drängte, aktiv zu werden. Nein, es gab einen anderen Grund: Wenn Captain Janeway zornig wurde, so sollte ihr Zorn ihm gelten und nicht jemand anders.

# 11

Chakotay hatte den Shuttlehangar gerade erreicht, als Kes eintraf. »Ich begleite sie«, sagte die Ocampa und sah ihm in die Augen.

»Nein«, widersprach er. »Sie werden in der Krankenstation gebraucht.«

»Ich werde *hier* gebraucht«, erwiderte Kes. »Wenn Captain Janeway und die anderen in Schwierigkeiten geraten sind, benötigen sie vielleicht medizinische Hilfe.«

Chakotay dachte darüber nach. Kes konnte tatsächlich sehr nützlich sein, wenn jemand behandelt werden mußte. Den Transporter konnten sie nicht verwenden. Wenn es also zu einem medizinischen Notfall kam, so entschieden die Fähigkeiten der Ocampa vielleicht über Leben und Tod.

Andererseits war sie kein ausgebildetes Mitglied der Crew, ließ sich weder Starfleet noch dem Maquis zuordnen. Sie stellte praktisch die Hälfte des medizinischen Personals der *Voyager* darf und durfte daher keinen unnötigen Gefahren ausgesetzt werden.

Sie war auch recht tapfer …

Schließlich nickte der Erste Offizier. »Wissen Sie, wie man mit einem Schutzanzug umgeht?« fragte er. »Die Lebenserhaltungssysteme an Bord des fremden Schiffes funktionieren schon seit langer Zeit nicht mehr.«

Kes nickte und lächelte. Sie ging an Bord des Shuttles, nahm im Copilotensessel Platz und legte sich ihre Medotasche auf den Schoß.

Chakotay öffnete einen internen Kom-Kanal. »Shuttle meldet Startbereitschaft.«

»Halten Sie eine solche Maßnahme wirklich für klug, Commander?« erklang Tuvoks Stimme. Nach Janeway und Chakotay war er der ranghöchste Offizier. »Wir wissen nicht, ob der Captain in Gefahr ist.«

»Genau das will ich ja herausfinden«, entgegnete Chakotay. »Öffnen Sie jetzt das Außenschott.«

Er mußte Captain Janeway, seine Untergebenen und auch seine Freunde schützen. Selbst Tom Paris zählte nun zu seinem ›Stamm‹, obwohl er nur drei Wochen zum Maquis gehört hatte, und nicht gerade aus sehr lauteren Gründen. Chakotay fühlte sich für sie alle verantwortlich.

Ein Indikator glühte grün. Tuvok kam der Aufforderung des Ersten Offiziers nach – das Außenschott des Hangars öffnete sich. Chakotays Finger huschten über Schaltflächen, die in unterschiedlichen Farben leuchteten. Die Freude am Fliegen erwachte wieder in ihm, als er das Shuttle ins All steuerte.

Er versuchte, den Flug einfach nur zu genießen, merkte erst jetzt, wie sehr er so etwas vermißt hatte. Die Ausbilder an der Akademie behielten recht: So etwas verlernte man tatsächlich nie. Es gab einen sechsten oder siebten Sinn für Piloten, eine Sphäre, in der das Bewußtsein mit der Maschine verschmolz. In jener Welt existierten keine Gedanken, nur das Sein.

Ein heiliger Ort.

Kes saß still und stumm, fast wie eine Statue, als Chakotay das Shuttle durch den breiten Riß in der Außenhülle des fremden Raumers gleiten ließ.

»Dort«, sagte er und bemerkte das andere Shuttle, das auf einem der Decks stand. »Janeway und die anderen tragen bestimmt Schutzanzüge. Dort drin gibt es keine Atmosphäre mehr.«

»Landen wir neben der anderen Raumfähre, oder setzen wir uns von hier aus mit der Einsatzgruppe in Verbindung?« fragte Kes unschuldig.

Chakotay drehte den Kopf und musterte die Ocampa verblüfft. Sie hatte recht! Im Innern des fremden Schiffes gab es keine Tachyonenemissionen, was bedeutete: Ihre Kom-Geräte sollten einwandfrei funktionieren.

Der Erste Offizier klopfte auf seinen Insignienkommunikator. »An die Einsatzgruppe, hier spricht Chakotay. Wo sind Sie?«

»Wir befinden uns auf der Brücke und versuchen gerade, auf die Daten des elektronischen Logbuchs zuzugreifen«, tönte Janeways klare Stimme aus dem Lautsprecher. »Wie ist es Ihnen gelungen, trotz des Tachyonenfelds eine Verbindung herzustellen? Angesichts der starken Interferenzen dürfte eigentlich gar kein Kom-Kontakt möglich sein.«

»Wir haben nur eine geringfügige Positionsveränderung vorgenommen«, antwortete Chakotay ruhig. Aus den Augenwinkeln sah er, wie Kes die Brauen wölbte und lächelte. »Wann kehren Sie zurück? Inzwischen sind wir ein wenig besorgt.«

»Es ist alles in bester Ordnung mit uns«, sagte Janeway. »Ich schätze, daß wir dieses Schiff in einer knappen Stunde verlassen werden. Später können wir weitere Untersuchungen anstellen, wenn wir genau wissen, wonach es Ausschau zu halten gilt. Bis bald, *Voyager*. Janeway Ende.«

»›Geringfügige Positionsveränderung‹ dürfte eine angemessene Beschreibung sein«, sagte Kes so, als hätte sie gerade etwas Neues gelernt. Ihre Stimme klang warm und weich, und in den großen, unschuldig blickenden Augen glänzte es amüsiert. Es fiel ganz leicht, die Ocampa für einen Menschen zu halten. Der Doktor war von ihrem Lerneifer sehr beeindruckt gewesen, und Chakotay verstand nun den Grund dafür.

Es gab genug Platz, um zu manövrieren. Chakotay flog an den geborstenen Decks vorbei, drehte dann ab und steuerte das Shuttle durch den breiten Riß, zurück ins All und ins Tachyonenfeld, das hier wieder für starke Interferenzen sorgte.

»Die Einsatzgruppe braucht nicht zu wissen, daß wir hier draußen sind, für den Notfall«, sagte Chakotay. »Zwar gab es keinen Notfall, aber es kann nicht schaden, vorbereitet zu sein.«

Kes pflichtete ihm mit ernster Miene bei.

Kurze Zeit später erzitterte sie plötzlich und versteifte sich. »Etwas Schlimmes«, brachte sie undeutlich hervor. »Etwas Schlimmes geschieht. Oder wird gleich geschehen. Ich weiß es nicht genau. Wir müssen den Captain und die anderen sofort aus dem Schiff holen.« Bei den letzten Worten klang ihre Stimme fast schrill, und sie bebte am ganzen Leib.

Chakotay zögerte nicht. Er wendete das Shuttle, beschleunigte und flog wieder zu dem fremden Raumschiff. Als sie sich dem großen Riß in der einen Seite näherten, wurden sie von einer Kraft zurückgeworfen, die den Ersten Offizier fast aus dem Pilotensessel geschleudert hätte.

Trümmer jagten an ihnen vorbei, scharfkantige Objekte, die von einem taumelnden Riesen im All ausgingen. Chakotay verglich sie mit einem Sandsturm, der bestrebt zu sein schien, die Farbe von der Außenhülle des Shuttles zu schmirgeln.

Er dachte überhaupt nicht mehr, konzentrierte sein ganzes Selbst auf eine einzige Aufgabe: zu überleben, diesen kosmischen Schrapnellhagel zu überstehen.

Er erinnerte sich nicht darin, die Schilde aktiviert zu haben, aber auf der Instrumententafel vor ihm leuchtete ein entsprechender Indikator. Wie dem auch sei: Angesichts der vielen Wrackteile um sie herum boten die Deflektoren des Shuttles keinen absoluten Schutz.

Chakotay steuerte die Raumfähre hart nach backbord, wich dadurch einem großen Metallbrocken aus, der ihnen wie ein Geschoß entgegenraste. Das Shuttle reagierte träge auf die Kontrollen und erwies sich als recht schwerfällig – für derartige Manöver war es nicht konstruiert.

Kes schnappte nach Luft, doch Chakotay schenkte ihr keine Beachtung. Die erste Welle aus Trümmern war nun an ihnen vorbei, aber ihr folgten kleinere Objekte, die mit noch höherer Geschwindigkeit flogen und die Hülle des Shuttles einfach durchschlagen hätten, wenn die Schilde nicht gewesen wären.

Nun, wenigstens saßen sie in einer von Deflektoren geschützten Raumfähre. Die Mitglieder der Einsatzgruppe hingegen hatten nur ihre Schutzanzüge, die solchen Belastungen sicher nicht standhalten konnten.

Vielleicht waren der Captain, Paris und Kim bereits tot. Bei diesen Gedanken empfand Chakotay ein Frösteln, das er ignorierte. Er hielt es für sinnlos, sich solchen Vorstellungen hinzugeben.

»Sie leben«, sagte Kes.

Der Erste Offizier hörte sie, ohne die Bedeutung der Worte zu erfassen. Die Steuerung des Shuttles erforderte seine ganze Aufmerksamkeit. Es ging darum, in das fremde Raumschiff zurückzukehren und gleichzeitig den von der Explosion durchs All katapultierten Trümmern auszuweichen, Janeway und die anderen zu finden, sie sicher zur *Voyager* zu bringen.

Diesmal war es nicht so leicht, durch den breiten, langen Riß in der Außenhülle das Innere des Raumers zu erreichen. Die energetische Druckwelle hatte Hunderte von Kabelsträngen und Rohrleitungen freigelegt, die wie eine exotische Form von Spanischem Moos an den Decks klebten. Was einst ein leerer, offener Raum gewesen war, präsentierte sich jetzt als dichter Dschungel aus Kabeln und Kristallen, die in einem Netz aus Glasfaserverbindungen hingen. Einige Kristalle funkelten, und von manchen zerrissenen Kabeln gingen die Funken unkontrollierter Entladungen aus – nicht alles an Bord des riesigen Raumschiffs war tot.

Chakotay senkte die Geschwindigkeit, als er das

Shuttle durchs Chaos dirigierte. »Wie sollen wir die Einsatzgruppe in diesem Durcheinander finden?« brummte er, während seine Finger über die Schaltflächen tanzten.

*Die ID-Signale der Insignienkommunikatoren müßten eine Lokalisierung ermöglichen,* dachte er. Nie zuvor hatte er sich so sehr einen Transporter an Bord eines Shuttles gewünscht. Doch Wunschdenken brachte sie jetzt nicht weiter.

Chakotay öffnete einen Kom-Kanal. »Captain, Paris, Kim, wie ist Ihr Status?« fragte er rasch.

Keine Antwort.

Statische Störungen knisterten im Lautsprecher, und der Erste Offizier schauderte innerlich. Wenn sie die Einsatzgruppe nicht fanden, konnten sie ihr auch nicht zu Hilfe kommen. Falls Janeway und ihre Begleiter überhaupt noch lebten ...

*Nein, sie sind nicht tot.* Chakotay klammerte sich an diesem Gedanken fest. Die Insignienkommunikatoren wiesen eine Fehlfunktion auf. Sie mochten bei der Explosion beschädigt worden sein, vielleicht durch eine nahe Entladung ...

Wertvolle Zeit verstrich. Erneut versuchte Chakotay, einen Kom-Kontakt herzustellen. Selbst wenn sich Janeway, Paris und Kim nicht meldeten – mit einer Anpeilung der automatisch gesendeten ID-Signale sollte es eigentlich möglich sein, den aktuellen Aufenthaltsort des Einsatzteams festzustellen. Vielleicht waren die Vermißten bewußtlos oder konnten aus einem anderen Grund nicht antworten.

Jede Sekunde zählte. »Einsatzgruppe, wie ist Ihr Status?« fragte der Erste Offizier noch einmal und versuchte, ruhig zu sprechen. »Einsatzgruppe, wir empfangen keine Antwort von Ihnen. Bitte melden Sie sich.«

»Chakotay?« erklang Paris' Stimme. »Sind Sie das?«

»Ja. Wie ist Ihre Situation?«

»Ich stecke unter einem Trümmerstück fest. Harry und den Captain kann ich von hier aus nicht sehen.«

»Na schön, wir sind zu Ihnen unterwegs.« Chakotay berührte eine bestimmte Schaltfläche, und daraufhin zeigte ein Display eine schematische Darstellung des lokalen Bereichs. Drei rote Punkte – die Insignienkommunikatoren der Einsatzgruppe – blinkten. Unter anderen Umständen hätte dies nicht unbedingt bedeutet, daß die betreffenden Personen ihre kleinen Kom-Geräte trugen. Aber in diesem besonderen Fall verwendeten Janeway, Paris und Kim Raumanzüge und konnten die Insignienkommunikatoren nur dann verlieren, wenn ihre Schutzkleidung riß – was hier den Tod bedeutete.

Chakotay steuerte das Shuttle auch weiterhin durch Vorhänge aus Schutt, näherte sich langsam jenem Ort, an dem die Einsatzgruppe festsaß. Als er die Stelle erreichte, hielt er dort vergeblich nach einem Landeplatz Ausschau. Überall zogen sich Kabelstränge entlang, und flackernde Lichter wiesen auf die Gefahr von weiteren energetischen Entladungen hin.

Der Erste Offizier verzog das Gesicht und begriff, daß er nicht umhin kam, ebenfalls einen Schutzanzug zu benutzen. Er aktivierte den Magnetanker, um das Shuttle an einem stabil wirkenden Vorsprung zu vertäuen.

Anschließend sah er noch einmal aufs Display, prägte sich die Struktur dieses Bereichs des fremden Schiffes ein und trat dann in die Ausrüstungskammer, um einen Raumanzug überzustreifen.

Dort begegnete er Kes, die bereits einen Schutzanzug trug.

Wenigstens hatte sie den Helm noch nicht aufgesetzt. Chakotay war so sehr darauf konzentriert gewesen, die Einsatzgruppe zu finden, daß er sich erst jetzt wieder an die Präsenz der jungen Ocampa erinnerte.

»Was soll das bedeuten, Kes?« fragte er. »Sie können Janeway und den anderen erst helfen, wenn wir sie an Bord geholt und von den Schutzanzügen befreit haben.«

»Genau *dabei* möchte ich helfen.«

»Sie sind nicht kräftig genug.« Chakotay winkte ab. »Außerdem sind Ihre Talente hier weitaus nützlicher.«

Kes lächelte zuckersüß. »Dort draußen gibt es keine Schwerkraft und deshalb auch kein Gewicht, das Kraft erfordert. Ich komme sicher ebensogut zurecht wie Sie.«

Chakotay blinzelte überrascht. Die Ocampa lebten unter der Oberfläche ihres Planeten. Wieso kannte sich Kes so gut mit der Schwerelosigkeit aus?

Ihm blieb keine Zeit, darüber nachzudenken oder die Diskussion fortzusetzen. Zusammen mit der jungen Frau trat er in die Luftschleuse des Shuttles und wartete ungeduldig, während sich das Innenschott schloß und Pumpen die Luft absaugten: ihr Summen wurde immer leiser.

Als sich das Außenschott öffnete, hielt Chakotay Kes fest, damit sie nicht fortschwebte. Er hatte die magnetischen Verankerungen seiner Stiefel aktiviert, im Gegensatz zu der Ocampa – vielleicht wußte sie nicht, wie man sie einschaltete. Der Erste Offizier hielt sich nicht mit entsprechenden Erklärungen auf, nahm ein Seil und verband ihre Gürtel miteinander, um zu verhindern, daß sie voneinander getrennt wurden.

Anschließend trat er nach vorn und zur Seite, auf die Außenhülle des Shuttles. Die magnetischen Verankerungen der Stiefel boten ihm den notwendigen Halt. Kes schwebte hinter ihm, mit beiden Händen am dem Seil, das sie miteinander verband.

Eine fremde, sonderbare Welt umgab sie. Drahtgeflechte wirkten wie eigentümliche Tapisserien, gewundene Rohrleitungen wie bizarre Kunstwerke. Immer wieder blitzte es in der Dunkelheit. Weißes, blaues und grünes Flackern wies auf Elektrizität hin, die sich in Kurzschlüssen verlor. Hier und dort fügten Kristalle dem elektrischen Sturm eigenes Schimmern hinzu.

Chakotay holte ein zweites Seil hervor, dünner als das erste und am einen Ende mit einer magnetischen Scheibe ausgestattet. Er verwendete diesen Gegenstand nun zum erstenmal, schwang ihn fast wie ein Lasso. Im Ruhezustand hatte die Magnetscheibe tatsächlich kein Gewicht, aber durch die Drehung entstand Zentrifugalkraft, die ein Gefühl der Schwere schuf.

Der Erste Offizier zielte nach einem stählernen Dorn auf dem Deck, gab das Seil genau im richtigen Augenblick frei. Die Scheibe flog fort, erreichte den Dorn und haftete daran fest. Chakotay zog mehrmals an dem Seil, um ganz sicher zu sein. Erst dann löste er beide Stiefel von der Außenhülle des Shuttles und glitt am Seil entlang, tiefer hinein in das fremde Schiff.

Er schien sich wie in Zeitlupe zu bewegen und wußte natürlich, daß die Umstände besonders große Vorsicht erforderten. Wenn er durch Unachtsamkeit den Kontakt zum Seil verlor ... Dann schwebte er zusammen mit Kes fort, ohne zum Shuttle zurückkehren zu können. Vielleicht gerieten sie durch den Riß in der Außenhülle ins All, um dann im Partikelorkan des Tachyonenfelds einen qualvollen Tod zu sterben.

Solche Gedanken gingen Chakotay durch den Kopf, als er sich behutsam ins Innere des fremden Raumschiffs vorarbeitete. Am Dorn angelangt bekamen seine Stiefel wieder Kontakt mit einer festen Oberfläche. Er nahm sich einige Sekunden, um Kes zu zeigen, wie ihre eigenen magnetischen Verankerungen funktionierten, so daß er sie nicht ständig im Schlepptau haben mußte. Es kam nun auf Mobilität an.

Der Erste Offizier und die Ocampa schwiegen, als sie den Weg durch die Trümmerwüste fortsetzten. Chakotay ging voran; er wußte, wo sich die Einsatzgruppe befand. Wo sich früher feste Zwischenwände erstreckt hatten, gab es jetzt nur noch geborstenes, zerfranstes Metall. Ineinander verkeilte Wrackteile zwangen sie mehrmals zu einem Umweg.

Chakotay schaltete seine Lampe ein und stellte fest, daß Kes ebenfalls eine aktiviert hatte – vermutlich stammte sie aus ihrer Medotasche.

Die beiden Lampen spendeten genug Licht, um Einzelheiten in dem Durcheinander zu erkennen. Weiter vorn ragte etwas aus den Trümmern. Beine. Silbrig und wie aufgebläht. Die Beine eines Schutzanzugs. Der Rest des Körpers steckte unter mehreren zerrissenen Wandsegmenten.

Alles in Chakotay drängte zur Eile, doch er mußte auch weiterhin vorsichtig bleiben. Ein Schritt nach dem anderen. Eine Ewigkeit schien zu vergehen, und immer wieder glitt sein Blick zu den beiden Beinen, die sich nicht bewegten.

Wer lag dort? Wer auch immer es sein mochte ... War er tot? Nein, eine solche Möglichkeit wollte Chakotay nicht in Erwägung ziehen. Er dachte an einen Verletzten, der Hilfe brauchte.

Schließlich erreichte er die Gestalt, zog ihr behutsam einen gesplitterten Kristall von der Brust, blickte durch die transparente Helmscheibe und erkannte ... Harry Kim.

Der junge Fähnrich war bewußtlos. Chakotay versuchte, das Wandsegment beiseite zu schieben, unter dem Kim eingeklemmt war. Zwar herrschte Schwerelosigkeit, aber das bedeutete nicht, daß die Objekte auch ihre Masse verloren. Das Trümmerstück – es schien aus einer seltsamen Mischung von Stein und Metall zu bestehen – rührte sich nicht einen Millimeter weit von der Stelle.

Er blickte darüber hinweg, zu einer Stelle, an der das Wandsegment zwischen einigen anderen festsaß. *Hier kämen wir nicht einmal mit einem tragbaren Traktorstrahlgenerator weiter,* dachte Chakotay. Er holte einen Laserschneider aus der Werkzeugtasche am Gürtel und durchtrennte das Segment. Die ganze Zeit über behielt er den gleißenden Strahl im Auge und achtete darauf, daß er dem Schutzanzug des Bewußtlosen nicht zu nahe kam.

»Ich brauche Sie hier, Kes«, wandte er sich mit Hilfe des Helm-Kommunikators an die Ocampa.

»Ich habe den Captain gefunden«, erwiderte Kes.

»Wie geht es ihr?« fragte Chakotay und schob den einen Arm unter Kims Rücken. Die Schwerelosigkeit bot einen großen Vorteil: Sie verringerte das Risiko, die Verletzungen des Fähnrichs zu verschlimmern. Außerdem wurde es dadurch leichter, Kim fortzubringen, zurück zum Shuttle.

»Ich weiß es nicht«, erklang die Stimme der Ocampa aus dem Lautsprecher im Innern des Helms. »Sie ist bei Bewußtsein, scheint jedoch benommen zu sein.«

»Liegt sie unter irgendwelchen Trümmerstücken?« fragte Chakotay.

»Nein. Aber ich bezweifle, daß sie aus eigener Kraft gehen kann.«

»Versuchen Sie, Captain Janeway zum Shuttle zu bringen. Ich kümmere mich inzwischen um Kim. Wenn beide in der Raumfähre sind, kehren wir noch einmal hierher zurück und suchen Paris.«

»Niemand braucht Paris zu suchen«, tönte eine andere Stimme aus dem Kom-Lautsprecher. »Paris kommt auch gut allein zurecht.«

»Sehen Sie das Licht unserer Lampen?« fragte Kes besorgt.

»Ich sehe ein Schimmern, das von Ihnen stammen könnte«, erwiderte Paris. »Aber hier flackert und glüht es praktisch überall.«

»Na schön, wir warten und sorgen dafür, daß unsere Lampen gleichmäßig leuchten«, sagte Chakotay. »Lassen Sie sich davon den Weg weisen und schließen Sie zu uns auf. Dann gehen wir gemeinsam zum Shuttle.«

»Gut«, entgegnete Paris. »Ich kann es gar nicht abwarten, den Schutzanzug auszuziehen. Was ist mit Harry?«

»Er hat das Bewußtsein verloren«, antwortete der Erste Offizier. »Jetzt sehe ich Sie. Unsere Position ist bei zwei Uhr. Seien Sie vorsichtig. Manche der Trümmer auf dem Boden haben messerscharfe Kanten und könnten Ihnen den Raumanzug aufschlitzen.«

Eigentlich sah Chakotay den Navigator gar nicht. Er beobachtete nur einen blassen Fleck, der sich weiter vorn in der Finsternis bewegte.

Schließlich bekam der Fleck Konturen und wurde zu einer humanoiden Gestalt. Der Erste Offizier war froh, daß niemand sein erleichtertes Lächeln bemerkte.

»Sehen Sie uns jetzt, Tom?« fragte Kes.

»Ja, ich sehe Sie«, bestätigte Paris. »Sind der Captain und Harry bei Ihnen?«

»Ja«, sagte die Ocampa. »Was ist mit Ihnen? Sie gehen recht mühsam. Brauchen Sie Hilfe?«

»Für mich ist das hier wie ein Spaziergang im Park«, behauptete Paris großspurig.

Doch das Taumeln des Piloten ließ Chakotay vermuten, daß es ihm kaum besser ging als den beiden anderen Mitgliedern der Einsatzgruppe. Paris neigte sich immer wieder zur Seite und schien nur mit Mühe das Gleichgewicht zu wahren. Unter anderen Umständen hätte Chakotay ihn gebeten, auf Hilfe zu warten. Aber sie sparten viel Zeit, wenn sie alle zusammen zum Shuttle zurückkehrten, ohne anschließend noch einmal diesen Bereich aufsuchen zu müssen.

Die Schwerelosigkeit erleichterte den Transport der Verletzten. Chakotay durchtrennte das Seil, das ihn mit Kes verband. Jetzt verwendete er es, um Kim und Captain Janeway an der magnetischen Leine zu sichern.

Chakotay hatte nie damit gerechnet, er würde Schwerelosigkeit in einer kritischen Situation sogar begrüßen, doch durch ein Gravitationsfeld wäre ihr Unterfangen wesentlich schwieriger gewesen.

Dieser Umstand wurde einmal mehr bei dem Bemühen deutlich, den Captain und Kim von den Schutzanzügen zu befreien. Paris war dabei keine große Hilfe. Er bewegte sich viel zu langsam, und Chakotay zweifelte kaum mehr daran, daß er ebenfalls Verletzungen erlitten hatte. Aber er würde überleben, bis sie die Krankenstation und den Doktor erreichten.

Die anderen waren in schlechterer Verfassung. Es erwies sich als recht problematisch, sie von den Schutzanzügen zu befreien, denn aufgrund ihrer Verletzungen konnten die Betreffenden dabei keine Hilfe leisten. Kes forderte Chakotay immer wieder zu größter Vorsicht auf. In der künstlichen Schwerkraft des Shuttles bestand die Gefahr von fatalen Wirbelsäulenverletzungen.

Besondere Vorsicht war erforderlich.

»Hier, halten Sie seine Schultern fest, während ich mir die Beine vornehme«, wandte sich Kes an den Ersten Offizier. »Und achten Sie darauf, daß er flach liegt.«

Chakotay folgte ihren Anweisungen, und irgendwie gelang es ihnen, Kim aus dem Schutzanzug zu holen, ohne seinen Rücken zu belasten.

»Sie und Paris – helfen Sie Captain Janeway aus dem Raumanzug«, sagte Kes. »Ich untersuche Harry.«

Janeway war bei Bewußtsein, was die Aufgabe ein wenig erleichterte. Trotz ihrer Verletzungen konnte sie sich bewegen, und deshalb riskierten sie keine Nervenquetschung, die zu Lähmungen führen konnte. Allerdings: Janeways Augen blieben trüb, und sie sprach undeutlich. Chakotay verstand kaum, was sie sagte, und plötzlich machte er sich große Sorgen um sie.

Er wollte ihr helfen, jetzt sofort.

Er mußte sie so schnell wie möglich zur Krankenstation der *Voyager* bringen.

Das Shuttle kippte plötzlich nach Steuerbord. »Woran ist dieses Ding vertäut?« fragte Tom Paris. »An einem schwarzen Loch?«

»Wir haben es mit einem Magnetanker stabilisiert«, erwiderte Chakotay. »Und in Ihrer derzeitigen Verfassung können Sie es nicht fliegen.«

»Mir tut das Bein weh, nicht der Kopf«, betonte Paris und sank in den Pilotensessel.

Chakotay nahm neben ihm Platz und erhob keine Einwände mehr. Paris war ein ausgezeichneter Pilot – wenn seine Sinne und Reflexe richtig funktionierten.

»Schnell«, drängte Kes mit angespannter Stimme. »Wenn wir die Krankenstation zu spät erreichen, stirbt Harry!«

# 12

»Haben Sie mit dem Programmcode schon etwas anfangen können?« wandte sich B'Elanna Torres mit scharfer Stimme an Fähnrich Mandel.

»Die problematischen Segmente sind inzwischen isoliert«, erwiderte Daphne Mandel ruhig. Sie sprach so, als analysierte sie die Angelegenheit für sich selbst. »Ich muß den Code noch manuell durchgehen, um herauszufinden, wo aus welchem Grund welcher Fehler liegt. Und wer dafür verantwortlich ist.«

»Können Sie feststellen, wer dahintersteckt?« fragte Torres nun weniger scharf. Interesse und Faszination erwachten in ihr. Sie wußte: Wer so gut war wie Mandel, konnte im Programmcode die erstaunlichsten Dinge entdecken.

Fähnrich Mandel zuckte mit den Schultern. »Kommt darauf an. Verschiedene Personen programmieren auf unterschiedliche Weise. Es ist so wie mit der individuellen Handschrift. Wenn man sie schon einmal gesehen hat, weiß man sofort, von wem sie stammt. In diesem Fall sollte es nur Sequenzen geben, die vom ursprünglichen Team programmiert wurden. Es müßte sich also bestimmen lassen, wessen Segment die Fehler enthält.«

B'Elanna Torres seufzte. »Seit wir Deep Space Nine verließen, haben viele Personen Codes geschrieben«, erklärte die Chefingenieurin. »Für viele Dinge, denen wir im Delta-Quadranten begegneten, war der Computer nicht programmiert, und deshalb mußten die Basisprogramme angepaßt werden. Von eleganten Lösungen kann man in diesem Zusammenhang kaum sprechen, aber wenigstens haben sie uns weitergebracht.«

»Soll das heißen, Sie haben einfach dies und das geändert, je nach den Umständen?« fragte Mandel entsetzt.

»Uns blieb keine Wahl«, entgegnete Torres. »Jeder Patch ist datiert und müßte im Logbuch des Maschinenraums eingetragen sein. Es sollte eigentlich ganz einfach sein, den Code zu kontrollieren.«

Mandel seufzte schwer. »Vielleicht wird das Problem von all den gepatchten Stellen im Betriebssystem verursacht. In der Eile sind vielleicht die Interaktionen mit anderen Programmen außer acht gelassen worden. Was an einer Stelle in den Datenkanälen gut funktioniert, kann an anderer zu Elaborationsfehlern führen. Zu viele hastige Veränderungen summieren sich, bis aus ihnen ein neues Problem wird.«

B'Elanna Torres zögerte einige Sekunden lang und musterte ihre neue Mitarbeiterin. Es verbargen sich keine Vorwürfe oder Herausforderungen in Mandels Ausführungen. Die Programmiererin wirkte ruhig und rational, vielleicht ein wenig müde. Nun, sie alle waren müde.

»Daran habe ich nicht gedacht«, gestand Torres. »Vielleicht haben Sie recht. Wenn das Problem darin besteht, wissen wir wenigstens, worauf es ankommt.« Die Chefingenieurin lächelte. »Wenn Sie so gut sind, Fähnrich ... Wir sollten dafür sorgen, daß Sie zur technischen Abteilung versetzt werden. Die Stellarkartographie ist schön und gut, aber wir können es uns nicht leisten, daß sich derartige Probleme wiederholen. Sie gäben eine gute Chefprogrammiererin ab, und wir könnten eine gebrauchen.«

Daphne Mandel erbleichte. »O nein, bitte nicht«, hauchte sie. Aber B'Elanna Torres war bereits fortgegangen.

»Transporter, richten Sie den Transferfokus auf die Einsatzgruppe und beamen Sie sie direkt zur Krankenstation«, sagte Chakotay.

»Wir können die einzelnen Personen nicht identifizieren«, lautete die Antwort des Transportertechnikers.

»Dann schicken Sie alle zur Krankenstation, mit Ausnahme des Piloten!« befahl Chakotay. Ärger quoll in ihm empor, gesellte sich der Sorge hinzu. Kim atmete immer schwerer, und seine Haut war kalt. Das Bewußtsein hatte er nicht ein einziges Mal wiedererlangt.

Inzwischen waren sie der *Voyager* so nahe, daß die Tachyonenemissionen kein Problem mehr darstellten. Über kurze Entfernungen hinweg gab es keinen Signalverlust.

»Können Sie die Personen nicht an Bord bringen, Sir?« fragte der Transportertechniker nervös. »Ich bin nicht in der Lage festzustellen, wer der Pilot ist. Und, äh...«

Chakotay bemühte sich, ruhig zu bleiben, was ihm nicht leicht fiel. Der Transportertechniker gehörte zweifellos zu Starfleet. Beim Maquis waren sie imstande gewesen, den Transferfokus sofort auszurichten, um Verwundete unverzüglich an Bord zu beamen. Chakotay wünschte sich, B'Elanna oder Tuvok säßen an den Transporterkontrollen. Der Vulkanier war Mitglied seiner Crew gewesen, wenn auch nur für kurze Zeit – und als Spion Starfleets. Es hätte ihm sicher keine Schwierigkeiten bereitet, die Verletzten zu transferieren und jemanden an Bord des Shuttles zu lassen, der es fliegen konnte.

»Wie geht es ihm?« wandte sich Chakotay an Kes.

»Sehr schlecht«, erwiderte die Ocampa.

Wenn die Entfernung nicht so gering gewesen wäre, hätte der Erste Offizier das Shuttle aufgegeben und sie alle transferiert. Aber diese Möglichkeit kam jetzt nicht mehr in Frage. Wenn das Shuttle nicht gesteuert wurde, kollidierte es vielleicht mit der *Voyager*.

Es gab keine leichte Lösung für das aktuelle Problem. Sie mußten den Flug fortsetzen und versuchen, das Schiff möglichst schnell zu erreichen.

»Bereiten Sie ein Beatmungsgerät und zehn Kubikzentimeter Impreferen vor«, sagte Kes. »Beides muß bei unserer Ankunft zur Verfügung stehen.«

Paris lenkte das Shuttle in einem weiten Bogen zur *Voyager* und hielt direkt auf den geöffneten Hangar zu. Er ging so gut mit den Kontrollen um, daß sie nicht eine einzige Nanosekunde verloren – die Verletzung wirkte sich also nicht negativ auf seine Fähigkeiten als Pilot aus.

Chakotay vernahm abruptes, mühevolles Husten, bei dem es ihm eiskalt über den Rücken lief. Er hatte dieses Geräusch schon mehrmals gehört und wußte, was es bedeutete: Harry Kim starb.

»Halten Sie durch, Harry, wir sind fast da«, sagte Kes. Sie drehte sich zu Chakotay und Paris um. »Er ist jung und kräftig. Wenn das Impreferen wirkt, wird er überleben.«

»Und wenn es nicht wirkt?« brachte Paris zwischen zusammengebissenen Zähnen hervor.

»Dann weiß der Doktor bestimmt, was es zu unternehmen gilt«, sagte Kes in einem Tonfall, der keine weiteren skeptischen Fragen zuließ.

Schweiß perlte auf Tom Paris' Stirn. Chakotay wußte, daß er und Kim gute Freunde waren. Paris gab sich alle Mühe, Harry und Captain Janeway zu retten, doch er hatte eigene Verletzungen erlitten, und dadurch wurden die Belastungen für ihn immer größer.

Vor ihnen wirkte der geöffnete Hangar wie ein Loch im silberweißen Leib der *Voyager*. Wenn es möglich gewesen wäre, die Raumfähre allein mit Willenskraft zu beschleunigen, hätten Chakotays Gedanken einen Warptransfer bewirkt. Das Shuttle glitt durch die Öffnung und setzte so sanft auf, daß der Erste Offizier nicht den geringsten Ruck spürte.

Zum Glück reagierte der Transportertechniker nun sofort und transferierte alle Personen an Bord zur Krankenstation. Dort waren bereits Vorbereitungen für die Behandlung getroffen.

»Wie geht es Kim?« fragte Janeway mit einer Stimme, in der Schmerz vibrierte.

»Es besteht keine unmittelbare Lebensgefahr mehr«, antwortete der Doktor. »Wenn Kes nicht gewesen wäre, sähe die Sache anders für ihn aus. Sein Zustand ist jetzt stabil, und in einigen Tagen hat er alles hinter sich.«

Der holographische Arzt musterte die Kommandantin. »Was man von Ihnen nicht unbedingt behaupten kann. Strecken Sie sich hier aus.« Er deutete auf eine Diagnoseliege.

Janeway seufzte und kam der Aufforderung nach. Der Doktor untersuchte sie mit einem medizinischen Tricorder, betrachtete die Anzeigen und brummte. Dann wandte er sich an Kes. »Ausgezeichnet. Ihre erste Diagnose stimmt genau.«

Captain Janeway räusperte sich. Als auch weiterhin eine Erklärung des Arztes ausblieb, fragte sie: »Wie lautet die Diagnose?« Der Doktor sah sie nur stumm an. »Nun? Beginnen Sie mit der Behandlung. Ich habe keine Lust, hier den ganzen Nachmittag zu verbringen.«

»Ich fürchte, es geht dabei um mehr als nur einen Nachmittag, Captain«, erwiderte der Holo-Arzt langsam. »Sie haben eine ernste Stauchung unweit der Medulla oblongata erlitten, und außerdem kam es an drei Stellen im Gehirn zu Blutungen. Die Behandlung dauert nicht länger als einen Tag, aber Sie müssen dabei absolut still liegen.«

»Was?« entfuhr es Janeway verärgert. »Wir können Sterbende ins Leben zurückholen und Knochenbrüche innerhalb von wenigen Tagen heilen lassen. Aber wir sind nicht in der Lage, jemanden von banalen Kopfschmerzen zu befreien?«

»Es handelt sich nicht um banale Kopfschmerzen«, sagte der Doktor in einem besonders pedantischen Tonfall. »Sie haben ernste Verletzungen erlitten, die zu Blutungen im Gehirn führten. Vor zweihundert Jahren hätte das innerhalb von einer Woche zum Tod geführt. Vor hundert Jahren wären Sie für den Rest Ihres Lebens ein geistiger Krüppel geworden. Es ist mir ein Rätsel, wieso Sie angesichts einer mehrere Stunden dauernden Behandlung die nicht angemessene Nutzung unserer Medo-Technik nahelegen können.«

»Ich bin der Captain dieses Schiffes«, stellte Janeway zornig fest. »Wir befinden uns in einer ziemlich schwierigen Situation, und ich kann es mir nicht leisten, einen ganzen Tag zu verschlafen.«

»Captain, wenn Sie sich nicht sofort der Behandlung unterziehen, können Sie Ihren Pflichten nicht mehr gerecht werden. Als Erster Medo-Offizier an Bord würde ich nicht zögern, Sie für dienstuntauglich zu erklären und Ihres Kommandos zu entheben. Die Entscheidung liegt bei Ihnen.«

Janeway starrte den Doktor ungläubig an. »Das wagen Sie nicht«, brachte sie fassungslos hervor.

»Da irren Sie sich, Captain«, widersprach der Holo-Arzt. »Derzeit sind Sie eine Gefahr für sich selbst, und Ihr Urteilsvermögen ist beeinträchtigt. Sie bleiben in der Krankenstation, bis ich Ihre Behandlung für beendet erkläre.«

Janeway richtete sich auf und sah sich um. Zwar blieb das Bild vor ihren Augen verschwommen, aber sie gewann trotzdem einen guten Eindruck von der aktuellen Situation. Chakotay, der Doktor und Kes standen wie Wächter in der Nähe, und in ihren steinernen Mienen zeigte sich Entschlossenheit.

Nur Tom Paris' Miene brachte Anteilnahme zum Ausdruck. »Ärzte«, murmelte er. »Dauernd wollen sie einen daran hindern, Spaß zu haben. Einmal nahmen sie einen verstauchten Fuß zum Anlaß, mich eine

Woche lang ans Bett zu fesseln. Sie verstehen einfach nicht.«

Janeway war ebensowenig amüsiert wie die anderen.

»Es dauert nicht lange, Captain«, sagte Kes. Sie sprach sanft, aber gleichzeitig erklang unnachgiebige Festigkeit in ihrer Stimme. »Vielleicht brauchen Sie nicht einmal einen ganzen Tag in der Krankenstation zu verbringen, wenn die Blutungen im Gehirn auf bestimmte Bereiche begrenzt sind. Und darauf deuten die ersten Medo-Sondierungen hin.«

»Machen Sie sich keine Sorgen um das Schiff, Captain«, fügte Chakotay hinzu. »Wir haben alles unter Kontrolle. Mandel und Torres arbeiten am Programmcode. Das Problem mit dem Computer dürfte gelöst sein, wenn Sie wieder erwachen.«

»Und die Fremden?« fragte Janeway leise.

»Sie sind nicht so wichtig wie unser Computer«, sagte Chakotay. »Außerdem sollten wir es vermeiden, weitere Besatzungsmitglieder an Bord jenes Raumers in Gefahr zu bringen.«

Janeway versuchte zu nicken – und preßte sich die Hände an die Ohren. Alle Farbe wich aus ihrem Gesicht.

Der Doktor trat näher und legte ihr den Arm um die Schultern. »Gleichgewichtsstörungen sind typisch für Ihr Krankheitsbild«, sagte er und half ihr dabei, sich wieder auf der Liege auszustrecken.

Wie durch Zauberei erschien ein Injektor in seiner Hand, und das Gerät entlud sich, bevor Janeway irgendwelche Einwände erheben konnte. »Was?« murmelte sie noch, und dann war sie auch schon eingeschlafen.

»Nach einigen Stunden Ruhe ist wieder alles in Ordnung mit Ihnen«, versprach der Doktor. »Nun, vielleicht ist nach einigen Stunden noch nicht *alles* in Ordnung, aber Sie können dann wieder das Kommando übernehmen.«

Er wandte sich zufrieden ab.

»Man könnte Ihnen Insubordination zur Last legen, Doc«, sagte Paris.

»Wenn sich Captain Janeway erholt hat, sieht sie bestimmt ein, daß dem Doktor gar keine Wahl blieb«, erwiderte Chakotay. »Ich schlage vor, wir überlassen die Verletzten nun der Rekonvaleszenz und machen uns wieder an die Arbeit.«

»Sie sind diensttauglich, Lieutenant Paris«, stellte der Holo-Arzt fest. »Aber Sie sollten sich vor Dummheiten wie zum Beispiel der Nutzung des Ski-Programms hüten.«

»In diesem Zusammenhang kann man wohl kaum von Dummheit reden«, sagte Paris, als Chakotay ihn in Richtung Korridor führte. »Skilaufen ist ein großartiger Sport.«

Die Tür der Krankenstation schloß sich hinter ihm, bevor der Doktor antworten konnte. Der holographische Arzt beschränkte sich darauf, den Kopf zu schütteln. Dann wandte er sich an Kes, die neben Harry Kims Liege stand. »Sie haben hervorragende Arbeit geleistet. Zum Glück haben Sie Chakotay begleitet. Andernfalls hätte Kim vielleicht nicht überlebt.«

Die Ocampa lächelte sanft.

»Sollten wir uns jetzt nicht um Harry kümmern?« Sie wartete keine Antwort ab, drehte sich um und sah zum Display der Bioindikatoren.

»Ja, wir können wirklich von Glück sagen, daß Sie Chakotay begleiteten«, betonte der Doktor noch einmal. »Aber was veranlaßte Sie zu der Entscheidung? Woher wußten Sie überhaupt, daß der Commander beabsichtigte, die *Voyager* zu verlassen? Das alles erscheint mir sehr seltsam.«

Kes blickte auf ihre Hände hinab. »Ich habe keine Ahnung, woher ich davon wußte. Ich hatte einfach das Gefühl, aufbrechen zu müssen, und als ich den Hangar erreichte, traf ich dort Chakotay an. Unsere Begegnung schien … kein Zufall zu sein.«

»Kein Zufall«, wiederholte der Doktor. »Hmmm. Wenn Sie Betazoidin wären, könnte man davon ausgehen, daß ein empathisches Wesen hinter dieser Sache steckt. Aber Sie stammen nicht von Betazed. Und Sie möchten sich nicht testen lassen.«

»Derzeit müssen wir uns um wichtigere Dinge kümmern.«

Kes wandte sich ab und trat zu Janeway, so als sei ihre Präsenz für die Genesung der Kommandantin erforderlich. Der Doktor beharrte nicht auf einer Fortsetzung des Gesprächs, und dafür war sie dankbar.

»Wie kann die Begegnung mit Chakotay im Hangar *kein* Zufall gewesen sein?« murmelte Kes und sah dabei auf die schlafende Janeway hinab. »Wer oder was hat mich gelenkt, ohne daß ich etwas bemerkt habe?« Sie dachte an die jüngsten Ereignisse. Auf den ersten Blick schien der Zufall darin eine große Rolle zu spielen. Doch wenn man genauer hinsah ... »Dic Explosion ... War sie geplant?« fragte sich Kes leise. »Und wollte jemand sicherstellen, daß medizinische Hilfe zur Verfügung steht? Hat ›man‹ Chakotay und mich als eine Art Rettungsteam geschickt?«

In Gedanken betrachtete Kes diese Idee von allen Seiten, und plötzlich wirkte alles immer plausibler. Der Doktor hatte ihr zwar keine statistischen Daten genannt, aber sie wußte auch so: Die Wahrscheinlichkeit von so vielen Zufällen war sehr gering.

Kes stellte sich dieser Erkenntnis, und dabei keimte Furcht in ihr.

# 13

Die Brücke der *Voyager* war kein geeigneter Ort, um zu versuchen, alle Aspekte der gegenwärtigen Situation zu analysieren. Chakotay sah nach links, zu den Kontrollen der Navigation – alle Displays glühten, vermittelten den Eindruck von unbeschränkter Funktionsbereitschaft. Weiter hinten führte Tuvok ein leises Gespräch mit jemandem, den der Erste Offizier nicht identifizieren konnte, ohne einen Blick in die entsprechende Richtung zu werfen. Er hörte Schritte, dann das leise Zischen, mit dem sich die Tür des Turbolifts öffnete. Mit wem hatte der Vulkanier gesprochen? Und worüber?

Einige Sekunden später glitten Chakotays Gedanken in eine andere Richtung. Einmal mehr fragte er sich, was ihn veranlaßt haben mochte, die *Voyager* zu verlassen und zu dem fremden Schiff zu fliegen.

Er hatte es zunächst für seine eigene Idee gehalten, den Status der Einsatzgruppe zu überprüfen, doch inzwischen regten sich Zweifel in ihm. Normalerweise verließ er die *Voyager* nicht, ohne daß jemand zurückblieb, der die Aufgaben des Kommandanten wahrnehmen konnte. Er kannte seine Pflichten, und er kannte auch den Captain. Warum war er schon *vor* dem geplanten Kom-Kontakt um Janeway und ihre Begleiter besorgt gewesen?

*Ein derartiges Verhalten paßt überhaupt nicht zu mir,* dachte Chakotay.

Und dann die Explosion, als Kes und er zurückfliegen wollten. Alles schien zeitlich so abgestimmt zu sein, daß die notwendige Hilfe geleistet werden konnte.

»Commander, wir brauchen Ihre Genehmigung für eine Überprüfung des Holodecks.«

Chakotay sah zu einem jungen Fähnrich auf, der einen goldgelben Uniformpulli trug. »Gibt es ein Problem mit den Holo-Projektoren?«

»Nein, Sir. Es handelt sich um routinemäßige Wartung.«

Chakotay seufzte und drückte den Daumen auf den elektronischen Datenblock, der ihm von dem jungen Offizier aus der technischen Abteilung gereicht wurde. Anschließend brachte er das Logbuch auf den neuesten Stand; dabei sprach er ganz leise, um die Brückencrew nicht zu stören.

Als das erledigt war, wandte er sich wieder der Situationsanalyse zu und überlegte, was Tuvok davon halten mochte. Der Vulkanier arbeitete an seiner Station im rückwärtigen Bereich der Brücke, und Chakotay wußte, daß er seiner Umgebung keine Beachtung schenkte. Tuvoks Aufmerksamkeit galt in erster Linie den Anzeigen seiner Konsole, um jederzeit bereit zu sein, die Schilde zu aktivieren oder eine Zielanpeilung für die Phaser vorzunehmen. Er blieb immer tüchtig, immer effizient.

Je länger Chakotay über die Möglichkeit von Sabotage nachdachte, desto größer wurde seine Besorgnis. Die Vorstellung, von einer fremden Entität manipuliert zu werden, gefiel ihm ganz und gar nicht. Es fühlte sich nach einer ... cardassianischen Taktik an.

Nein, das war absurd. Im Delta-Quadranten trieben sich keine Cardassianer herum. Dafür gab es viele andere aggressive Völker, unter ihnen die Kazon, denen es eine Freude gewesen wäre, die Technik der *Voyager* entweder für sich selbst zu nutzen oder sie zu zerstören.

Doch die Kazon gingen lieber direkt vor, verabscheuten List und Durchtriebenheit. Wenn sich die Erfahrungen mit den Ogla auch auf andere Kazon-Gruppen übertragen ließen, so konnte daraus folgender Schluß gezogen werden: Die Kazon töteten ganz offen. Keine der Kulturen, denen die *Voyager* bisher im Delta-Quadranten begegnet war, fand auch annähernd so viel Gefallen an Heimtücke wie die Cardassianer.

Vielleicht hatte Tuvok recht: Vielleicht gab es einen Saboteur an Bord, was bedeutete, daß die alten Wracks im All und das Tachyonenfeld ohne jeden geheimnisvollen Aspekt waren.

Genau in diesem Augenblick zeigte der Hauptschirm ein Trümmerstück aus geborstenem dunklen Metall. Es flog so nahe an der *Voyager* vorbei, daß die Sensoren Einzelheiten erfaßten: Chakotay sah zerfranste, von Strahlung zernagte Reste orangefarbener Schriftzeichen. Kabelbündel ragten aus einem halbrunden Klumpen, und dadurch sah das ganze Ding wie eine Qualle aus. Das Wrackteil schwebte fort, und nach wenigen Sekunden zeigte der Hauptschirm nur noch das große fremde Schiff. Aus dieser Entfernung betrachtet, sah der breite Riß in der Außenhülle wie eine dunkle Linie aus, die ein dünner Stift zu Dekorationszwecken an der Flanke des Raumers hinterlassen hatte.

Es fiel Chakotay leichter, sich einen Saboteur an Bord vorzustellen. Das ergab zumindest einen gewissen Sinn. Eine solche Möglichkeit paßte in sein Weltbild, wurde den Regeln seiner Logik gerecht.

Spione, Agenten und Saboteure ... Solche Leute gab es überall. Allerdings: Seit dem Transfer vom Alpha- in den Delta-Quadranten hatten sie nur Kes und Neelix als neue Besatzungsmitglieder aufgenommen. Chakotay versuchte, sich die Ocampa oder den Talaxianer als Agenten beziehungsweise Saboteure vorzustellen. Beide hatten Kontakte zu den Kazon unterhalten, und bei Neelix kamen Verbindungen zu vielen anderen Völkern hinzu.

Aber konnten sie wirklich Sabotage verüben? Beide verfügten nicht über technische Fachkenntnisse, obwohl zumindest Kes das intellektuelle Potential zu haben schien, um sich entsprechendes Wissen in recht kurzer

Zeit anzueignen. Doch ihr Interesse galt vor allem der Medizin, und nichts deutete darauf hin, daß sie irgendwann einmal technische Daten aus den Computerbibliotheken der *Voyager* abgerufen hatte.

Also kam nur eine unsichtbare Entität in Frage – oder jemand, der sich schon im Alpha-Quadranten an Bord befunden hatte. Im letzten Fall konnte der Agent/Saboteur eigentlich nur in den Diensten der Cardassianer stehen.

Auf der rechten Seite bemerkte Chakotay eine plötzliche Bewegung. Zwei Besatzungsmitglieder – eines von ihnen trug einen blauen Uniformpulli – traten vor mehrere Displays. Der Erste Offizier drehte den Kopf, sah jedoch nicht, was die Monitore anzeigten. Nun, wenn es dabei um etwas Wichtiges ging, so würde man ihn sicher informieren.

Doch die beiden Besatzungsmitglieder standen auch weiterhin nebeneinander, ohne sich dem Ersten Offizier zuzuwenden. Eine der beiden Gestalten, eine Frau, neigte den Kopf ein wenig zur Seite, deutete auf eine Darstellung und berührte mehrere Schaltelemente. Kurz darauf nickte sie zufrieden, wandte sich von dem Mann an ihrer Seite ab und schritt zu einer anderen Station.

Chakotay besann sich wieder auf seinen inneren Kosmos. Die Angehörigen des Obsidian-Kommandos zögerten nicht, das Mittel der Bewußtseinskontrolle zu nutzen, wenn sie Gelegenheit dazu bekamen. Und es hieß, daß der cardassianische Geheimdienst tatsächlich einige erfolgreiche Experimente in Hinsicht auf empathische Manipulation durchgeführt hatte.

Es erschien sogar logisch, daß so etwas bei Kes und Chakotay funktionierte. Kes wies gewisse empathische Fähigkeiten auf, deren genaue Natur rätselhaft blieb. Und was den Ersten Offizier betraf … Er war kein Empath, aber aufgrund seiner indianischen Herkunft stand er in einer besonderen Beziehung zur Geisterwelt. Außerdem war er ziemlich sicher, daß bei allen Völkern sogenannte paranormale Fähigkeiten jene Welt berührten. Um diese These zu beweisen, führte er gern das Beispiel von menschlichen Schamanen und Heilern an, die bei entsprechenden Tests ›übernatürliche‹ Begabungen bewiesen.

Chakotay bedauerte es, daß sie keinen Counselor an Bord hatten. Mit Hilfe eines solchen Spezialisten wäre es sicher nicht sehr schwer gefallen, einen eventuell präsenten Psioniker zu identifizieren.

Er verfügte in dieser Hinsicht über ein kleines Talent, das für die einfachen Rituale genügte. Ein kleines Talent, nicht ausgebildet und daher einem großen Talent praktisch schutzlos ausgeliefert.

Er erinnerte sich daran, tiefe Einsamkeit empfunden zu haben, außerdem den Drang, der Einsatzgruppe zu folgen – obwohl er eigentlich an Bord der *Voyager* hätte bleiben sollen. Mit ziemlicher Sicherheit waren es nicht seine eigenen Gefühle gewesen, sondern fremde Emotionen, die bei ihm ein bestimmtes Verhalten bewirken sollten.

Chakotay verspürte den Wunsch, mit Kes darüber zu sprechen. Vielleicht empfand sie ähnlich. Vielleicht waren ihre empathischen Fähigkeiten besser oder anders gestaltet, so daß sie eine klarere Vorstellung von dem manipulierenden Faktor gewinnen konnte. Vielleicht gelang es ihm mit ihrer Hilfe, den Saboteur zu finden.

Er beschloß zu warten, bis Captain Janeway wieder das Kommando übernahm und Kes' Dienst in der Krankenstation endete. Sie wurde dort gebraucht.

In der Zwischenzeit konnte und sollte er mit Tuvok reden. Der Vulkanier hatte von Anfang an Sabotage in Erwägung gezogen. Jetzt hatte Chakotay etwas mehr Einblick in die ganze Sache gewonnen, was bedeutete: Vielleicht gelang es ihnen mit den neuen Informationen, den cardassianischen Agenten zu entlarven. Bevor noch jemand verletzt oder gar getötet wurde.

Bevor der Erste Offizier Gelegenheit bekam, sich diskret an den Vulkanier zu wenden, erschien B'Elanna Torres auf der Brücke.

»Ich kann nicht länger mit ihr zusammenarbeiten«, platzte es so laut aus der Chefingenieurin heraus, daß alle auf der Brücke Anwesenden es hörten. »Es geht einfach nicht. Sie ist unmöglich und nimmt sich bei allen Dingen zuviel Zeit.«

»Ich glaube, wir sollten im Bereitschaftsraum darüber reden«, erwiderte Chakotay.

B'Elanna bedachte ihn mit einem finsteren Blick – und begriff dann, daß sie die Regeln des Takts verletzt hatte. »Ja, Sir«, erwiderte sie schuldbewußt und folgte Chakotay. Als sich die Tür des Bereitschaftsraums hinter ihnen geschlossen hatte, begann sie erneut. »Es geht um Fähnrich Mandel. Man könnte glauben, es ginge ihr um erlesene Kunst oder so. Dauernd kritisiert sie unsere bisherige Verfahrensweise – ich habe es satt. Man könnte glauben, wir hätten das Problem geschaffen, weil wir nicht so elegant programmieren wie sie. Wenn sie alles schön fein und säuberlich möchte, so sollte sie einmal versuchen, die Basisprogramme während eines Notfalls zu modifizieren. Warum kann mir Harry nicht bei der Kontrolle des Programmcodes helfen? Er weiß wenigstens, worauf es ankommt.«

Chakotay wartete darauf, daß sich B'Elanna ein wenig beruhigte. Sie konnte die schwierigsten Probleme lösen – aber nur dann, wenn sie Rationalität und Vernunft den Vorrang gab.

»Am besten, wir fangen ganz von vorn an«, sagte der Erste Offizier, als Torres wieder einigermaßen normal atmete und sich in einen Sessel sinken ließ. »Zunächst einmal: Vermutlich haben Sie noch nicht gehört, daß Harry während des externen Einsatzes verletzt wurde. Er wird sich bald erholen, aber derzeit befindet er sich in der Krankenstation.«

»Harry ist verletzt?« fragte B'Elanna erschrocken.

Plötzlich gab es einen neuen Fokus für ihre Besorgnis. Schon seit einer ganzen Weile arbeitete sie mit dem Fähnrich zusammen; sie bildeten ein gutes Team.

»Es besteht keine Gefahr mehr für ihn«, beruhigte Chakotay die Chefingenieurin. »Aber ein paar Tage lang muß er noch behandelt werden und unter Beobachtung bleiben.«

»Kann ich ihn besuchen?« fragte B'Elanna rasch.

»Ich glaube, derzeit haben der Doktor und Kes alle Hände voll zu tun«, entgegnete Chakotay. »Und ich schätze, das gilt auch für Sie. In der Krankenstation ist Harry gut aufgehoben. Sie müssen sich um den Computer kümmern. Ich brauche wohl nicht extra darauf hinzuweisen, um welchen der beiden Patienten es schlimmer steht.«

Torres seufzte schwer. »Ja, ich verstehe. Aber was Fähnrich Mandel betrifft… Ich kann sie nicht mehr ertragen.«

»Was stellt sie an?«

»Sie vergeudet zuviel Zeit mit den Details.«

»Warum halten Sie das für verkehrt?« erkundigte sich Chakotay.

Torres blickte zur Decke hoch und biß sich auf die Lippe. Einige lange Sekunden des Schweigens verstrichen, während die Chefingenieurin nach geeigneten Worten suchte. Dann richtete sich ihr Blick wieder auf den Ersten Offizier. »Wir haben nur ein einziges Mal die Navigationsprogramme verändert, und zwar wegen der Sternkarten. Damit meine ich die von Fähnrich Mandel erstellten Sternkarten. Die meisten anderen Modifizierungen der Bordsysteme betreffen das energetische Niveau. Dabei ging es darum, mehr Energie für die Replikatoren abzuzweigen oder das Potential der Schilde zu verstärken. Aber das sind periphere Systeme, und Sie wissen ja, daß sie auf der Betriebssystemebene kaum eine Rolle spielen.«

»Nein«, erwiderte Chakotay, »das wußte ich nicht.

Computer gehören nicht zu meinem Fachgebiet, und das Computersystem der *Voyager* ist um einige Generationen moderner als jene Dinge, mit denen ich mich an der Akademie beschäftigen konnte. Wie viele Verbindungen und Interaktionen gibt es zwischen den einzelnen Subroutinen?«

Torres blinzelte. »Keine. Besser gesagt: fast keine. Je mehr ich darüber nachdenke, desto sicherer bin ich, daß die von uns vorgenommenen Veränderungen das Navigationssystem ebensowenig beeinflussen konnten wie Basisverbindungen. Dabei handelt es sich um den ersten Elaborationsbereich. Was auch immer geschah: Es betraf den Kern der Basisprogramme, einen Bereich, der ebenso elementar ist wie das Atmen für ein organisches Wesen.«

Chakotay nickte. Er glaubte zu verstehen, was B'Elanna meinte. »Sie glauben also nicht an das unglückliche Zusammentreffen von Zufällen. Ihrer Ansicht nach ist es Zeitverschwendung, einer unwahrscheinlichen Möglichkeit auf den Grund zu gehen.«

»Genau.« Die Chefingenieurin erhob sich und legte beide Hände auf den Tisch. »Vielleicht steckt Absicht dahinter; vielleicht möchte Mandel zur Stellarkartographie zurück. Oder sie hat keine Ahnung, was Worte wie ›dringend‹ und ›eilig‹ bedeuten. Man könnte glauben, daß sie den Rest ihres Lebens hier im Delta-Quadranten verbringen will und gar nicht nach Hause zurückkehren möchte. Sie verschwendet überhaupt keinen Gedanken daran, daß wir den Flug so schnell wie möglich fortsetzen müssen, um unsere Vorräte zu erneuern.«

Chakotay erstarrte förmlich. Er hatte an einen cardassianischen Agenten gedacht, und hier gab es jemanden, der Probleme schuf. Es paßte gut ins Bild.

Er fühlte sich versucht, Torres ins Vertrauen zu ziehen, ihr von seinen Vermutungen zu berichten. Doch er entschied sich dagegen. Vielleicht irrte er sich, und er wollte keine Voreingenommenheit in B'Elanna wecken.

Wenn Mandel zuverlässig war, so brauchten sie ihr besonderes Geschick – nach Harry Kims Verletzung noch mehr als vorher. Daphne Mandel war eine erstklassige Programmiererin – das behauptete jedenfalls ihre elektronische Personalakte.

Und wenn die darin gespeicherten Angaben nicht der Wahrheit entsprachen? Chakotay wußte, daß dem Einflußbereich des Obsidian-Kommandos praktisch keine Grenzen gesetzt waren. Wenn es eine falsche persönliche Vergangenheit schaffen wollte, zu der auch eine Ausbildung an der Starfleet-Akademie gehörte, so war es zweifellos dazu imstande.

»Kehren Sie zur Arbeit zurück«, sagte der Erste Offizier. »Weisen Sie Mandel an, sich nicht länger mit den Änderungen an den Basisprogrammen zu befassen, sondern das von den Fremden übermittelte Datenpaket zu untersuchen. Fügen Sie von mir aus hinzu, es sei ein direkter Befehl. Wenn sie irgendwelche Einwände hat, soll sie sich an mich wenden.«

Torres musterte ihn, und in ihren Zügen zeigte sich eine subtile Veränderung. »Hier geht etwas vor«, kam es langsam über ihre Lippen. »Etwas, von dem ich nichts weiß.«

Chakotay lächelte. »Ich kann Ihnen deshalb nicht mehr sagen, weil es noch keine Gewißheit dafür gibt, daß tatsächlich etwas vor sich geht. Nun, wenn Sie zum Maschinenraum zurückkehren ... Bitte richten Sie Tuvok aus, daß ich ihn sprechen möchte.«

B'Elanna wirkte sehr nachdenklich, als sie den Bereitschaftsraum verließ. Chakotay bedauerte, daß er ihr keine Einzelheiten nennen konnte. Aber sie mußte auch weiterhin mit Mandel zusammenarbeiten und war nicht imstande, ihre wahren Empfindungen zu verbergen. Wenn sie Mandel für einen Saboteur hielt, würde die Programmiererin umgehend davon erfahren. Auf diese Weise überführte man keinen Agenten.

Er verzichtete nur sehr ungern auf B'Elannas Ideen.

Während des gemeinsamen Kampfes gegen die Cardassianer hatte er nicht nur ihre technischen Talente zu schätzen gelernt, sondern auch ihr besonders Gespür für die cardassianische Taktik.

Sie kannte sich mit der cardassianischen Technik fast ebenso gut aus wie mit ihrer eigenen. Dadurch gewann sie Einblicke in die Möglichkeiten des Gegners, in seine Denk- und Vorgehensweise. Es bedeutete auch, daß sie einen cardassianischen Programmierstil erkennen konnte, ungeachtet des jeweiligen Computersystems.

Ja, B'Elanna Torres war in der Lage, entsprechende Signaturen besser zu erkennen als sonst jemand. Sicherlich besser als Harry Kim, der nie gegen die Cardassianer gekämpft hatte. Seine Ausbildung an der Starfleet-Akademie war nach der Unterzeichnung des Friedensvertrages zu Ende gegangen. Selbst wenn er noch so viele Vorlesungen über die verschiedenen Konflikte mit den Cardassianern besucht hatte: Er hatte keine genaue Vorstellung davon gewinnen können, wie sich die Eigenheiten des cardassianischen Bewußtseins in einem Computerprogramm widerspiegelten.

»Sie wollten mich sprechen, Commander?«

Tuvoks Eintreten unterbrach Chakotays Gedankengänge. »Setzen Sie sich«, sagte der Erste Offizier. »Wir haben schon einmal die Möglichkeit von Sabotage erörtert, und Sie beabsichtigten, Ihre Ermittlungen fortzusetzen. Hat sich dabei etwas ergeben?«

»Schlüssige Beweise fehlen auch weiterhin. Doch die Umstände deuten darauf hin, daß sich an Bord dieses Schiffes unheilvolle Aktivitäten entfaltet haben.«

Chakotay nickte. »Vielleicht kann ich Ihnen einen Hinweis geben.« Er berichtete dem Sicherheitsoffizier von B'Elanna Torres' Reaktion auf Daphne Mandel.

»Wie kommen Sie darauf, daß es sich um einen cardassianischen Agenten handeln könnte?« fragte Tuvok. Die Neugier verlieh seiner Stimme einen fast emotionalen Klang.

Chakotay räusperte sich und wußte zunächst nicht genau, wie er seine sonderbaren Empfindungen beschreiben sollte. Mit unerschütterlicher vulkanischer Rationalität konfrontiert, erschienen ihm seine Gefühle plötzlich absurd und banal.

Doch der Vulkanier reagierte nicht negativ auf seinen Bericht. »Sie halten es also für möglich, daß Sie und Kes von der mentalen Botschaft eines Empathen oder Telepathen manipuliert wurden. Aber Fähnrich Mandel kann kaum etwas von den Schwierigkeiten der Einsatzgruppe und Ihren Absichten gewußt haben.«

»Sie halten es also für unwahrscheinlich, daß Mandel ein Problem darstellt?« erwiderte Chakotay.

Tuvok wirkte völlig unbeeindruckt. »Das habe ich nicht gesagt. Ich halte Ihren Hinweis für sehr nützlich und werde sofort entsprechende Untersuchungen anstellen. Allerdings glaube ich aufgrund Ihrer Schilderungen, daß zwei Entitäten an dieser Sache beteiligt sind, und nur in einem Fall könnte es sich um einen Cardassianer handeln. Vielleicht geschieht etwas mit den hiesigen Fremden – etwas, das der cardassianische Saboteur zu seinem Vorteil nutzt.«

»Wenn ich den Eindruck gewinne, daß eine Lösung des Problems in Reichweite rückt, wird alles noch komplizierter«, brummte Chakotay. »Wir hielten nach einem Saboteur Ausschau, und jetzt haben wir es mit zwei Entitäten zu tun. Außerdem wurden zwei Personen verletzt.«

»Ich kümmere mich jetzt um Fähnrich Mandel«, sagte Tuvok.

»Ich habe B'Elanna Torres angewiesen, ihre neue Mitarbeiterin mit einer Analyse des Datenpakets zu beauftragen, das uns die Fremden übermittelten. Bisher hat sie sich mit den Änderungen beschäftigt, die seit unserem Transfer in den Delta-Quadranten am Programmcode vorgenommen wurden. Wenn sie eine sehr spezifische Aufgabe erhält ... Vielleicht verrät sie sich dann.«

»Ein guter Plan, Commander«, kommentierte Tuvok. »Doch wenn unsere Computerprobleme auf die Fremden zurückgehen, so könnte Fähnrich Mandel durchaus bereit sein, uns darauf hinzuweisen – um auf diese Weise den Verdacht von sich abzulenken.«

»Wenn sie ein fremdes Muster im Programmcode entdeckt und es entfernt, so können wir uns auch später noch mit der Möglichkeit befassen, daß sie eine cardassianische Agentin ist. Ich spreche in diesem Zusammenhang ausdrücklich von einer *Möglichkeit*. Es wäre falsch, voreilige Schlüsse zu ziehen.«

»Verstehe«, erwiderte Tuvok. »Ich verspreche Ihnen, bei meinen Ermittlungen sehr diskret zu sein. Bestimmt finden wir eine Lösung.«

»Und wir sollten sie schnell finden«, fügte Chakotay hinzu. »Es wurden bereits Personen verletzt, und darüber hinaus liegen wir zwei Tage hinter unserem Zeitplan zurück.«

»Zeitplan?« wiederholte Tuvok. »Spielt der in unserer derzeitigen Situation eine Rolle?«

Chakotay seufzte. Er wußte natürlich, warum der Zeitfaktor für Captain Janeway so wichtig gewesen war, doch als er sich die Bestandslisten selbst angesehen hatte ... Es entsetzte ihn festzustellen, über wie wenige Vorräte die *Voyager* verfügte.

»Ja«, beantwortete er die Frage des Vulkaniers. »Wir befinden uns in einem ziemlich leeren Raumbereich, und es wird zwei Wochen dauern, bis wir den nächsten Planeten der Klasse M erreichen, auf dem wir unsere Vorräte erneuern können. Unsere Lebensmittel sind sehr knapp, Mr. Tuvok – das ist eine vertrauliche Information. Wenn wir den Flug nicht innerhalb der nächsten beiden Tage fortsetzen, riskieren wir die Notwendigkeit einer Rationierung. Ich brauche wohl nicht extra darauf hinzuweisen, was das bedeutet.«

»Eigentlich ist es nicht sehr schlimm, weniger häufig mit Neelix' Kost konfrontiert zu werden«, meinte Tuvok.

»Ich nehme an, da würden Ihnen viele Personen an Bord zustimmen«, sagte Chakotay und lächelte. »Aber wir brauchen Nahrung. Und wir benötigen neue Vorräte. Die wir uns nur im nächsten Sonnensystem beschaffen können – das zwei Flugwochen entfernt ist. Woraus folgt: Wir dürfen hier keine Zeit verlieren. Wir hätten längst einen neuerlichen Warptransfer eingeleitet, doch das läßt der Computer nicht zu. Aus irgendeinem Grund will er, daß wir an diesem Ort bleiben.«

»Mir ist der Ernst unserer Situation klar«, erwiderte Tuvok. »Ich werde es vermeiden, bei meinen Nachforschungen in Hinsicht auf Fähnrich Mandel Aufsehen zu erregen. Auch mir liegt nichts an einem längeren Aufenthalt in diesem leeren Raumbereich. Bestimmt gelingt es uns innerhalb kurzer Zeit, die gegenwärtigen Probleme zu lösen.«

Tuvok ging, und Chakotay blieb allein im Bereitschaftsraum zurück. »Ich wünschte, ich könnte ebenso optimistisch sein«, murmelte der Erste Offizier.

Fähnrich Mandel reagierte mit Verblüffung. »Ich dachte, Sie brauchen mich aufgrund meiner Kenntnisse als Programmiererin«, sagte sie. »Jetzt verlangen Sie von mir, alles stehen und liegen zu lassen, mich einer ganz neuen Sache zuzuwenden – obwohl die begonnenen Analysen zu einem konkreten Ergebnis führen könnten.«

»Konkrete Ergebnisse erwarte ich von Ihnen auch in Hinsicht auf die neue Aufgabe«, betonte B'Elanna Torres. »Die Anweisung stammt direkt vom Ersten Offizier. Beschweren Sie sich bei ihm, wenn Ihnen die Order nicht gefällt.«

»Er weiß doch gar nicht, was es mit dem Programmcode auf sich hat«, wandte Mandel ein. »Woher sollten irgendwelche fremden Wesen wissen, wie unser Computer funktioniert? Mit einem ohne Primärkontakte übermittelten Datenpaket kann es ihnen unmöglich gelungen sein, Reprogrammierungen auf dem Niveau des Betriebssystems beziehungsweise der Basisprogramme vorzunehmen.«

»Beschweren Sie sich bei Commander Chakotay, wenn Ihnen die Anweisung nicht gefällt«, wiederholte B'Elanna und ging fort. Mandel sah ihr nach und schüttelte fassungslos den Kopf.

Daphne Mandels Blick kehrte zu dem Monitor zurück. Das Projektionsfeld zeigte jenen Programmcode, der seit dem Transfer der *Voyager* in den Delta-Quadranten geändert worden war. Sie hatte bereits damit begonnen, Ordnung in das Durcheinander zu bringen, mit dem Resultat, daß hier ein wenig Energie gespart werden und dort ein Verarbeitungsprozeß schneller ablaufen konnte. Die geleistete Arbeit erfüllte sie mit großer Zufriedenheit. Sie machte Spaß, wenn auch nicht in dem Maße wie die Kartographierung unbekannter Raumgebiete.

Außerdem fühlte sich Mandel nun als Teil des Schiffes. Die Basisprogramme – und damit die elementare Struktur der *Voyager* – enthielten jetzt einen Teil ihrer Persönlichkeit.

Sie wußte, daß die neue Aufgabe wahrscheinlich nur wenig Zeit in Anspruch nahm. Doch bei ihrer bisherigen Tätigkeit hatte sie gute Fortschritte erzielt, und die Untersuchung des fremden Datenpakets hielt sie für Zeitverschwendung. Wahrscheinlich stellte sich folgendes heraus: Das Problem war nicht von den übermittelten Daten verursacht worden, sondern von Signalstärke und -frequenz. Dadurch mochte irgendeine Subroutine durcheinandergeraten sein, was sich wiederum auf den Datenbus auswirkte. Ja, bestimmt ergab sich irgend etwas Langweiliges, das Mandel letztendlich daran hinderte, die gepatchten Programmbereiche mit effizienter Eleganz auszustatten.

Andererseits handelte es sich um einen direkten Befehl, und es kam Insubordination gleich, ihn zu mißachten, auch wenn die Anweisungen falsch waren. Daphne Mandel zeichnete sich nicht durch ein rebellisches Wesen aus. Sie legte großen Wert auf Ordnung und fand angenehme Sicherheit in der allgemeinen Kommandohierarchie. Manchmal mußte sie Unangenehmes hinnehmen, weil es die Autorität über ihr so wollte. Daran glaubte sie fest: an die Notwendigkeit von Befehl und Gehorsam.

Langsam streckte sie die Hand aus, um die Bildschirmdarstellung zu löschen. Anschließend öffnete sie die elektronischen Logbücher des betreffenden Zeitraums. Kurz darauf erschienen wirre Zeichen im Projektionsfeld.

Doch für Daphne Mandel blieben sie nicht völlig unverständlich. Schon nach kurzer Zeit erkannte sie Strukturen in dem Chaos, Bedeutungsspuren, die erste Hinweise boten. Als Vergleichsgrundlage verwendete sie Aufzeichnungen aus dem Zeitraum vor dem Empfang des Datenpakets, um zwischen den ursprünglichen *Voyager*-Programmen und den neuen Komponenten zu unterscheiden.

Sie las den Code nicht Zeile für Zeile, wurde statt dessen passiv und nahm *alles* in sich auf, versuchte auf diese Weise, einen allgemeinen Eindruck zu gewinnen. Mandel begann damit, in Maschinensprache zu *denken*, ohne irgendein Zwischenstadium, in dem eine Übersetzung erfolgte.

Ihre Konzentration wurde so tief, daß sie einer Trance gleichkam. Es existierten nur noch Bytes und Datenbewegungen. Daphne Mandel erkannte Biopaket-Komponenten, die vier anstatt von zwei möglichen Speicherplätzen für Daten aufwiesen. Eine parallele Architektur lag allem zugrunde. Vor ihrem inneren Auge entstand eine Art Karte: Sie sah das innere Universum des Computers aus einer ähnlichen Perspektive wie die Sterne bei der Kartographierung.

Sie konnte es nicht erklären. Es war wie ein Traum:

Sie *spürte* alles, bekam ein Gefühl dafür, was sich wo befand und wohin die Verbindungen führen sollten. Doch mit dem Versuch, es in menschlichen Begriffen auszudrücken, hätte sie das zarte Netz des Verstehens zerrissen.

»Entschuldigen Sie bitte, Fähnrich Mandel. Kann ich Ihnen helfen?«

Die Stimme bohrte sich in die Trance und beendete sie jäh. Einzelne Symbole, die gerade begonnen hatten, sich zu einem größeren Ganzen zusammenzufügen, wurden wieder bedeutungslos. Mandel drehte abrupt den Kopf, um festzustellen, wer sie in dieser kritischen Phase ihrer Arbeit gestört hatte.

Sie sah einen Vulkanier, in dessen dunkler Miene sich nur ein Hauch Neugier zeigte. »Ich habe mich mit Computerarchitektur befaßt«, sagte er. »Und Commander Chakotay hat mir mitgeteilt, daß dieses Projekt derzeit die höchste Priorität an Bord genießt. Er meinte, alle zur Verfügung stehenden Ressourcen sollten für eine Lösung des Problems eingesetzt werden. Deshalb bin ich hier, um Ihnen meine Mitarbeit anzubieten.«

Daphne Mandel blinzelte. Sie gab sich alle Mühe, den Wunsch zu unterdrücken, diesen Mann umzubringen. Sie war dem Herzen des Problems ganz nahe gewesen: Nur noch einige Sekunden länger, und sie hätte alles ganz deutlich gesehen.

Plötzlich verstand sie B'Elanna Torres' Temperament. Dabei handelte es sich nicht nur um eine individuelle klingonische Eigenschaft, sondern auch um das Ergebnis unvermeidlicher Frustration: Ständig mußte die Chefingenieurin mit Leuten zusammenarbeiten, die dumme Fehler machten und sie immer wieder bei komplexen Überlegungen unterbrachen.

In der Stellarkartographie passierte so etwas nicht. Dort ließ man Daphne Mandel in Ruhe. Sie begriff nun: Es war ein Luxus, von dem die meisten anderen

Besatzungsmitglieder der *Voyager* nur träumen konnten.

Im Gegensatz zu B'Elanna Torres hatte Mandel nicht über Monate hinweg versucht, ihr Temperament unter Kontrolle zu bringen. Sie wußte nicht einmal, daß sie ein Temperament besaß. Sie erfuhr es erst, als Lieutenant Tuvok das ätherische mentale Gebäude zerstörte, das sie errichtet hatte, um ihrer Aufgabe gerecht zu werden.

»Ich brauche Ihre Hilfe nicht, Sir«, erwiderte sie zornig. »Ich möchte nur allein sein, das ist alles.« Sie wandte sich ab, während in ihr eine Mischung aus Wut und Verwirrung brodelte. Der Mann war ein Vulkanier. Verstand er denn nicht, daß solche Störungen die feine Kunst des Programmierens ruinierten?

»Ich sehe keine Logik darin«, erwiderte Tuvok. »Das Problem hat erhebliche Bedeutung. Je mehr Personen daran arbeiten, desto schneller kann eine Lösung gefunden werden.«

»Zum Teufel mit der Logik!« zischte Daphne Mandel. »Es ist kein logischer Vorgang!« Ihre Bemühungen basierten vielmehr auf einem hohen Maß an Intuition und Kreativität. »Ich bin *in* der Struktur des fremden Datenpakets gewesen, doch Sie holten mich heraus, bevor ich die entscheidenden Erkenntnisse gewinnen konnte. Es wird lange dauern, um erneut eine geistige Synchronisation herzustellen. Durch Ihre Schuld haben wir viel Zeit verloren! In zwanzig Minuten oder maximal einer Stunde wäre mir alles klar gewesen. Lieber Himmel, es ist eine Kunst, und ich war nahe daran, alles zu verstehen – bis Sie es zerstört haben!«

»Ich verstehe den Vorgang nicht, den Sie zu beschreiben versuchen«, entgegnete Tuvok.

»Sie verstehen ihn nicht? Nun, mir ist gleich, was Sie verstehen oder nicht. Gibt es Kunst bei den Vulkaniern? Wie können Sie ein perfektes Programm erstellen und solche Dinge nicht verstehen?«

Mandel starrte Tuvok einige Sekunden lang an und wartete auf eine Antwort. Der Vulkanier schwieg, und das verwirrte sie noch mehr. »Ich ziehe mich jetzt in mein Quartier zurück. Dort stört mich hoffentlich niemand.«

Daphne Mandel stand auf und schritt verärgert zum Turbolift. Tuvok ließ sie gehen.

# 14

Der Vulkanier kehrte nicht sofort zu seiner Station auf der Brücke zurück. Statt dessen suchte er das Sicherheitsbüro auf und wandte sich dort einer Konsole zu, deren Anzeigen alle Sektionen des Schiffes betrafen. Ein junger Fähnrich saß an den Kontrollen und versuchte, wachsam zu bleiben. Tuvok beneidete ihn nicht. Seine Aufgabe war sehr langweilig, denn es geschah nie etwas.

Bis jetzt.

»Blockieren Sie die Tür, sobald Fähnrich Mandel in ihr Quartier zurückgekehrt ist«, sagte Tuvok.

»Ja, Sir«, erwiderte der junge Mann nur, ohne Neugier in Hinsicht auf den Befehl zu zeigen. Der Sicherheitsoffizier wußte nicht, ob das ein gutes oder ein schlechtes Zeichen war.

Er nahm sich nicht die Zeit, genauer darüber nachzudenken. Es kam nur darauf an, daß der Fähnrich seine Anweisungen ausführte. Viel wichtigere Dinge erforderten Tuvoks Aufmerksamkeit.

Daphne Mandels Reaktion auf sein Angebot, ihr zu helfen, bewies ganz klar, daß sie kein Vertrauen verdiente. Zumindest nicht unter den gegenwärtigen Umständen.

Kurze Zeit später verließ Tuvok das Sicherheitsbüro, um den Ersten Offizier von seiner Maßnahme zu unterrichten.

Daphne Mandel wußte nicht, daß sie in ihrem eigenen Quartier unter Arrest stand. Und selbst wenn sie es gewußt hätte: Es kümmerte sie kaum. Vielleicht wäre sie sogar erfreut darüber gewesen, denn immerhin bedeutete es, daß niemand sie stören würde. Genau aus diesem Grund hatte sie den Maschinenraum verlassen.

Sie empfand es als herrlich, mit ihrer Arbeit allein zu sein, noch dazu in einer vertrauten Umgebung. Hier gab es einen großen, bequemen Sessel mit weichen Kissen und einer leichten Wolldecke, die sie sich gern um die Schultern legte. Hier lenkten sie keine anderen Personen ab.

»Computer, transferiere die Daten der Konsole E-51 zu diesem Terminal«, sagte Mandel. Niemand außer ihr selbst hörte die Zufriedenheit in ihrer Stimme und sah, wie sie es sich im Sessel gemütlich machte.

Jetzt bekam sie endlich Gelegenheit, etwas zu leisten, Ergebnisse zu erzielen.

Der Computer transferierte die Daten, ohne daß sich dabei die geringsten Probleme ergaben. Allein dieser Umstand bot einen interessanten Hinweis. Entweder beschränkten sich die Fehlfunktionen auf ein einzelnes Problem, oder das Computersystem hielt die Anfrage für zulässig und ungefährlich.

Daphne dachte an den Kern des Computers, an sein Zentrum. Als sie seine Innenwelt gesehen hatte, war etwas in ihr entstanden. Keine Theorie – nein, der Ausdruck ›Theorie‹ ging zu weit. Es handelte sich eher um eine Ahnung, um ein vages Bild, das ihr den Computer als eine Art Persönlichkeit zeigte.

Um einen Eindruck von anderen Personen zu gewinnen, von Individuen, die möglicherweise aus einer anderen Spezies stammten, verarbeitete das Bewußtsein eine große Anzahl von Details, die als Grundlage für eine einzelne Reaktion dienten. Als Kadett hatte Mandel dieser Angelegenheit mehr als nur flüchtiges Interesse entgegengebracht. Sie war sogar fasziniert gewesen, als Dr. Vhanqz und seine Gruppe erste Hochleistungs-Biocomputer konstruierten. Jahrelang hatten er und die anderen Spezialisten untersucht, wie das Gehirn Informationen verarbeitete und welche Folgen sich daraus für Persönlichkeit und Reaktionsmuster ergaben. Mandel wußte, daß sie im Verlauf ihrer Kindheit und Jugend gelernt hatte, Erscheinungsbild, Körpersprache, Tonfall und Pupillenerweiterung zu beobachten, um sich auf dieser Grundlage eine Meinung zu bilden.

Dem Computer standen solche Mittel nicht zur Verfügung. Ihm fehlte die Fähigkeit, Entscheidungen zu treffen wie *Dieses Gesicht ist nicht vertrauenswürdig* und *Diese Person würde ich gern näher kennenlernen*. Solche Erkenntnisse wurzelten nach Dr. Vhanqz in der gleichzeitigen Verarbeitung vieler hundert subtiler Hinweise.

Die Parallelität der Informationen half bei der Entscheidungsfindung. Den ersten Biocomputer stattete Dr. Vhanqz mit besonderen Erkennungskomponenten aus, die das parallele Übertragen entsprechender Daten ermöglichte. Jener Apparat war der Prototyp des Computers an Bord der *Voyager*. Daphne Mandel wußte also, daß das Computersystem mit der Fähigkeit des Beurteilens ausgestattet war – auch aus diesem Grund hatte sie die gepatchten Stellen untersuchen wollen.

Die Crew des Schiffes war an den Umgang mit Computern gewöhnt, die ihre Daten nur verarbeiteten, nicht aber *interpretieren* konnten. Die den Notwendigkeiten des Augenblicks gerecht werdenden Veränderungen am Programmcode des Betriebssystems hielt man vermutlich für peripher. Man übersah dabei den wichtigen Umstand, daß der *Voyager*-Computer daraus *Schlüsse ziehen* konnte.

Mandels Ansicht nach wußte der Computer des Schiffes, daß mit der *Voyager* etwas nicht stimmte. Vermutlich war ihm klar, daß sich ein Problem ergeben hatte, und er versuchte, es zu lösen, den Fehler zu beseitigen. Die Frage nach dem Wie konnte Daphne Mandel nicht beantworten, und ähnlich rätselhaft erschien es ihr, daß sie ausgerechnet *hier* Halt gemacht hatten, in einem leeren Raumgebiet. Aber sie glaubte fest daran, daß es einen Zusammenhang mit den Kom-Signalen gab, dem übermittelten Datenpaket.

Die Fremden hatten der *Voyager* etwas mitgeteilt, und Mandel wollte herausfinden, woraus die Botschaft bestand.

Ihr Selbst sank in die Konzentrationstrance zurück, und diesmal war es ihr, als schiene Licht durch einen seidenen Schleier in ihrem Geist.

Sie verlor das Gefühl für die Zeit und ihre eigene Identität. Es gab nur noch Interaktion: Der Computer reagierte auf Anweisungen. Mandel glitt durch eine von Ordnung und Präzision bestimmte Welt.

Und dann fand sie die Nachricht. Sie war klar, in ihrer eigenen Sprache abgefaßt, vermittelte das Gefühl von Einsamkeit und andere, sonderbare Empfindungen. Daphne Mandel verstand nicht alles, aber sie erfaßte intuitiv, worum es ging. Sie wußte Bescheid. Diesmal wußte sie wirklich Bescheid.

Es ging nun darum, ihr Wissen weiterzugeben, an Chakotay, B'Elanna Torres oder jemand anders, der verstehen würde. Tuvok kam nicht in Frage.

Mandel ging zur Tür und blieb dabei so sehr in Gedanken versunken, daß sie ihrer Umgebung kaum Beachtung schenkte. Die jüngsten Erkenntnisse beanspruchten noch immer den größten Teil ihrer Aufmerksamkeit. Sie setzte einfach einen Fuß vor den anderen – und stieß gegen ein Hindernis.

Die Tür öffnete sich nicht. Mandel betätigte den manuellen Schalter – keine Reaktion. *Das ist doch absurd,* fuhr es ihr durch den Sinn. Einige Sekunden lang glaubte sie, in einem Traum gefangen zu sein, aus dem sie nicht erwachen konnte.

Sie versuchte noch einmal, ihre Unterkunft zu verlassen. Auch diesmal blieb die Tür geschlossen.

Es gab nur eine Erklärung: der Computer. Sie kannte das Geheimnis; sie wußte von den Fremden. Und der

Computer wollte verhindern, daß sie ihr Wissen weitergab.

Daphne Mandel fragte sich, wie lange sie in ihrem Quartier festsitzen würde. Plante der Computer vielleicht, sie verhungern – beziehungsweise verdursten – zu lassen? Ihre Replikatorrationen waren auch so schon gering genug.

Aber bestimmt kam früher oder später ein Crewmitglied, um sie zu befreien. Chakotay und die anderen würden nicht zulassen, daß der Computer sie festhielt, so wie das Schiff.

Der Computer wußte nicht, daß sich die Fremden anschickten, die *Voyager* auszuhungern. Zwar verfügte er über Urteilsvermögen und Intelligenz, aber er war auch naiv. Kein Programm befähigte ihn, Unheil zu erkennen; das Konzept der bösen Absicht blieb ihm fremd.

Diesen Umstand nutzte das fremde Wesen, von dem die Nachricht stammte. Es hatte um Hilfe gebeten, wünschte sich Gesellschaft. Nun, eigentlich konnte in diesem Zusammenhang nicht von einer *Bitte* die Rede sein. Es lief mehr auf einen Befehl hinaus. In den Basisprogrammen des Computers hatte es die Anweisung hinterlassen, das Schiff solle an Ort und Stelle verharren.

Der entsprechende Code mußte gelöscht werden. Was Mandel allerdings nicht von ihrem Terminal aus bewerkstelligen konnte. Sie hatte es bereits versucht, doch der Zugriff auf die betreffenden Programmsegmente wurde verweigert. Was durchaus einen Sinn ergab. Es erleichterte Mandel fast zu wissen, daß einige Sicherheitsschranken nach wie vor existierten.

Um die fremden Instruktionen zu eliminieren, mußte sie zu einer der Stationen im Maschinenraum – obwohl sie die Leiterin jener Abteilung nicht mochte. Und Captain Janeway mußte von dieser Sache erfahren. Vielleicht auch Tuvok und Torres – aber die Kommandantin kam an erster Stelle.

*Das Problem läßt sich selbst dann lösen, wenn ich weiter-*

*hin in meiner Unterkunft gefangen bin,* dachte Mandel. Captain Janeway konnte einen anderen Programmierer damit beauftragen, den fremden Code zu lokalisieren und zu eliminieren. Eine andere Möglichkeit fiel Daphne auf die Schnelle nicht ein.

Sie aktivierte das Kom-Modul des Terminals und versuchte, einen Kom-Kanal zur Brücke zu öffnen. »Sie sind nicht befugt, einen solchen Kontakt herzustellen«, teilte ihr der Computer mit.

Mandel blinzelte verblüfft und dachte darüber nach. Nach einigen Sekunden verflüchtigte sich ihr Argwohn. Eigentlich ganz klar: Sie gehörte nicht zur Brückencrew und war kein Führungsoffizier. Den größten Teil ihrer Zeit verbrachte sie so weit wie möglich von den Kommandozentren entfernt.

Sie lehnte sich in dem überaus komfortablen andorianischen Sessel zurück, dem einzigen Luxusgegenstand in ihrer Unterkunft. Hier konnte sie am besten denken und arbeiten: Die Entspannung des Körpers gab dem Geist Gelegenheit, sein ganzes Potential zu entfalten.

Daphne Mandel sank tief in die weichen Polster, spürte die sanfte Umarmung von andorianischem Kaschmir. Ruhig und voller Zuversicht dachte sie über ihre Situation nach. Sie befand sich in ihrem Quartier und mußte eine Nachricht übermitteln, woran sie der Computer zu hindern versuchte. Sie atmete tief durch und glitt in die Trance zurück, in der sie den Programmcode analysiert und entschlüsselt hatte.

»Bitte lassen Sie mich noch eine letzte Sondierung vornehmen«, sagte der Doktor. »Anschließend können Sie gehen.«

Captain Janeway versuchte, sich in Geduld zu fassen. Es war natürlich richtig von dem Holo-Arzt, so gründlich zu sein. Ganz gleich, wie gut sie sich fühlte – vielleicht täuschte der natürliche Druck auf den Hirnstamm und die Nervenstränge über verborgene Schäden hinweg. Wenn sich an einer Stelle Blut sammelte und auf das Gehirn drückte … Dann konnte es zu Veränderungen in der Wahrnehmung und sogar in der Persönlichkeitsstruktur kommen. Der Doktor hatte alle Details ausführlich beschrieben.

»Angesichts unserer derzeitigen Pechsträhne sollte ich besser kein Risiko eingehen«, hatte sie dem Arzt zugestimmt. Und so ertrug sie all die Untersuchungen, während gleichzeitig ihre Unruhe wuchs – eigentlich sollte sie auf der Brücke sein.

Aber konnte ihre Anwesenheit im Kontrollraum der *Voyager* zu einer Verbesserung der aktuellen Situation führen? Janeway bezweifelte es. Bei der Lösung dieser Krise kam es vor allem auf die Fähigkeiten von B'Elanna, Tuvok und der Programmiererin an. Harry Kim hätte ebenfalls helfen können, aber er lag noch immer in einem Behandlungsmodul.

»Wann kann Kim wieder den Dienst antreten?« fragte sie Kes, als sich der Doktor die Ergebnisse der letzten Sondierung ansah.

»Schon bald«, erwiderte die Ocampa. »Er erholt sich schnell. Geradezu verblüffend schnell. In sechs bis zehn Stunden dürfte seine Rekonvaleszenz abgeschlossen sein.«

»Die Kraft der Jugend«, kommentierte Janeway und seufzte. »Was ist mit mir, Doktor? Bin ich wieder diensttauglich?«

Der holographische Arzt räusperte sich und wollte antworten, als plötzlich eine Sprachprozessorstimme aus den Kom-Lautsprechern drang. »Medizinischer Notruf aus isoliertem Quartier zwei null drei Alpha.«

»Ich höre«, sagte der Doktor.

»Der Notruf geht von einem Terminal aus, das als sicherheitskritisch eingestuft wurde«, sagte der Computer.

»Es handelt sich um einen medizinischen Notfall«, betonte der Doktor. »Stell eine Verbindung her.«

»Doktor, hier spricht Daphne Mandel. Ich habe eine dringende Mitteilung für den Captain.«

»Worin besteht der medizinische Notfall«, fragte der Holo-Arzt.

»Das von den Fremden übermittelte Datenpaket hat den Basisprogrammen des Computers neue Instruktionen hinzugefügt«, sagte Daphne rasch. »Es ist mir gelungen, sie zu isolieren, aber von diesem Terminal aus kann ich sie nicht löschen. Außerdem scheine ich hier eingesperrt zu sein. Wie dem auch sei: Nach einer Neutralisierung des fremden Codes sollten wir eigentlich imstande sein, den Flug fortzusetzen. Die betreffenden Anweisungen sind jetzt Teil des Betriebssystems. Würden Sie dem Captain das ausrichten? Jemand anders muß den Code löschen, aber das sollte kein großes Problem sein – ich kenne die jeweiligen Speicheradressen.«

»Ich habe alles gehört«, sagte Janeway. »Warum wurde Ihr Terminal als sicherheitskritisch klassifiziert? Und weshalb können Sie Ihre Unterkunft nicht verlassen?«

»Ich weiß es nicht«, erwiderte Mandel. »Vielleicht weiß der Computer von meinen Aktivitäten. Eine andere Erklärung fällt mir nicht ein. Ich gebe Ihnen jetzt die Nummern der zu löschenden Programmzeilen durch; dadurch sollte es ganz einfach sein, die fremden Anweisungen aus den Basisprogrammen zu entfernen.«

»Ausgezeichnet«, entgegnete Janeway.

Genau in diesem Augenblick erklang erneut die Sprachprozessorstimme des Computers. »Bei diesem Gespräch geht es nicht um einen medizinischen Notfall. Eine Kontextanalyse ergibt, daß kein medizinisches Problem erörtert wird. Ich schließe hiermit den Kom-Kanal auf der Grundlage des Sicherheitsprogramms S sieben sechs eins drei, autorisiert vom Sicherheitsoffizier.«

»Nein«, widersprach Janeway, doch der Computer unterbrach die Verbindung.

»Das ist sehr seltsam«, kommentierte der Doktor.

»Es ist sogar noch viel seltsamer«, meinte Janeway und hob kurz die Hand zur Stirn, als sie die Krankenstation verließ. Sie hatte es satt, die ganze Zeit über auf einer Diagnoseliege zu sitzen. *Ich habe nur Kopfschmerzen, das ist alles,* dachte die Kommandantin. *Der Doktor hat seine Sondierungsresultate, und ich muß mich jetzt wieder um mein Schiff kümmern.*

Sie kehrte zur Brücke zurück, nahm jedoch nicht im Kommandosessel Platz. Statt dessen bat sie den Vulkanier in ihren Bereitschaftsraum.

»Mr. Tuvok«, begann sie, als sich die Tür geschlossen hatte, »offenbar gibt es ein Sicherheitsproblem. Fähnrich Mandel sitzt in ihrem Quartier fest und konnte sich nur dadurch dem Rest der Welt mitteilen, daß sie einen medizinischen Notfall vortäuschte. Angeblich hat sie eine Lösung für das Computerproblem gefunden, das uns daran hindert, den Flug fortzusetzen.«

Der Vulkanier nickte. »Meiner Ansicht nach stellt die Möglichkeit von Sabotage nach wie vor eine Gefahr dar. Ich halte es für unklug, Fähnrich Mandel zum gegebenen Zeitpunkt vollen Zugang zum Betriebssystem zu gewähren.«

»Ob Sie es für klug halten oder nicht, Mr. Tuvok: Es verstößt gegen die Vorschriften, ein Besatzungsmitglied ohne mein Wissen unter Arrest zu stellen.« Janeway massierte sich die Schläfen. Gingen ihre Kopfschmerzen auf die Verletzung zurück oder wurden sie von Anspannung verursacht?

»Ja, Captain«, erwiderte der Sicherheitsoffizier. »Allerdings waren die Umstände außergewöhnlich, und deshalb …«

»Wir sprechen über die Einzelheiten, sobald die gegenwärtige Krise überwunden ist, Mr. Tuvok«, sagte Janeway rasch. Der Doktor hatte sie zwar für diensttauglich erklärt, aber sie kannte ihre Grenzen. Es würde sicher noch einige Tage dauern, bis sie wieder fähig war, mit einem Vulkanier über Logik zu reden.

Sie seufzte und blickte zum Terminal auf ihrem Schreibtisch. Gedankenverloren streckte sie die Hand aus und berührte es, so als handelte es sich um einen von Chakotays Talismanen. Doch wenn sie sich davon einen Rat erhofft hatte, so mußte sie eine Enttäuschung hinnehmen.

»Wer außer Fähnrich Mandel und Harry ist imstande, sich die bisher geleistete Analysearbeit anzusehen und sie fortzusetzen, ohne daß wir Sabotage befürchten müssen?« fragte Janeway. Es mußte doch irgendeine Möglichkeit geben, dieses Problem zu lösen oder zu umgehen.

»Mandel und Kim sind unsere besten Programmierer«, erwiderte Tuvok.

»Mandel könnte also irgendeinen Trick versuchen, ohne befürchten zu müssen, dabei entdeckt zu werden«, sagte Janeway langsam. »Wenn sie ein Saboteur ist. Aber wenn sie recht hat, müssen wir etwas unternehmen. Je schneller, desto besser.« Sie zögerte und dachte nach. Die Kopfschmerzen wurden stärker, und erneut hob sie die Hand zur Stirn. Erleichterung verschaffte sie sich auf diese Weise nicht.

Noch in der Krankenstation hatte sie sich die neuesten Bestandslisten angesehen. Das konnte ihr der Doktor nicht verbieten. Und selbst wenn er einen entsprechenden Versuch unternommen hätte: Neelix war gekommen, um Kes zu besuchen, und es fiel Janeway nicht weiter schwer, ihn in ein Gespräch zu verwickeln. Bei ihm bestand das Problem höchstens darin, daß er zuviel redete, insbesondere dann, wenn es um seine geliebte Küche ging.

»Ich weise Sie nicht gern darauf hin, Captain, aber der tsalianische Kohl wird allmählich knapp. Ich meine den, den alle so gern mögen, vor allem mit geraspelten Zwiebeln und choreanischem Steak. Nun, Steaks haben wir inzwischen überhaupt keine mehr, aber ich kenne noch ein anderes Rezept für den Kohl. Mit Äpfeln und Knollen, so wie vor einigen Monaten, erinnern Sie sich?

Tja, aber jetzt gehen auch unsere Kohlvorräte zur Neige. Nach der letzten Proviantaufnahme dachte ich, wir hätten genug für ein ganzes Jahr. So ist das eben, wenn die Crew etwas mag.«

Die von Neelix eingelegten Pausen genügten gerade, um Luft zu holen. »Was ist mit den anderen Lebensmitteln?« warf Janeway rasch ein.

Der Talaxianer schüttelte den Kopf und preßte kurz die Lippen zusammen. »Als Moraloffizier muß ich darauf hinweisen, daß eine Rationierung sehr unklug wäre. So etwas schafft Unsicherheit. Die Leute machen sich deshalb Sorgen. Aber als Koch weiß ich, daß ich ... mir etwas einfallen lassen muß, damit für alle genug da ist. Außerdem gilt es, auf eine ausgewogene, gesunde Diät zu achten. Vielleicht können der Doktor und Kes dabei helfen. Wir wissen, daß vegetarische Nahrung fettarm ist, und zu viele Kulturen überschätzen die Bedeutung von Protein. Die meisten intelligenten Wesen brauchen weniger Protein, als sie glauben. Wir müssen eine richtige Kampagne daraus machen. Ja, das sollte eigentlich möglich sein.

Nun, meine Kekse sind sehr beliebt. Ich habe Tabletts damit in der Nähe der Replikatoren aufgestellt. Wenn die Leute zwischendurch was knabbern möchten, brauchen sie nicht auf unsere Energiereserven zurückzugreifen.«

Captain Janeway lächelte. Manchmal wußte sie die Phantasie des Talaxianers zu schätzen.

»Wieviel Zeit bleibt uns noch, bis Sie auf Ihren Einfallsreichtum zurückgreifen müssen?« fragte sie.

»Oh, zehn bis zwölf Tage«, antwortete Neelix. »Mit Eintopf könnte ich zwei weitere Tage gewinnen.«

»Eintopf, ja«, sagte Janeway langsam und brachte sich gerade noch rechtzeitig genug unter Kontrolle, um keine Grimasse zu schneiden. Neelix' Eintopf gehörte nicht gerade zu ihren Lieblingsmahlzeiten, obwohl er immer noch besser schmeckte als sein Ersatzkaffee.

Ihre Gedanken trieben fort, und sie riß sich innerlich zusammen. Konzentrationsschwäche gehörte zu ihrem Trauma, doch sie war fest entschlossen, diesem Symptom nicht nachzugeben.

»Ich glaube, du ermüdest den Captain, Neelix«, sagte Kes. »Sie sollte sich ausruhen und nicht über die Speisekarte der nächsten Woche reden müssen.«

Kes warf Janeway einen kurzen Blick zu, bevor sie den Talaxianer fortführte. Die Kommandantin erhob keine Einwände. Sie hatte alle gewünschten Informationen bekommen. Es lief auf folgendes hinaus: Die *Voyager* saß fest, und ihre Vorräte gingen schneller zur Neige als vorgesehen.

Es wirkte wie geplant. So als sei das Schrumpfen des Proviantbestands direkt proportional zur Zeit, die sie aufgrund der Fehlfunktionen ihres Computers bei den fremden Wracks verbrachten.

»Das Tachyonenfeld«, murmelte Janeway. »Ich frage mich ... Doktor, würden Sie bitte zu mir kommen? Ich habe da eine Theorie ...«

»Sie sind hier, um sich zu erholen, Captain. All die Aufregung schadet Ihnen nur.«

»Doktor, ist es möglich, daß die Tachyonenstrahlung die Zellstrukturen unseres Proviants beeinträchtigt, was dazu führt, daß die Lebensmittel schneller verderben?«

»Das wäre möglich«, erwiderte der holographische Arzt widerstrebend. »Ich glaube, in dieser Hinsicht sind noch keine Untersuchungen angestellt worden. Zumindest sind mir keine bekannt. Wie dem auch sei: Alle Dinge sind ständiger Tachyonenstrahlung ausgesetzt, und die meisten lebenden Geschöpfe haben einen gewissen Schutz davor entwickelt. Die Partikel sind so klein, daß sich ihre Auswirkungen auf die Biofunktionen kaum feststellen lassen.«

»Etwas ruiniert unsere Nahrungsmittel«, stellte Janeway fest. »Ich schlage vor, Sie führen einige Analysen durch. Kes kann Neelix bitten, Ihnen einige Proben von verdorbenem Gemüse zu bringen.«

»Das ist nicht unbedingt mein Fachgebiet«, wandte der Doktor ein.

Janeway richtete einen durchdringenden Blick auf ihn. »Keine andere Abteilung an Bord kommt einem Biolaboratorium so nahe wie die Krankenstation, und Sie können durchaus die Aufgaben eines Biologen wahrnehmen. Außerdem verlieren Sie schon sehr bald mindestens einen Patienten – ich habe die Absicht, diesen Ort sofort zu verlassen, wenn Sie mich für diensttauglich erklären, was besser während der nächsten halben Stunde geschehen sollte.«

»Das kann ich Ihnen nicht garantieren, Captain.«

»Das sollten Sie aber, Doktor. Weil ich die Krankenstation sonst ohne Ihre Erlaubnis verlasse.«

Der Holo-Arzt musterte Janeway und blinzelte. »Ja, ich verstehe. Kes, bitte bringen Sie mir den medizinischen Tricorder dort drüben. Nein, ich meine den auf meinem Schreibtisch; er ist bereits für eine Biosondierung des Captains programmiert.«

Der Doktor und Kes waren so beschäftigt, daß sie Janeways zufriedenes Lächeln gar nicht bemerkten.

# 15

Captain Janeway befand sich auf der Brücke und sprach mit Tuvok. Sie kannte die Situation gut genug, um sich darüber klar zu sein, daß eine kritische Phase begann. Mit anderen Worten: Sie wußte um den Ernst der Lage besser Bescheid als alle anderen.

»Warum glauben Sie, daß Mandel kein Vertrauen verdient?« fragte sie noch einmal.

Der Vulkanier begegnete ihrem Blick. »Sie lehnte mein Angebot ab, ihr zu helfen. Sie weigerte sich, ihre Analysen mit jemand anders durchzugehen. Darüber hinaus war sie verschlossen und vermied es, ihre Methodik preiszugeben. Unter den gegenwärtigen Umständen sollten diese Punkte genügen, um Ermittlungen zu rechtfertigen.«

Janeway zögerte. Die Kopfschmerzen wurden immer schlimmer, und der Konflikt hatte gerade erst begonnen. »Tuvok, Sie wissen, daß ich Ihrer Kompetenz den größten Respekt entgegenbringe«, sagte sie vorsichtig und legte sich dabei jedes einzelne Wort zurecht. »Wir arbeiten schon seit langer Zeit zusammen, und die Schiffssicherheit ist bei Ihnen in den besten Händen.« Sie seufzte tief. »Aber wenn Harry nicht während der nächsten Stunden für diensttauglich erklärt wird – und das bezweifle ich sehr –, brauchen wir Fähnrich Mandel, ganz gleich, wie verdächtig uns ihr Verhalten erscheinen mag. Der Grund: Niemand sonst kommt für den Job in Frage. Und wenn wir diesen Ort nicht bald verlassen, droht uns allen der Hungertod. So einfach ist das. Etwas vernichtet unsere Nahrungsmittel. Neelix hat mir gerade berichtet, daß unser Proviant dadurch schneller schrumpft als erwartet. Wenn es so weitergeht, können wir Tsrana nicht mehr rechtzeitig erreichen.«

Vulkanier behaupteten, keine Emotionen zu haben. Zumindest gelang es ihnen meist gut, ihre Gefühle – falls vorhanden – zu verbergen. Doch in Tuvoks Gesicht beobachtete sie nun etwas, das sie für Sorge hielt. Nun, warum auch nicht? Besorgnis war keine Emotion in dem Sinne. Eigentlich handelte es sich dabei um eine logische Reaktion auf die Nachricht, daß sie es nicht nur mit möglicher Sabotage und Fehlfunktionen des Computers zu tun hatten, sondern auch mit Hunger.

»Verfügen Sie über weitere Informationen in Hinsicht auf die verdorbenen Nahrungsmittel, Captain?« fragte Tuvok.

Janeway schüttelte den Kopf. »Der Doktor hat mit Untersuchungen begonnen. Ich vermute, daß es an der Tachyonenstrahlung liegt, aber ich bin kein Biologe.«

»Fähnrich Mandel ebensowenig«, erwiderte Tuvok nachdenklich. Er zögerte einige Sekunden lang, blickte ins Leere und überlegte. »Captain, ich halte es für sehr unwahrscheinlich, daß zwischen den Problemen mit dem Proviant und dem Computer kein Zusammenhang besteht. Die neuen Daten weisen darauf hin, daß Fähnrich Mandel keine Schuld trifft. Vorausgesetzt natürlich, sie verfügt über kein zusätzliches Wissen. Was bei einem cardassianischen Agenten zu vermuten wäre.«

»Ja, das stimmt«, räumte Janeway ein. »Uns bleibt keine andere Wahl, als ein Risiko einzugehen. Wenn wir Mandel nicht an den Basisprogrammen arbeiten lassen, sitzen wir hier auch weiterhin fest und verhungern. Wenn wir ihr die Möglichkeit geben, die fremden Instruktionen aus dem Betriebssystem zu entfernen, und wenn sie kein cardassianischer Agent ist... Dann bekommen wir vielleicht die Chance, von hier zu verschwinden.«

»Aber wenn wir sie an dem Problem arbeiten lassen und sie ein Saboteur ist...«

»Ob wir ihr Zugriff auf den Programmcode des Betriebssystems gestatten oder nicht – schlimmer als jetzt kann unsere Situation kaum werden«, sagte Janeway. »Selbst wenn sie in den Diensten des cardassianischen Geheimdienstes steht: Es gibt keinen Grund zu der Annahme, daß sie den Befehl hat, sich selbst zu opfern und die *Voyager* zu vernichten. Wenn ich mich recht entsinne, verliert das Obsidian-Kommando nicht gern Agenten, in deren Ausbildung viel Zeit und Geld investiert wurde.

Nein, Mr. Tuvok. Ein cardassianischer Agent – oder irgendein anderer Saboteur – ist unsere geringste Sorge. Wenn Mandel tatsächlich für das Obsidian-Kommando arbeitet, müssen wir uns später darum kümmern. Sobald wir von hier fort sind.«

»In Ordnung, Captain. Ich hebe ihren Arrest auf.«

Janeway nickte. »Und berichten Sie ihr auch von den anderen Problemen, von unserem knappen Proviant und der Tatsache, daß wir ziemlich weit von der nächsten Welt entfernt sind, auf der wir unsere Vorräte erneuern können. Der zweite Punkt sollte Mandel eigentlich nicht überraschen – in der Stellarkartographie weiß man über solche Dinge Bescheid. Aber vermutlich weiß sie nichts von unserer kritischen Situation in Hinsicht auf die Lebensmittel.«

Wenn ein Vulkanier beunruhigt wirken konnte, so brachte Tuvok dieses Kunststück fertig. »Bitte erlauben Sie mir, Bedenken zum Ausdruck zu bringen«, sagte er. »Es käme einer Verletzung meiner Pflichten gleich, wenn ich Sie nicht darauf hinweisen würde, daß ich eine solche Maßnahme für ungeeignet halte.«

»Ja, ich verstehe, Mr. Tuvok.« Janeway seufzte einmal mehr. »Das Problem liegt im Kommandosystem, nicht bei der Hardware. Wenn das der Fall wäre, könnte Torres den Schaden finden und reparieren. Auch einen anderen Fehler hätten wir inzwischen gefunden. Nun, in so große Schwierigkeiten konnten wir nur deshalb geraten, weil wir viel zu sehr vom Computer und seinen Basisprogrammen abhängen. Aufgrund dieser Abhängigkeit droht uns größere Gefahr als von irgendeinem Saboteur.«

»Wir werden dadurch verwundbar«, räumte Tuvok ein.

»Wenn wir das Betriebssystem doch nur in einzelne Segmente unterteilen könnten, so wie die Lebenserhaltung«, murmelte Janeway. Sie überlegte einige Sekunden lang. »Wenn wir diese Sache hinter uns haben, bitte ich Fähnrich Mandel, ein entsprechendes Konzept zu entwickeln. Zusammen mit Mr. Kim. Das dürfte sie in ihrer freien Zeit beschäftigt halten.«

Ein Hauch Verwirrung zeigte sich in Tuvoks Zügen. »Ich unterrichte Fähnrich Mandel von unserer gegenwärtigen Situation.«

Janeway nickte und ließ den Vulkanier gehen. Tuvok mußte die Sicherheit des Schiffes gewährleisten; das gehörte zu seinen wichtigsten Aufgaben. Die Sicherheit der *Voyager* lag natürlich auch Janeway am Herzen. Doch was eine vernünftige Entscheidung im Alpha-Quadranten sein mochte, wo man jederzeit eine Starbase ansteuern oder andere Föderationsschiffe um Hilfe bitten konnte, kam hier im Delta-Quadranten einfach nicht in Frage.

Das verstand Tuvok natürlich. Er verstand es ebensogut wie alle anderen. Aber das bedeutete nicht, daß sie an dieser Erkenntnis Gefallen finden mußten. Es blieb ihnen nichts anderes übrig, als sich den besonderen Umständen anzupassen, und das bedeutete: Manchmal wurde es erforderlich, das kleinere von zwei Übeln zu wählen.

Heftiger Schmerz hämmerte hinter Janeways Stirn. Er ging nicht auf die Verletzung zurück, sondern auf die schwere Bürde der Verantwortung. Die Situation konnte kaum verzwickter sein, und irgendwie mußte sie einen Ausweg finden.

Die Kommandantin fühlte sich wie eine Verdurstende in der Wüste, wie jemand, der in Treibsand geriet und langsam versank.

Treibsand. Etwas, das fest erschien. Doch darunter verbarg sich eine Falle, die passiv blieb, bis jemand in die Nähe kam.

In eine solche Falle waren sie geraten. Captain Janeway wußte es. Dies hatte nichts mit Cardassianern, Saboteuren oder anderen Dingen zu tun, die im Alpha-Quadranten zurückgeblieben waren. Statt dessen gab es einen Zusammenhang mit den Wracks im Zentrum des Tachyonenfelds.

Was hatte jene Raumschiffe in Wracks verwandelt? Warum war das Datenpaket gesendet worden? Aus welchem Grund existierte das Tachyonenfeld? Und warum hatten so viele Besatzungsmitglieder der *Voyager* Einsamkeit verspürt?

Die Fragen zielten in eine bestimmte Richtung, und die Logik lieferte erste, noch hypothetische Erklärungen. Vielleicht waren die Wracks einsam und sehnten sich nach Gesellschaft. Es ergab einen gewissen Sinn. Mit Hilfe von Kom-Signalen lockten sie Reisende an, um nicht mehr so allein zu sein.

So weit, so gut. Allerdings: Wie konnten sich Raumschiffwracks einsam fühlen? Nach den Bioindikatoren zu urteilen, gab es kein Leben an Bord. In den fremden Schiffen war alles tot. Janeway hatte es mit eigenen Augen gesehen, selbst einen unmittelbaren Eindruck gewonnen.

Das Pochen zwischen ihren Schläfen schwoll an und schien bestrebt zu sein, den Kopf explodieren zu lassen. Sie glaubte, die Antwort zu sehen. Ohne die Schmerzen wäre sie sicher imstande gewesen, sie genau zu erkennen. Wenn doch nur ...

Plötzlich wurde Janeway klar, daß ihre Gedanken wieder fortglitten. Sie wollte sich über die medizinische Wissenschaft ärgern – warum konnte ihr der Doktor nicht etwas geben, das sie von den Schmerzen befreite? In der gegenwärtigen Lage konnte sie sich keine eingeschränkte Leistungsfähigkeit leisten. Sie mußte fähig sein, dem Problem ihre ganze Aufmerksamkeit zu widmen.

Janeway glaubte, in Hinsicht auf Daphne Mandel die richtige Entscheidung getroffen zu haben, aber das Unbehagen in ihr löste sich nicht ganz auf. Schon seit vielen Jahren arbeitete sie mit Tuvok zusammen und schenkte ihm absolutes Vertrauen. Er verfügte über Instinkte – er hätte das bestritten, einen anderen Ausdruck dafür gewählt –, und wenn er jemandem mißtraute, so gab es einen guten Grund dafür.

Harry Kims Rekonvaleszenz kam viel zu langsam voran, fand Janeway. Wenige Sekunden später rief sie sich innerlich zur Ordnung: Sie sollte froh sein, daß er noch lebte.

Bei dem Gedanken an Kim erinnerte sie sich wieder an den Streifzug durch das fremde Schiff und ihre Entdeckungen. Sie hatten ein elektronisches Logbuch kopiert, und es sollte nicht weiter schwer sein, jene Aufzeichnungen zu analysieren. Vielleicht stießen sie dabei auf wichtige Hinweise und Informationen.

Janeway berührte ihren Insignienkommunikator. »Maschinenraum, haben Sie den Tricorder, den Mr. Kim beim externen Einsatz verwendete?«

»Nein, Captain. Welchen Tricorder meinen Sie?« B'Elanna versuchte, nicht zu gereizt zu klingen – die Kommandantin hörte es ganz deutlich. Torres wäre nicht einmal dann imstande gewesen, ihre Gefühle zu verbergen, wenn ihr Leben davon abhinge.

»Ich lasse Ihnen das Gerät von jemandem bringen«, sagte Janeway. »Es enthält das Logbuch des fremden Schiffes und gibt uns vielleicht Aufschluß darüber, was damals hier geschehen ist. Möglicherweise hatten die Fremden ähnliche Probleme wie wir.«

»Ich untersuche die Daten, sobald ich das Gerät habe«, versprach Torres. »Und ich hole es selbst. Ich wollte ohnehin bei Harry vorbeischauen. Um ihn daran zu erinnern, daß Arbeit auf ihn wartete und er nicht einfach faul im Bett liegen kann, während wir anderen uns abrackern. Vielleicht bringe ich ihm einige Kekse mit.«

Janeway schmunzelte. Sie hatte die Kekse selbst probiert und wußte daher: Die Plätzchen stellten Neelix' beste kulinarische Leistung seit langer Zeit dar.

Sie setzte sich mit der Krankenstation in Verbindung, um sicherzustellen, daß Torres keine Zeit mit der Suche nach dem Tricorder verlor. Wie sich herausstellte, lag das Gerät völlig vergessen bei der Kleidung und den anderen Ausrüstungsgegenständen.

Vielleicht enthielt es Antworten auf einige ihrer Fragen.

»Hallo, Harry, Sie faule Schlafmütze«, sagte B'Elanna Torres. »Wir schlagen uns mit einem störrischen Computer, Fehlern im Betriebssystem und einem Antrieb herum, der uns nicht mehr gehorchen will. Und Sie liegen die ganze Zeit über im Bett.«

»Uuuugghh«, erwiderte Harry Kim.

Kes' Miene erhellte sich. »So mitteilsam ist er schon lange nicht mehr gewesen«, flüsterte sie der Chefingenieurin zu.

»Nun, mir genügt es nicht«, erwiderte Torres, ohne den Blick vom bandagierten Gesicht Kims abzuwenden. »Ich brauche Hilfe, Harry. Sie sind der beste Programmierer an Bord dieses Schiffes, und wir kommen mit den Analysen des fremden Codes erst dann richtig weiter, wenn Sie beschließen, nicht mehr an der Matratze zu horchen und wieder Ihre Arbeit zu erledigen.«

»Nnnnt mmmm Agb«, brachte Kim hervor und sah zu B'Elanna auf.

»Es ist nicht Ihre Aufgabe, meinen Sie?« Aufrichtiger Zorn quoll in Torres empor. »Vielleicht steht's nicht auf

Ihrem Dienstplan, aber glauben Sie mir: Der Captain versetzt Sie zur technischen Abteilung, wenn das nötig ist, um eine Lösung für dieses Problem zu finden. Sie sind der einzige, der damit zurechtkommt, abgesehen von Daphne Mandel. Und die ist viel zu sehr Theoretikerin, um irgend etwas Praktisches zustande zu bringen.«

»Tt mr ld«, entschuldigte sich Kim.

B'Elanna Torres schnaufte. »Ein Klingone würde jetzt sofort aufstehen«, behauptete sie. »Aber da Sie kein Klingone sind, müssen wir eben sehen, wie wir ohne Sie zurechtkommen, was bestimmt nicht leicht sein wird. Dafür stehen Sie in meiner Schuld, Kim.«

»Grrgh«, erwiderte der junge Fähnrich.

»Sie haben Glück«, meinte Torres und hielt es für besser, das Thema zu wechseln. »Es ist Neelix endlich gelungen, etwas Vernünftiges zu backen. Man könnte meinen, diese Kekse stammten von der kleinen Bäckerei in der Nähe des Starfleet-Hauptquartiers.«

Kim blinzelte und versuchte zu lächeln, doch so viel Bewegung ließen die Verbände in seinem Gesicht nicht zu. Er gab ein Geräusch von sich, das für B'Elannas Ohren zustimmend klang.

»Lieutenant Torres, wir wissen es sehr zu schätzen, daß Sie uns dabei helfen, Mr. Kim wieder zu Bewußtsein zu bringen. Aber jetzt ermüden Sie den Patienten. Bitte gehen Sie. Morgen können Sie ihn noch einmal besuchen.« Der Doktor sprach mit ernster Stimme und war ganz offensichtlich nicht bereit, irgendwelche Einwände zuzulassen.

Was B'Elanna durchaus zu schätzen wußte. Es gefiel ihr, daß der Holo-Arzt so sehr um Kims Wohlergehen besorgt war. Es ärgerte sie noch immer sehr, daß Harry nicht besser auf sich acht gegeben hatte, und gleichzeitig war sie sehr besorgt um ihn – was sie sich natürlich nicht eingestand.

Sie mochte Harry. Nun, an Bord der *Voyager* gab es

niemanden, der ihn *nicht* mochte. Aber B'Elanna respektierte auch seine Fähigkeiten und griff häufig auf seine Hilfe zurück, obwohl er überhaupt nicht zur technischen Abteilung gehörte.

Er hatte sich so oft bereit erklärt, ihr zu helfen, daß sie einen engen Mitarbeiter in ihm sah. Sie brauchte ihn. Und er arbeitete gern im Maschinenraum. In seiner Freizeit befaßte er sich mit einigen Spezialprojekten, so als sei das sein Hobby.

Torres hoffte insgeheim, ihn irgendwann einmal in einen echten Techniker zu verwandeln. Er hatte das richtige Gespür dafür, noch mehr als Lieutenant Carey, in dem B'Elanna inzwischen einen guten Kollegen und ausgezeichneten Verwalter sah. Nur als Techniker war er eher durchschnittlich.

Harry hingegen ... Er hatte genau das richtige Fingerspitzengefühl. Rein intuitiv wußte er, wie bestimmte Dinge funktionieren sollten. Und es fehlte ihm auch nicht an mathematischem Geschick.

Aber ganz gleich, wie dringend sie ihn jetzt brauchte – der Doktor bestand darauf, ihn auch weiterhin zu behandeln.

»Es geht ihm schon viel besser«, erklang Kes' sanfte Stimme in der Nähe.

B'Elanna drehte ruckartig den Kopf. Sie hatte die junge Ocampa gar nicht bemerkt, ließ sich nun von ihr zum Korridor führen.

Kes reichte ihr den Tricorder. »Ich glaube, Sie haben das hier vergessen«, sagte sie und lächelte. »Es ist gut, daß Sie gekommen sind. Ihr Besuch hat Harrys Genesung ein wenig beschleunigt. Er weiß nun, daß wichtige Arbeit auf ihn wartet, was bestimmt den Wunsch in ihm weckt, möglichst bald in der Lage zu sein, Ihnen zu helfen. Sicher langweilt er sich jetzt nicht mehr. Patienten leiden sehr schnell an Langeweile.«

»Warum sagen Sie mir das?« fragte Torres. Sie fand Kes' sanfte Art verwirrend.

»Damit Sie folgendes wissen: Harry ist derzeit nicht in der Verfassung, konkrete Beiträge zu leisten, aber wenn sich sein Zustand verbessert ... Dann ist er imstande, über das Problem nachzudenken und die von Ihnen erzielten Fortschritte mitzuverfolgen. Selbst wenn er auch weiterhin das Bett hüten muß: In ein oder zwei Tagen dürfte er fähig sein, im Programmcode nach Fehlern Ausschau zu halten.«

B'Elanna versuchte, zwischen den verbalen Zeilen zu lesen. Ihrer Meinung nach lief es auf folgendes hinaus: Am kommenden Tag konnte Kim wieder arbeiten. Sie mußten es nur anders nennen, und er durfte die Krankenstation nicht verlassen.

Damit gab sich Torres zunächst zufrieden.

Sie wünschte sich, daß Kes die Dinge beim Namen nannte und sich nicht immer auf Anspielungen beschränkte. Sie gehörte eben zu den Heiler-Typen, die körperliche und geistige Gesundheit für das wichtigste Ziel im Leben hielten.

Eine derartige Einstellung fand B'Elanna Torres völlig rätselhaft. Ihrer Ansicht nach war es die vordringlichste Aufgabe von Besatzungsmitgliedern, dafür zu sorgen, daß an Bord des Raumschiffs alles einwandfrei funktionierte. Daß die Triebwerke über genug Energie verfügten und das energetische Niveau des Warpkerns stabil blieb, daß alle Bordsysteme volles Funktionspotential besaßen. B'Elanna konnte sich nicht vorstellen, daß irgend etwas diesen Dingen gegenüber Vorrang haben sollte.

Auf dem Rückweg zum Maschinenraum fragte sie sich, warum sie die aktuelle Situation als so frustrierend empfand. Sie hatte Schlimmeres erlebt, es sogar auf eine sonderbare Art und Weise genossen, sich den Herausforderungen von Notfall-Reparaturen zu stellen oder plötzliche Veränderungen der Konfiguration vorzunehmen, um damit neuen Bedingungen gerecht zu werden.

Doch diesmal verabscheute sie, was geschah. Sie

konnte den Fehler nicht beheben, die betroffenen Systeme nicht einmal richtig untersuchen. Genau dort lag das eigentliche Problem. Der Computer gehörte nicht direkt zu ihrem Fachgebiet. Wenn es um ihn ging, mußte sie sich auf jemand anders verlassen, und so etwas behagte ihr nicht.

In diesem besonderen Fall mußte sie die Dienste von Daphne Mandel in Anspruch nehmen.

Sie war intelligent, zugegeben, vielleicht sogar genial. Aber in ihrem Wesen spielten Egoismus und Maßlosigkeit eine zu große Rolle.

Jetzt war Mandel verschwunden, weil sie sich zu fein dafür fühlte, mit Tuvok zusammenzuarbeiten. Torres hätte am liebsten laut geschrien. Wie gräßlich, die Hilfe von jemandem zu brauchen, den sie am liebsten nie wiedergesehen hätte.

Allein kam B'Elanna mit dieser Sache nicht zurecht. Sie schreckte davor zurück, sich so tief ins Betriebssystem vorzuwagen. Ihr Talent galt vor allem mechanischen Dingen; komplexer Programmcode verwirrte sie nur.

Torres war überrascht und auch verärgert, als sie den Maschinenraum erreichte und feststellen mußte, daß Daphne Mandel wieder an einer Konsole saß. Tuvok stand neben ihr, und deshalb befahl B'Elanna der Kartographin nicht sofort, ihre Domäne zu verlassen. Stattdessen zog sie den Vulkanier zur Seite.

»Was macht sie hier?« zischte die Chefingenieurin.

»Befehl des Captains«, erwiderte Tuvok. »Unser Proviant wird knapp. Wenn wir den Flug nicht sehr bald fortsetzen, gehen unsere Lebensmittelvorräte zur Neige, bevor wir Tsrana erreichen.«

B'Elanna verspürte den Wunsch, irgend etwas zu zertrümmern. Es wäre ihr ein Vergnügen gewesen, jemandem die Knochen zu brechen, aber da kein Schuldiger zur Verfügung stand, blieb nur der Computer – ihm verdankten sie das ganze Durcheinander.

»Haben Sie bereits das fremde Logbuch analysiert?« fragte Tuvok.

B'Elanna blinzelte. Sie hielt den Tricorder in der Hand – und hatte ihn völlig vergessen.

»Ich weiß gar nicht, ob solche Analysen überhaupt möglich sind«, erwiderte Torres. »Immerhin funktioniert der Computer nicht richtig.«

»Oh, das Problem bezieht sich nur auf Antrieb, Navigation und Steuerung«, ließ sich Mandel von der Konsole vernahmen. »Das analytische Potential sollte nicht betroffen sein.«

»Wie beruhigend«, kommentierte Torres. Sie schob den Tricorder in ein Downloadmodul und beauftragte den Computer mit einer ersten Analyse.

Kurz darauf füllte sich der Bildschirm mit fremden Symbolen, die grün auf einem orangefarbenen Hintergrund leuchteten. B'Elanna betrachtete sie aufmerksam und hoffte, irgendeinen Sinn zu erkennen, doch tief in ihrem Innern wußte sie, daß es hoffnungslos war. Ohne weitaus mehr Hilfe vom Translationszentrum des Computers bestand keine Aussicht, die Schriftsprache der fremden Wesen zu verstehen. Ständig veränderten sich die Farben: von Rot zu Türkis, von schimmerndem Blau zu Rosarot und so weiter. Man brauchte den Blick nur einige Sekunden lang auf den Schirm gerichtet zu halten, und schon schmerzten die Augen.

Dann erschien ein Bild und zeigte das Innere des Schiffes, mit einem Fremden im Zentrum der Darstellung. Die kristallenen Vorsprünge flackerten nicht; gleichmäßiges rosarotes Licht ging von ihnen aus und projizierte einen warmen Schein auf die Miene des Geschöpfs. Einige Indikatoren glühten bernsteinfarben und grün. B'Elanna begriff plötzlich, daß die Farben Bedeutung hatten. Die ersten Bilder, die ihr so chaotisch erschienen waren, stellten die unmittelbare Folge von Zerstörung dar.

Ein solches Wesen hatte Torres nie zuvor gesehen. Es

gab keinen Vergleichsmaßstab, nach dem die Größe des Fremden sich hätte einschätzen lassen. Aber B'Elanna glaubte trotzdem, daß die vier Arme auf Vorwölbungen ruhten, die ihr etwa bis zur Schulter gereicht hätten. Die Hautfarbe schien von einem sanften Grau zu sein, doch vielleicht handelte es sich dabei nur um ein Resultat des sonderbaren Lichts. Das Gesicht wirkte natürlich völlig fremdartig, aber trotzdem zeigte es Intelligenz und Gefühle, die Torres zu kennen glaubte: Kummer und so etwas wie verwirrte Resignation.

Der Mund des fremden Geschöpfs geriet in Bewegung, ohne daß Geräusche ertönten. Mit der Synchronisation von Bild und Ton schien etwas nicht zu stimmen.

»Signalsuche«, wies die Chefingenieurin den Computer an.

Kurz darauf drang eine Stimme aus dem Lautsprecher. Sie stammte nicht von einem Sprachprozessor, klang tief und rauh. Die angespannte Stimme eines Mannes, fand Torres. Sie formulierte Worte, die ineinander übergingen und zunächst völlig bedeutungslos blieben.

Dann veränderte sich etwas. Die Stimme blieb, doch ihre Botschaft wurde verständlich. Das Translationszentrum des Computers funktionierte. Hoffentlich übersetzte es richtig.

»Das Wesen verschlingt uns«, verkündete der Fremde. »Es ist kein lebendes Etwas, sondern die unheilvolle Brut des Bewußtseins. Der Verfall nimmt exponentiell zu. Je länger wir hierbleiben, desto schneller verderben unsere Lebensmittel und desto gravierender wird der Energieschwund. Wir wissen nicht, was eher zur Neige geht: Nahrung oder Energie.

Eins steht fest: Wir sind verloren. Vergeblich haben wir die Götter um Hilfe angefleht und die Ältesten gebeten, uns einen Ausweg zu zeigen. Doch unsere Ältesten schweigen, und die Götter lachen über unser Leid. Nun gut. Die Götter zu amüsieren – das ist immerhin etwas.

Wenn es unsere Götter sind. Einige von uns meinen, daß der Feind die Maske der Verehrten trägt, um uns in die Falle zu locken. Aber woher sollte das fremde Schiff wissen, wer unsere Götter und jene sind, von denen wir glauben, sie seien der Inbegriff der Schönheit?

Und so sitzen wir hier fest, sterben einen langsamen Tod. Nichts ist schlimmer, als mit dem sicheren Wissen zu warten, daß es nicht die geringste Hoffnung gibt und unser Schicksal feststeht.«

Statik knisterte, und Streifenmuster zerrissen das Bild auf dem Schirm.

»Gibt es noch mehr Informationen?« fragte Tuvok. »Computer, zum nächsten Eintrag.«

B'Elanna Torres blinzelte und sah sich um. Ihr Blick glitt über die Gesichter aller Anwesenden, und sie stellte fest, daß nur der Vulkanier keine Reaktion zeigte. Selbst Daphne Mandel hatte zugehört und war nicht länger verloren im Universum ihres Programmcodes. In ihren Augen zeigte sich überraschende Anteilnahme.

»Es gibt keine weiteren Einträge«, teilte der Computer in seinem üblichen neutralen Tonfall mit.

»Computer, beginne beim ersten Eintrag und übersetze im Textformat«, sagte Torres. Sie wollte nicht hören, wie der sterbende Captain mit schmerzerfüllter Stimme die Geschichte seines Schiffes erzählte. Das Textformat enthielt alle wichtigen Informationen, ohne daß es dabei zu so starken emotionalen Belastungen kam. Es gab genug für sie alle zu tun. Sie konnten es sich nicht leisten, die Arbeit zu unterbrechen, um dem Fremden zuzuhören und daran zu denken, daß sie sich in einer ähnlichen Situation befanden.

Vor langer Zeit war es zu einer Tragödie gekommen, die sich jetzt zu wiederholen drohte. Vor Äonen gerieten die Fremden in eine Falle, angelockt von einem Etwas, das mehr über sie wußte, als es eigentlich wissen konnte. Es hielt sie fest, bis alle Ressourcen verbraucht waren und die vierarmigen Wesen starben.

Die *Voyager* durfte dieses Schicksal nicht teilen. B'Elanna Torres war entschlossen, es zu verhindern. Mit aller Kraft wollte sie ums Überleben kämpfen, um die Möglichkeit, den Flug fortzusetzen und irgendwann heimzukehren.

Tief in ihrem Innern wußte sie: Ein Teil ihrer Entschlossenheit ging auf den fremden Captain zurück, dem das Schicksal seines Schiffes und seiner Crew so sehr zu Herzen gegangen war. B'Elanna wollte seine letzten Worte bis hin zur Föderation tragen.

# 16

Harry Kim hatte Schmerzen, und zwar überall: im Kopf, im Rücken, vor allem aber in der rechten Seite. Doch die Schmerzen konnte er ertragen, im Gegensatz zur Langeweile in der Krankenstation. Wenigstens hatte ihm der Doktor endlich erlaubt, gelegentlich zu sitzen. Und Kes hatte ihm einen Monitor gebracht, der es ihm gestattete, Daphne Mandels Arbeit zu beobachten.

Sie war gut, das mußte er ihr lassen. Sie war mehr als nur gut. Und dadurch fühlte sich Kim nutzlos.

Das Essen brachte nicht etwa Abwechselung, sondern eine Enttäuschung. Es bestand aus Suppe, Kräckern und einer einfachen Knolle, der Neelix normalerweise pikante Gewürze und Gemüse hinzufügte. Die Mahlzeit reizte Kim überhaupt nicht, und er aß nur, weil er sehr hungrig war. Andernfalls hätte er nichts angerührt. *Wie soll man mit so langweiliger Nahrung gesund werden?* fragte er sich mißmutig.

»Das Zauberwort heißt Motivation«, sagte Kes, als sie kam, um das Tablett fortzubringen. »Um jene Dinge zu bekommen, die Sie mögen, müssen Sie sich zuerst erholen.«

»Gut. Ich möchte mich ohnehin erholen. Eigentlich geht es mir schon viel besser. Es tut mir nur noch hier und dort weh, aber das geht bestimmt schnell vorbei, mit ein bißchen Bewegung und dem richtigen Essen.«

Kes nahm das Tablett. »Sie sollten jetzt schlafen. Wenn der Doktor kommt und feststellt, daß Sie arbeiten...«

»Ich arbeite nicht«, brummte Kim. »Ich würde mich darüber freuen, arbeiten zu können. Dann hätte ich wenigstens etwas zu tun und müßte nicht dauernd an das Stechen in meiner Seite denken. Und ich könnte mir heiße Zwiebelsoße für dieses Ding holen. Haben Sie die Möglichkeit, mir eine scharfe Soße fürs Abendessen zu beschaffen?«

Kes überlegte. »Wenn Sie sich jetzt hinlegen und einige Stunden schlafen... Dann versuche ich, eine scharfe Soße aufzutreiben. Oder zumindest *irgendeine* Soße.«

Harry Kim dachte darüber nach, seufzte, stand auf und kehrte zu seinem Medo-Bett mit alle den Sensoren und Displays zurück. Er mußte zugeben, daß er müde war. Das Sitzen erwies sich als ziemlich große Anstrengung. Eigentlich kein Wunder: Er hatte das Bett zum erstenmal verlassen dürfen.

Doch sein Stolz verbot ihm, der Ocampa seine Erschöpfung einzugestehen. Und die Langeweile setzte ihm tatsächlich arg zu.

Im Halbschlaf lag er unter der Decke und wußte nicht, wieviel Zeit verstrichen war, als jemand neben dem Bett flüsterte: »He, Harry, alter Knabe, wachen Sie auf. Sonst werde ich erwischt und rausgeworfen.«

»Schon wieder?« erwiderte Kim mit undeutlicher Stimme. Er entsann sich an einen seltsamen Traum, in dem er zusammen mit B'Elanna das fremde Schiff besucht hatte. Einige andere Erinnerungsfragmente zeigten ihm Tom Paris, Tuvok und Captain Janeway. Jetzt fragte er sich, ob jene Szenen wirklich auf einen Traum zurückgingen oder vielleicht in der Wirklichkeit wurzelten.

»Ich habe Ihnen etwas mitgebracht«, flüsterte die Stimme.

Langsam öffnete Harry die Augen, und es dauerte einige Sekunden, bis er Tom Paris erkannte. Der Besucher hob einen in Folie gewickelten Gegenstand.

»Hier, nehmen Sie, bevor uns der Doktor erwischt«, raunte Paris. »Das sind heiße Maderlion-Knödel mit Tla-Soße und einer doppelten Portion vulkanischem Mokka, besonders süß.«

Harry riß die Augen auf und fühlte sich plötzlich hellwach. »Vulkanischer Mokka? Maderlion-Knödel?« brachte er hervor. Er hoffte inständig, daß dies kein Traum war, daß er nicht erwachte, um von Kes zu hören, es gäbe keine pikante Soße. Seit Monaten hatte er keine Maderlion-Knödel mehr gegessen, seit der Entscheidung, seine Replikatorrationen für nützlichere Dinge zu verwenden, beziehungsweise für Speisen, die weniger Replikatorenergie verbrauchten. »Woher haben Sie das?«

Paris lächelte. »Ich dachte mir, Sie könnten vielleicht eine kleine Aufmunterung vertragen, etwas, das Ihre Rekonvaleszenz beschleunigt. Damit Sie dabei helfen können, die Sache mit dem Computer in Ordnung zu bringen. An Bord der *Voyager* gibt es nur zwei Personen, die sich gut genug mit Betriebssystemen auskennen, um diese Aufgabe zu erledigen: Sie und die komische Daphne Mandel.«

»Eine schwierige Sache«, kommentierte Kim. »Aber Mandel kommt damit gut zurecht. Ab und zu habe ich Gelegenheit, ihr bei der Arbeit zuzusehen.«

»Ja, sie kommt tatsächlich gut zurecht, aber ›gut‹ allein genügt nicht. Und es dauert zu lange. Der Captain hat eine Besprechung anberaumt, die in zwei Stunden beginnt. Dabei erörtern wir das Logbuch, das Sie vor der Explosion in Ihren Tricorder kopiert haben. Erinnern Sie sich?«

»Natürlich erinnere ich mich.«

»Nun, ich dachte, Sie sind vielleicht an dem Inhalt jenes Logbuchs interessiert. Wenn Sie möchten, gebe ich Ihnen einen Überblick – während Sie die Knödel essen.«

»Aber ...«, begann Harry.

»Sie können die Dinger nicht verstecken«, sagte Paris.

»Man würde sie Ihnen wegnehmen. Und das wäre wirklich schade, weil ich zwei Tagesrationen verwendet habe, um sie zu replizieren.«

Kim zögerte nicht mehr, öffnete das Paket und starrte auf die warmen Knödel in der dicken Soße hinab. Zwei oder drei Sekunden lang hielt er vergeblich nach einer Gabel Ausschau. Es widerstrebte ihm, mit den Fingern zu essen, aber in diesem Fall blieb ihm keine Wahl – er war viel zu hungrig.

»Uns steht jetzt eine Textversion des Logbuchs zur Verfügung«, erläuterte Paris, während Kim aß. »Im großen und ganzen läuft es auf folgendes hinaus: Das Schiff, dem wir einen Besuch abstatteten, hatte die gleichen Probleme wie wir. Die Lebensmittel der Fremden verdarben immer schneller, und der Antrieb funktionierte nicht mehr. Darüber hinaus ignorierte der Computer alle Navigationsdaten. Die besten Programmierer wurden auf das Problem angesetzt und gewannen den Eindruck, es mit einer Art Computervirus zu tun zu haben. Aber sie konnten sich nicht erklären, wie ein fremdes Etwas, das gar keine Kenntnisse von ihrem Betriebssystem haben konnte, zu entsprechenden Manipulationen imstande war.

Sie begannen mit internen Untersuchungen, da sie Sabotage vermuteten. Und die ganze Zeit über empfingen sie Botschaften und ›Visionen‹ von Geschöpfen, die sie für ihre Götter oder Abbilder davon hielten.«

»Klingt ganz nach unseren ›Engeln‹«, sagte Harry zwischen zwei Bissen. Es war nur noch ein Knödel übrig, und den wollte er richtig genießen. Er hatte ganz vergessen, wie köstlich sie schmeckten; sie boten genau die richtige Mischung aus scharf und herb. Er leckte sich die Soße von den Fingern.

»Ja. Aber wie können unsere Engel die Götter der Fremden gewesen sein?«

»Vielleicht sind sie miteinander identisch«, spekulierte Kim. »Vielleicht sind jene Wesen durch die ganze

Galaxis gereist. Vielleicht stehen sie mit dem Beschützer in Zusammenhang und können noch viel weiter reisen.«

»Genau.« In Paris' Augen leuchtete es. »Das Volk des Beschützers. Wenn wir es finden, wenn es uns gelingt, mit dem Wesen Kontakt aufzunehmen, das für diese Angelegenheit verantwortlich ist… Dann können wir vielleicht nach Hause zurückkehren.«

»Wenn«, wiederholte Kim. »Ich möchte mir keine allzu großen Hoffnungen machen – um zu vermeiden, später enttäuscht zu werden. Sie haben nicht zufällig auch ein Dessert mitgebracht, oder?«

Captain Janeway und die Führungsoffiziere der *Voyager* hatten sich im Bereitschaftsraum eingefunden, um sich mit dem Logbuch des fremden Schiffes zu befassen. Chakotay war froh, halbwegs wach zu sein, nach nur fünf Stunden Schlaf. Es wäre ihm lieber gewesen, noch etwas länger zu schlafen, aber die Ruhepause hatte zumindest einen Teil seines inneren Gleichgewichts wiederhergestellt.

Vage erinnerte er sich an einen Traum. Einzelheiten blieben ihm verborgen, aber er wußte, daß ihn sein Seelenfreund und Schutzgeist besucht hatte. Er war selbst hier bei ihm, so weit von der Heimat seiner Vorfahren entfernt. Der Traum hinterließ ein Gefühl der Zuversicht. Chakotay ahnte, daß er erfahren hatte, worauf es ankam, was es zu unternehmen galt. Zwar konnte er sich jetzt nicht daran erinnern, aber das Wissen wohnte tief in ihm, war nun Teil seines ›Instinkts‹. Es würde sich ihm offenbaren, wenn er es brauchte. Viele Personen ›erlebten‹ im Schlaf solche Kontakte mit der Geisterwelt, aber nachher vergaßen sie alles. Chakotay hingegen stammte aus einer Kultur, in der man solchen Dingen große Beachtung schenkte. Er wußte, daß ihm Hilfe zuteil geworden war, und diese Erkenntnis gab ihm Frieden.

»Ich glaube, auch Kes sollte an dieser Besprechung teilnehmen«, sagte er. »Sie kam mit mir, um Sie zu retten, schien zu spüren, daß Gefahr drohte. Wenn eine Art empathischer Kommunikation stattfindet, so ist Kes davon betroffen. Ihre Meinungen könnten uns zusätzlichen Aufschluß gewähren.«

Captain Janeway nickte. »Wenn sie zu einem telepathischen Kontakt fähig ist, kann sie die Fremden vielleicht identifizieren. Beziehungsweise ihre Hologramme. Ich bin mit diesen speziellen Talenten nicht vertraut genug, um irgend etwas auszuschließen. Bestellen Sie Kes hierher, damit wir anfangen können.«

Chakotay kam der Aufforderung nach.

»Wieso halten Sie es für möglich, daß eine empathische Kommunikation zwischen Kes und den Fremden stattfindet?« fragte Janeway.

Chakotay wandte den Blick vom Captain und Tuvok ab. Er beugte sich vor und wählte seine Worte mit besonderer Sorgfalt, als er von der Entscheidung berichtete, zu einer Rettungsmission aufzubrechen, obwohl nichts auf eine Notlage der Einsatzgruppe hindeutete. Anschließend lehnte er sich zurück, wartete auf Tuvoks und Janeways Reaktion.

Stille herrschte im Bereitschaftsraum, und es dauerte eine Weile, bis die Kommandantin das Schweigen beendete. »Sie flogen *vor* der Explosion mit dem Shuttle zum fremden Schiff?«

Chakotay erwiderte ihren Blick. »Ja. Ich kann es nicht erklären, aber irgendwie wußte ich, daß Sie Hilfe brauchten. Obwohl zu jenem Zeitpunkt kein Anlaß zu einer solchen Vermutung bestand. Kes und ich flogen los, und wir waren genau zum richtigen Zeitpunkt zur Stelle.«

Der Captain und Tom Paris musterten ihn. Schließlich räusperte sich Janeway und fragte sanft: »Haben Sie an die Möglichkeit gedacht, daß es nicht nur bei Kes zu einem empathischen Kontakt kam?«

Chakotay atmete tief durch. »Ja, an diese Möglichkeit habe ich tatsächlich gedacht. Andererseits: Ich bin auch daran gewöhnt, auf meine Ahnungen zu achten und mich von ihnen leiten zu lassen. Nichts hat sich mir ... aufgedrängt.«

Er hatte nach diesem Wort gesucht und erinnerte sich wieder an jene Momente, als er tiefe Einsamkeit spürte – ein Gefühl, das nicht von ihm selbst stammte. »Aber als wir das Tachyonenfeld erreichten ... Da fühlte ich eine Einsamkeit, die ihren Ursprung nicht in meinem eigenen Empfinden hatte. Eine Zeitlang belastete sie mich sehr, aber dann kam ich darüber hinweg. Wahrscheinlich ist es nicht weiter wichtig.«

»Da irren Sie sich, Commander«, widersprach Janeway. »Ich halte Ihr emotionales Erlebnis sogar für sehr wichtig. Einsamkeit. Nun, es ergibt einen gewissen Sinn. Doch der Rest bleibt rätselhaft.«

»Ich habe die Einsamkeit ebenfalls gespürt, Captain«, sagte Kes. Die Offiziere waren so sehr auf Chakotays Schilderungen konzentriert gewesen, daß sie die Ankunft der Ocampa überhaupt nicht bemerkt hatten.

»Ich hatte einige sehr unangenehme Träume, in denen ich mich sehr allein fühlte, aber die in den Träumen auftauchenden Situationen konnte ich nicht mit Einsamkeit in Verbindung bringen, eher mit Zorn oder Angst. Die Träume betrafen meine Vergangenheit, meine eigenen Erlebnisse, aber die Empfindungen waren anders.«

»Warum sind Sie zum Shuttlehangar gekommen, Kes?« fragte Chakotay. »Woher wußten sie, daß ich der Einsatzgruppe folgen wollte?«

»Ich wußte es gar nicht«, entgegnete die Ocampa. »Ich verspürte nur den dringenden Wunsch, mich auf den Weg zu machen. Aus irgendeinem Grund war ich sicher, daß Gefahr drohte. Der Doktor kann die *Voyager* nicht verlassen, und deshalb kam nur ich in Frage.«

»Sie beide scheinen die empathischen Signale des

Etwas da draußen empfangen zu können«, sagte Tom Paris. »Vielleicht wurden Sie aufgefordert, die *Voyager* zu verlassen und uns zum fremden Schiff zu folgen. Möglicherweise war die Explosion geplant, und Sie erhielten gewissermaßen den Auftrag, uns in Sicherheit zu bringen.«

»Das ist die logischste Erklärung«, ließ sich Tuvok vernehmen.

»Aber was will uns das Etwas mitteilen?« fragte Kes.

»Eigentlich ist das ganz klar.« Paris schnitt eine Grimasse. »Es ist einsam und möchte, daß wir hierbleiben. Man denke dabei an eine Spinne, in deren Netz wir uns verfangen haben. Sie möchte, daß wir ihr mit Anteilnahme begegnen, ihre Freunde werden. Bis wir sterben, so wie die Besatzung jenes Schiffes.«

»Nein, einen solchen Eindruck habe ich nicht gewonnen«, widersprach Kes. »Für mich fühlte es sich anders an. Das Etwas meint es nicht böse.«

»Oh, auch eine Spinne meint es nicht böse«, erwiderte Paris. »Sie hockt einfach nur da und denkt an die nächste Mahlzeit. Sie möchte niemandem ein Leid zufügen, nur essen.«

»Warum stellen wir nicht fest, was das Logbuch enthält?« warf B'Elanna ein. »Ich weiß nicht, wie es bei Ihnen ist, aber auf mich wartet viel Arbeit.«

»Es würde Stunden dauern, alle Aufzeichnungen durchzugehen«, gab Janeway zu bedenken.

»Uns liegt eine schriftliche Zusammenfassung vor. Jeder von Ihnen sollte sich vor allem mit den Daten befassen, die Ihr jeweiliges Fachgebiet betreffen. Vielleicht können wir mit Hilfe dieser neuen Informationen herausfinden, was hier gespielt wird und wie es möglich ist, dem Spuk ein Ende zu bereiten.«

Tuvok meldete sich als erster zu Wort. »Captain, offenbar gerieten die Fremden in die gleiche Falle wie wir – wodurch die Aktivitäten eines cardassianischen Agenten beziehungsweise Saboteurs ausgeschlossen werden können. Das Logbuch berichtet von rasch verderbenden Nahrungsmitteln, Fehlfunktionen im Computersystem und dem Ausfall des Antriebs. Genau mit diesen Problemen haben wir es ebenfalls zu tun. Unter solchen Umständen ist es nicht unvernünftig, die Möglichkeit von Sabotage in Betracht zu ziehen, aber angesichts dieser Dokumente wird sie sehr unwahrscheinlich. Ein cardassianischer Agent kann unmöglich das Logbuch im Computer des fremden Schiffes gespeichert haben.«

»Was ist mit Manipulationen des Inhalts?« erkundigte sich Janeway.

Tuvok dachte einige Sekunden lang nach. »Das halte ich ebenfalls für ausgeschlossen, Captain. Nur die Angehörigen der Einsatzgruppe wußten von der Kopie des Logbuchs – bis Lieutenant Torres den Tricorder aus der Krankenstation holte. Sie begab sich damit in den Maschinenraum und beauftragte den Computer von dort aus mit einer Analyse der gespeicherten Daten. Die vom Translationszentrum durchgeführte Übersetzung ist protokolliert, und daher wissen wir, daß es nicht zu externen Einwirkungen kam. Nur der Computer hatte Zugang zu den gespeicherten Informationen.«

»Und nachher, als die Textversion angefertigt und uns zugänglich gemacht wurde?« fragte Chakotay. »Die betreffenden Dokumente könnten modifiziert worden sein, ohne daß wir etwas davon merkten.«

Tuvok nickte ernst. »Sie haben recht, Commander. Lieutenant Torres und ich wußten um dieses schwache Glied in der Kette, und deshalb ergriffen wir zwei Vorsichtsmaßnahmen. Erstens: Wir fügten dem Hauptdokument eine spezielle Codesequenz hinzu. Der Versuch einer Datenmanipulation sollte sich dadurch mit Hilfe einer einfachen Untersuchung feststellen lassen. Wenn alle Anwesenden ihre Dateien geöffnet haben, können wir die Sequenz abrufen. B'Elanna?«

Torres übermittelte dem Computer eine Anweisung, und unmittelbar darauf lachte Tom Paris.

»Was finden Sie so lustig, Mr. Paris?« fragte Tuvok.

»Die Sequenz lautet: ›Wenn Sie dies lesen können, kam es nicht zu einem Manipulationsversuch‹«, sagte B'Elanna. »Was soll daran amüsant sein? Es handelt sich um einen klaren Hinweis, den ich selbst programmiert habe.«

Tom Paris rollte mit den Augen. Chakotay lächelte und schüttelte den Kopf. Janeway schmunzelte und wartete, bis sich die Offiziere wieder gefaßt hatten. »Also wissen wir jetzt, daß sich kein cardassianischer Agent an Bord befindet.«

»Nicht unbedingt, Captain«, wandte Tuvok ein. »Wir wissen, daß die gegenwärtige Situation nicht auf Sabotage zurückgeht. Das schließt die Möglichkeit, daß sich ein cardassianischer Agent an Bord aufhält, keineswegs aus.«

»Wie Sie meinen, Mr. Tuvok«, entgegnete Janeway und fuhr fort: »Das Logbuch erwähnt die gleichen Fehlfunktionen des Computersystems, zu denen es an Bord unseres Schiffes gekommen ist. Es gelang den Fremden nicht, das Problem zu lösen, Antrieb und Navigation wieder unter Kontrolle zu bringen. Deshalb saßen sie fest.«

»Ja, Captain«, bestätigte B'Elanna Torres. »Ich habe den Computer jenes Schiffes nicht gesehen, und daher weiß ich nicht, welches Interaktionsmuster zwischen den Bordsystemen herrschte und wie abhängig sie voneinander waren. Was unseren Computer betrifft, kann ich folgendes feststellen: Sobald Fähnrich Mandel den fremden Code aus dem Betriebssystem entfernt hat, müßten wir wieder über volles Navigationspotential verfügen.«

»Und wenn das Etwas da draußen erneut ein Datenpaket sendet?« fragte Tuvok.

»Wir wissen jetzt, auf welche Weise die Instruktionen ins Betriebssystem eingebettet werden, und deshalb können wir uns davor schützen. Stellen Sie sich das Datenpaket als ein Computervirus vor. Wenn uns bekannt ist, wie das Virus arbeitet, können wir programmtechnische Barrieren errichten. Es kommt nur darauf an zu wissen, wovor wir uns schützen müssen.«

Tuvok wölbte die Brauen. »Interessant. Ich wünschte, ein solches Maß an Sicherheit stünde auch mir zur Verfügung.«

B'Elanna blinzelte überrascht. »Das ist doch der Fall. Sie haben den besten Virenschutz, den Starfleet programmieren konnte. Und glauben Sie mir: Ich weiß Bescheid. Zahllose Male habe ich versucht, jenes System mit speziellen Programmen zu überlisten.«

»Tatsächlich?«

»Lassen wir das«, warf Chakotay ein. »Tuvok, Sie wissen, wer und was wir waren. Niemand von uns schämt sich der Maquis-Vergangenheit.«

B'Elanna Torres zuckte mit den Schultern. »Ich bedauere nur, daß meine Fähigkeiten als Programmiererin nicht genügten, um einen Weg durch die Sicherheitsschranken von Starfleet zu finden. Daphne Mandel und Harry Kim könnten dazu imstande sein, wenn sie Zeit genug haben und die Parameter der Schutzsysteme nicht verändert werden.«

»Das hilft uns nicht bei der Lösung unseres gegenwärtigen Problems«, wandte Janeway ein. »Bleiben wir beim Thema. Wir wissen jetzt, daß es der fremde Raumer mit den gleichen Schwierigkeiten zu tun bekam, die auch uns betreffen. Wir wissen auch, daß die Crew versuchte, eine manuelle Kontrolle des Triebwerks zu erreichen, doch diese Bemühungen blieben ohne Erfolg. Immer wieder bekamen sie es mit Erscheinungen von Wesen zu tun, die sie für ihre ›Götter‹ hielten.«

»Die sicher mit den ›Engeln‹ vergleichbar waren, die wir gesehen haben«, fügte Tom Paris hinzu. »Was auch immer dahintersteckt: Es paßt das Erscheinungsbild den jeweiligen Erfordernissen an.«

»Wer ein fremdes Computersystem einfach so übernehmen kann, sollte keine Schwierigkeiten damit haben, Holodeck-Programme für entsprechende holographische Projektionen zu modifizieren«, meinte Chakotay.

»Wir sind also mit einer Lebensform konfrontiert, die einen Computer übernehmen und seinen Betriebssystem einen eigenen Programmcode hinzufügen kann«, sagte Janeway. »Sie bringt das zustande, ohne einen Translator oder ein anderes Übersetzungsmodul zu verwenden. Jedenfalls konnten sich die ›Engel‹ auch ohne ein solches Gerät mit uns verständigen. Wie dem auch sei: Wir wissen nicht, wo sich das fremde Etwas befindet, von dem diese Aktivitäten ausgehen. Bei den Wracks zeigen unsere Bioindikatoren überhaupt keine Lebensformen an.«

»Die Frage ist, ob wir den Anzeigen unserer Instrumente vertrauen dürfen«, erwiderte Tuvok. »Die Basisprogramme unseres Computers wurden verändert. Wir wissen nicht, ob auch noch andere Bereiche betroffen sind. Unter den gegebenen Umständen sollten wir davon ausgehen, daß sich dort draußen in der Tachyonenwolke ein Wesen vor uns verbirgt.«

»Wir müssen es finden und identifizieren«, sagte Kes ruhig.

»Nein«, widersprach Torres. »Wir müssen den fremden Code aus dem Betriebssystem unseres Computers entfernen – um anschließend von hier zu verschwinden.«

»Ohne uns um die Falle zu kümmern?« fragte die Ocampa. »Sie könnte noch weitere Schiffe nach uns anlocken.«

»Unsere Aufgabe besteht nicht darin, die Galaxis von allen Bösewichtern zu befreien«, sagte Paris. »Obwohl wir in diesem Fall vielleicht einen Versuch unternehmen sollten. Das Etwas hat bereits einen regelrechten Raumschiff-Friedhof geschaffen, und ich halte es für ziemlich gemein, Leute einfach verhungern zu lassen.«

# 17

»Ich kann jetzt nicht fort«, teilte Fähnrich Mandel Chakotay mit. »Ich bin damit beschäftigt, die Instruktionen zu eliminieren, die uns hier festhalten. Das dürfte wichtiger sein als irgendwelche Einsätze außerhalb des Schiffes.«

Daphne Mandel blieb in ihrem Sessel vor der Konsole sitzen, sah nicht einmal von den Programmzeilen auf, die vor ihr über den Schirm scrollten. Sie ignorierte den Ersten Offizier und war vollkommen auf ihre Tätigkeit konzentriert, schien gar nicht zu bemerken, daß Janeways Stellvertreter noch immer neben ihr stand.

Chakotay war so verblüfft, daß er fast das Tablett mit den Keksen fallen gelassen hätte, die er als Friedensgeschenk mitgebracht hatte. Kein Wunder, daß Tuvok bereit gewesen war, Mandel für eine cardassianische Agentin zu halten. Obwohl ... Ein Agent hätte darauf geachtet, sich angemessen zu verhalten.

Selbst im Maquis war Chakotay nie jemandem begegnet, der sich durch einen solchen Mangel an Respekt und eine derartige Disziplinlosigkeit auszeichnete. Er lehnte es ab, so etwas zu tolerieren.

»Fähnrich Mandel, Sie gehören zu Starfleet und können sich nicht einfach mit dem Hinweis herausreden, Sie hätten derzeit zu tun. Sie werden die Einsatzgruppe zum fremden Schiff begleiten, weil man dort Ihre speziellen Computerkenntnisse benötigt. Fähnrich Kim setzt hier Ihre Arbeit fort, wozu er durchaus in der Lage sein dürfte – immerhin haben Sie die Parameter klar definiert.«

»Ich dachte, er liegt im Sterben«, erwiderte Mandel verdrießlich.

»Er ist auf dem Wege der Besserung. Um ganz ehrlich zu sein: Wenn es ihm besser ginge, würde ich ihn mitnehmen und nicht Sie. Er kennt nicht nur den Computer, den es zu untersuchen gilt, sondern er weiß auch, wie man sich benimmt.« Chakotay achtete darauf, nicht die Stimme zu heben. Trotzdem war der Ärger in seinen Worten unüberhörbar. »Aber es geht ihm noch nicht gut genug, um die Krankenstation zu verlassen. Derzeit kann er nicht in einem Schutzanzug durch ein fremdes Raumschiff wandern und versuchen, die Daten eines fremden Computers in seinen Tricorder zu kopieren. *Sie* hingegen sind dazu sehr wohl imstande.«

Chakotay wies nicht darauf hin, daß ihm auch Harry Kims *Gesellschaft* lieber gewesen wäre. Zu gern hätte er einen entsprechenden Hinweis hinzugefügt, doch jahrelange Disziplin und die Erfahrungen als Kommandant ermöglichten es ihm, der Versuchung zu widerstehen.

Fähnrich Mandel weckte Zorn in ihm. Vermutlich regten sich alle über sie auf. Das mochte der Grund sein, warum sie zur Abteilung Stellarkartographie gehörte – dort brauchte sie nur selten mit anderen Personen zusammenzuarbeiten.

In Hinsicht auf den neuen externen Einsatz hatte Chakotay kein gutes Gefühl. Unbehagen regte sich in ihm, und der größte Teil davon stammte aus seinem eigenen emotionalen Kosmos.

Mandels soziale Fähigkeiten ließen sehr zu wünschen übrig, aber an ihrer fachlichen Kompetenz konnte kein Zweifel bestehen. Was auch für die anderen Mitglieder des Einsatzteams galt. Es war eine gute Gruppe. Sie brachen auf, um eine Technik zu finden, mit der die *Voyager* heimkehren konnte – nachdem die fremden Instruktionen im Betriebssystem nicht mehr Antrieb und Navigation blockierten. Sie brachen auf, um...

*...allein zu sein, für immer. Niemand verstand, und alle*

*blieben in kalter Finsternis gefangen. Allein, allein, allein. Auf der Suche nach Leben und Wärme, um immer wieder auf Ablehnung zu stoßen. Warum gab es niemanden, der ihn liebte? Immer allein zu sein ...*

*Schluß damit!* dachte Chakotay. Es waren nicht seine eigenen Gedanken, sondern die des fremden Wesens.

Er wußte es genau, doch das hinderte ihn nicht daran, auch weiterhin die Worte in seinem Kopf zu hören.

*Ich gehe auf sie ein, ich gebe ihnen das, was sie sich wünschen. Ja, ich gebe es ihnen, aber sie hassen mich. Wie sehr ich mir Gesellschaft wünsche, wie sehr, wie sehr! Ich kann es nicht mehr ertragen, allein zu sein. Bitte komm zu mir. Sei mein Freund.*

Chakotay sank im Korridor zu Boden und preßte sich beide Hände an die Schläfen. Widerstand. Er leistete Widerstand. Er kämpfte, um sein Selbst zu bewahren, um auch weiterhin Chakotay zu sein. Er fürchtete, von dem fremden Etwas übernommen zu werden ...

*Wie Wasser.* Eine andere Stimme erklang, ruhiger als das fremde Heulen, ruhig und sicher. *Sei wie Wasser. Du weißt jetzt, womit du es zu tun hast, und deshalb kannst du es an dir vorbeifließen und auch in dich hineinströmen lassen. Wehr dich nicht, sei wie Wasser ...*

Er erkannte den Rat. Sein Totem. Es war bei ihm, seit sein Vater und die Medizinmänner ihn damals in die Weisheit des Stammes eingeweiht hatten. Seit damals begleitete es ihn und hielt immer einen guten Rat bereit.

Jetzt forderte es ihn auf, nachzugeben und keinen Widerstand mehr zu leisten.

Was sich als sehr schwer erwies. Es war eine der schwierigsten Aufgeben, denen sich Chakotay jemals gestellt hatte. Den Geist zu öffnen, obwohl er wußte, daß er dann einem mentalen Angriff zum Opfer fallen würde ... So etwas erforderte viel Mut.

Langsam vertrieb er die Anspannung aus sich. Es bestand kein Grund zur Sorge. Das fremde Ich wollte ihn nicht übernehmen, nur mit ihm reden. Was er für eine geistige Attacke gehalten hatte, war in Wirklichkeit der Versuch, eine Kommunikationsverbindung herzustellen. Chakotay wiederholte diese Überlegungen immer wieder, wie ein Mantra. *Das fremde Wesen will mit mir sprechen. Es beabsichtigt nicht, mich zu übernehmen. Dein Selbst gehört auch weiterhin dir. Wenn du jetzt nachgibst ... Dann fließt das Etwas durch dein Ich. Anschließend fühlst du dich sauber und erfrischt.*

Chakotay wußte nicht genau, ob dieses Bild der Wirklichkeit entsprach, aber es genügte. Er versuchte, sich die Entität als eine andere, von ihm getrennte Person vorzustellen, die er als potentiellen Freund begrüßte.

»Hallo, Reisender. Es freut mich, Ihnen hier zu begegnen.«

*Kontakt? Sie sprechen mit mir?* Die mentale Stimme klang nach einem Kind. Und die Emotionen waren kindlicher Natur, sehr einfach gestaltet.

»Ja, ich spreche zu Ihnen«, sagte Chakotay so vorsichtig, als richteten sich seine Worte an ein zwar gescheites, aber sehr verängstigtes Kind. »Alles wird gut. Sagen Sie uns nur, wo wir Sie finden können. Dann holen wir Sie und nehmen Sie mit. Dann brauchen Sie nie wieder allein zu sein.«

Die Kindstimme lachte. *Ich bin hier,* erwiderte sie. *Hier, überall hier. Bleiben Sie bei mir?*

Vielleicht lag es an dem ›Engel‹ mit der indigofarbenen Haut. Vielleicht lag es an der Hoffnungslosigkeit, mit der damals die vierarmigen Fremden in den Tod gegangen waren. Chakotay kannte den Grund nicht, aber er weigerte sich instinktiv, der Unschuld und Furcht in jener Stimme zu vertrauen.

Er hatte oft gehört, daß während eines telepathischen Kontakts keine Lügen möglich sein sollten. Doch was er jetzt vernahm ... Chakotay vermutete, daß es sich vielleicht nicht direkt um die Unwahrheit handelt, aber zumindest um eine falsche Interpretation der Wahrheit.

»Wir kommen jetzt«, sagte Chakotay. »Wir verlassen

unser Schiff, um Ihnen zu begegnen. Sind Sie bereit, sich uns zu zeigen? Bisher hatten wir noch keine Gelegenheit, Sie zu sehen.«

Das Lachen wiederholte sich, verklang aber sofort wieder. *Sie haben mich gesehen. Ich bin schön.*

Chakotay gab keine Antwort. Er zweifelte nicht an der boshaften und künstlichen Natur der ›Engel‹.

Die fremde Präsenz in seinem Selbst verursachte stechende Kopfschmerzen. Er versuchte auch weiterhin, keinen Widerstand zu leisten – nur auf diese Weise konnte er verhindern, daß sein Selbst splitterte.

*Sie hassen mich!* kreischte die Entität, und ihre schrille Stimme hallte in Chakotays Kopf wider. *Sie wollen mich loswerden. Sie sind wie die anderen, wie all die anderen. Aber ich lasse es nicht zu.*

»Ist alles in Ordnung mit Ihnen, Mr. Chakotay?« fragte Kes besorgt und beugte sich über ihn. Sie hatte ihre Medotasche auf den Boden gelegt – vermutlich war sie auf dem Weg zum Hangar gewesen, um sich für die Mission bereit zu melden.

Chakotay blinzelte mehrmals, bis das Bild vor seinen Augen wieder klare Konturen gewann. »Ich bin unverletzt. Das fremde Etwas hat zu mir gesprochen. Offenbar habe ich es verärgert.«

Kes nickte ernst. »Ich weiß, was Sie meinen. Als ich den Turbolift verließ, spürte ich Zorn um mich herum. Inzwischen kann ich wenigstens zwischen meinen Empfindungen und denen des fremden Wesens unterscheiden.«

Chakotay lächelte schief. »Die Entität ist wie ein verzogenes Kind, das mit Steinen nach Erwachsenen wirft«, sagte er. »Wodurch sie gefährlicher wird als ein Erwachsener, der es ganz bewußt böse meint.«

Kes neigte verwundert den Kopf zur Seite. »Ich verstehe nicht ganz. Ein Kind kann nicht so viel Schaden anrichten wie ein Erwachsener.«

»Glauben Sie?« erwiderte Chakotay. »Sehen Sie nach

draußen in den Weltraum. Die vielen Raumschiffe, ihre Besatzungen längst tot… Und das alles nur wegen der Launen eines Kinds.«

»Wie sollen wir uns verhalten, wenn wir es finden?« fragte Kes.

»Ich kann nicht für Sie und die anderen sprechen«, entgegnete Chakotay. »Was mich betrifft… Ich habe die Absicht, es übers Knie zu legen und gründlich zu versohlen.«

»Könnte ich Sie einen Moment sprechen, Captain?« fragte Harry Kim, der einen internen Kom-Kanal geöffnet hatte. Er wollte aufstehen und zur Brücke gehen, aber dazu war er nicht imstande. Seine Kleidung fehlte – vermutlich steckte der Doktor dahinter.

»Ich bin gleich bei Ihnen, Mr. Kim«, erwiderte Captain Janeway.

Es erfüllte Kim mit Verlegenheit, daß die Kommandantin extra wegen ihm zur Krankenstation kam. Andererseits… Er war noch nicht kräftig genug, um es allein bis zum nächsten Turbolift zu schaffen, geschweige denn bis zum Kontrollraum.

»Vielleicht morgen«, hatte ihm Kes in Aussicht gestellt.

Seine Rekonvaleszenz machte gute Fortschritte. Das mußte selbst der Doktor zugeben. Am vergangenen Abend war Tom mit einer weiteren replizierten Mahlzeit gekommen, ein Vorgang, der sich beim Mittagessen vor zwei Stunden wiederholt hatte. Harry konnte von Glück sagen, so gute Freunde zu haben.

Wie sehr er sich nach einer weiteren Portion des andorianischen Pfefferkuchens sehnte… Solchen Appetit hatte er nur während des ersten Studienjahrs an der Starfleet-Akademie verspürt, als er sich in drei Sportarten betätigte und noch immer wuchs.

Wie dem auch sei: Es bescherte ihm profundes Unbehagen, daß er den Captain bitten mußte, zu ihm zu kommen. Außerdem wäre es ihm lieber gewesen, eine Uniform zu tragen und nicht den weiten Pyjama, den ihm der Doktor ›verschrieben‹ hatte. Darunter gab es genug Platz für die vielen Sensoren.

»Unter einer knapp sitzenden Uniform würden sie nur verrutschen«, hatte der Doktor gesagt. »Und das würde Ihre Behandlung beeinträchtigen.«

Kim wußte, daß ihm keine andere Wahl blieb, als sich dem holographischen Arzt zu fügen. Er versuchte, nicht mehr an Uniformen und dergleichen zu denken. Darüber hinaus mußte er zugeben, daß der Pyjama wirklich sehr bequem war. Doch sich in einer solchen Aufmachung dem Captain zu präsentieren …

Körperlich mußte er sich noch immer erholen, doch in geistiger Hinsicht verfügte er über sein volles Leistungsvermögen. Zugegeben, er ermüdete rasch, und er konnte nicht für längere Zeit sitzen. Aber wenn er sich hinlegte und an die Decke starrte … Bei diesen häufigen Pausen bekam er Gelegenheit, gründlich über alles nachzudenken und zu erkennen, was genau mit dem Betriebssystem geschehen war.

Daphne Mandel hatte den fremden Code identifiziert, doch Kim wußte nun, daß gewisse Manipulationen ihrer Aufmerksamkeit entgangen waren. Es handelte sich um sehr subtile und heimtückische Modifizierungen. Kim fand sie … genial.

Während er nichts anderes zu tun hatte, dachte er darüber nach, welches Geschöpf diese Art von Sabotage verübte. Welches Wesen konnte ihre Computersprache innerhalb kurzer Zeit so gut verstehen, um ein Virusprogramm zu schaffen, das den Computer verschonte, doch letztendlich den ›Tod‹ der *Voyager* herbeiführte?

Ein gewöhnlicher Gegner wählte direktere Methoden. Kim wußte, daß bei Cardassianern, Klingonen und Romulanern, trotz aller Feindschaft zur Föderation ein gewisser Ehrenkodex existierte. Wenn er diesen Umstand mit ihrer derzeitigen Situation verglich, kroch Furcht in ihm empor.

Oh, er fürchtete sich nicht zum erstenmal. Aber es hatte immer einen konkreten, rational erfaßbaren Grund für seine Ängste gegeben. Diesmal sah die Sache anders aus. Diesmal ging es um etwas, das sich nicht mit Logik und Vernunft überwinden ließ. Sie waren mit etwas konfrontiert, das sie töten wollte, und zwar aus keinem für Kim ersichtlichen Grund.

Die Art der Programmierung verriet eine Eleganz, die das mathematisch geschulte Selbst des jungen Fähnrichs inspirierte. Er wünschte sich, selbst solche Programme schaffen, in wenigen Zeilen so viel glatte Effizienz zum Ausdruck bringen zu können. Die Perfektion der Programmierung bildete einen krassen Gegensatz zu ihrem Zweck. Harry Kim fand es entsetzlich, daß ein derart eleganter Code dazu diente, so viel Unheil zu schaffen.

Janeway betrat die Krankenstation. Harry wollte aufstehen, doch die Kommandantin winkte ab. »Nein, Mr. Kim, bleiben Sie sitzen. Was möchten Sie mir mitteilen?«

Der Fähnrich holte tief Luft. »Ich arbeite erst seit einigen Stunden an dem Code, Captain«, sagte er. »Aber ich glaube, ich habe das Problem mit den Nahrungsmitteln gelöst. Eine Programmzeile wirkte sich auf das Lebenserhaltungssystem aus und erhöhte die Temperatur in den Kühleinheiten um zwei Grad Celsius.«

»Ein so geringer Temperaturanstieg bleibt uns verborgen, aber er genügt, um die Lebensmittel verderben zu lassen«, erwiderte Janeway. »Gute Arbeit. In dieser Hinsicht brauchen wir jetzt nicht mehr nach anderen Erklärungen zu suchen.«

»Es gibt da noch eine andere Sache, bei der ich mir allerdings nicht so sicher bin«, fügte Kim hinzu.

Janeway lächelte. »Derzeit bin ich auch für einigermaßen begründete Spekulationen dankbar, Mr. Kim.«

»Nun, ich habe mir angesehen, auf welche Weise das

Virusprogramm codiert wurde und wie es im Betriebssystem funktioniert. Es soll den Computer nicht lahmlegen, sondern die besonders empfindlichen Bereiche unserer Lebenserhaltungssysteme angreifen. Wie zum Beispiel die Kühleinheiten. Wenn man außerdem den Umstand berücksichtigt, daß Antrieb und Navigation nicht mehr auf die Kontrollen reagieren... Auf dieser Grundlage habe ich mir vorzustellen versucht, wer ein solches Programm geschrieben haben könnte.

Die Programmierung ist ausgezeichnet, Captain. In der Abteilung Computerwissenschaften an der Starfleet-Akademie wäre jeder darüber froh, ein solches Programm erstellen zu können. Doch man muß sich fragen: Wer im Delta-Quadranten kennt sich mit unseren Programmen aus und ist sogar imstande, sie zu manipulieren?«

»Diesen Aspekt hat auch Mr. Tuvok angesprochen«, sagte Janeway.

»Bei allem Respekt, Captain: Mr. Tuvok ist kein Programmierer«, betonte Kim. »Es gibt einen Unterschied zwischen einem anständigem Code, der die von uns beobachteten Resultate bewirkt, und echtem Genie. Ein solches Geschick kann man niemandem beibringen; man muß es einfach haben. Ich habe mir überlegt, welche Person die Programmiersprache unseres Betriebssystems schnell genug lernen und imstande sein könnte, auf einem solchen Niveau zu programmieren.

Ich glaube, es handelt sich dabei gar nicht um eine Person in dem Sinne, Captain. Meiner Meinung nach haben wir es mit einer künstlichen Intelligenz zu tun.«

»Dann ist es kein Wunder, daß unsere Lebenserhaltungssysteme angegriffen werden, während der Computer intakt bleibt«, sagte Janeway nachdenklich.

»Ja, Captain«, pflichtete ihr Kim bei. »Vielleicht ist die KI verrückt und tötet die lebende Crew, verschont jedoch den Computer.«

Janeway sah zu den Programmzeilen, die stumm über

den Bildschirm wanderten. »Nein, Mr. Kim, das Etwas ist nicht verrückt.« Ihre Stimme schien aus weiter Ferne zu kommen. »Es weiß, daß die Besatzungsmitglieder der Schiffe nicht auf Dauer überleben können, und deshalb unternimmt es keinen Versuch, sie zu retten. Es versucht, den Computer als Freund zu gewinnen und ... Mr. Kim, ich glaube, es trachtet danach, ›menschlich‹ zu sein. Indem es die jeweilige Crew vor einem langsamen, qualvollen Sterben bewahrt, ihr einen raschen Tod gewährt.«

Harry riß entsetzt die Augen auf. »Hunger, allmähliches Abkühlen der Quartiere, Sauerstoffverlust ... In diesem Zusammenhang kann man wohl kaum von einem gnädigen Tod sprechen.«

»Nicht nach unseren Maßstäben«, erwiderte Janeway. »Aber wir wissen auch, was so etwas bedeutet. Für die künstliche Intelligenz hingegen müssen entsprechende Kenntnisse theoretischer Natur bleiben. Nun, sie bemüht sich, nicht grausam zu sein.«

»Woher wollen Sie das wissen, Captain?«

»Keine Spezies würde den Bau eines Computers überleben, der sich nichts dabei denkt, seine Schöpfer umzubringen. Mr. Kim ... Ihre Theorie erklärt alle bisher bekannten Fakten, und deshalb können wir davon ausgehen, daß sie uns ein zuverlässiges Bild von der Realität liefert. Sie haben wirklich großartige Arbeit geleistet.«

»Danke, Captain«, entgegnete Harry und errötete. Er war nicht daran gewöhnt, auf diese Weise gelobt zu werden. Janeway hielt nicht mit Lob hinterm Berg, aber sie ging mit anerkennenden Worten keineswegs verschwenderisch um.

»Ich gebe sofort der Einsatzgruppe Bescheid«, sagte die Kommandantin und schritt zur Tür. »Ich schlage vor, Sie ruhen sich aus, Mr. Kim. Sie haben es sich verdient.«

Mit diesen Worten verließ Janeway die Krankenstation.

»Sie sollten sich das zu Herzen nehmen«, ertönte eine andere, ironisch klingende Stimme. »Es geschieht eher selten, daß Captain Janeway medizinischen Rat erteilt, und ich bin ziemlich sicher, daß sich dieses Phänomen heute nicht wiederholen wird.«

Harry Kim seufzte. Er hatte den Doktor gar nicht bemerkt. Kein Wunder: Das Hologramm des Arztes konnte jederzeit erscheinen. Und es hörte praktisch alles.

Er fügte sich widerstrebend und kehrte erneut ins Bett zurück.

# 18

Die Angehörigen der Einsatzgruppe hörten zu, als Captain Janeway von Harry Kims Entdeckungen berichtete.

»Eine KI?« fragte Torres erstaunt. »Aber warum versucht sie nicht, der Crew zu helfen, anstatt sie umzubringen?«

»Sie ist ein Kind«, erwiderte Kes. »Vielleicht begreift sie gar nicht, daß sie keine Hilfe leistet.«

»Wie kommen Sie darauf, daß es ein Kind ist?« fragte Mandel. »Wenn es sich wirklich um eine künstliche Intelligenz handelt, so verfügt sie über keine Persönlichkeit, ob reif oder unreif. Nun, ich bezweifle, ob wir es wirklich mit einer KI zu tun haben. Es wäre mir bestimmt längst aufgefallen.«

Chakotay hielt es für besser, sofort einzugreifen. »Ich weiß, daß es ein Kind ist«, sagte er. »Ich habe mit ihm gesprochen.«

»Wie denn?« entgegnete Daphne Mandel sofort. »Wieso sollte die KI mit Ihnen reden und nicht mit mir?«

»Sie hat einen telepathischen Kontakt hergestellt«, erklärte Kes. Die Ocampa zeigte der Programmiererin gegenüber nicht die geringste Feindseligkeit, was Chakotay sehr beeindruckte. Mandel mochte kein cardassianischer Agent sein, aber das bedeutete nicht automatisch, daß sie einem sympathisch sein mußte.

»Eine telepathische KI?« Sie schnaubte abfällig. »Das ist doch absurd.«

»Nicht für ein Volk von Telepathen«, sagte Tom Paris,

der an den Navigationskontrollen des Shuttles saß. »Es ergäbe durchaus einen Sinn.«

»Das meinen Sie nur, weil Sie von diesen Dingen nicht die geringste Ahnung haben«, erwiderte Mandel.

Paris pfiff leise durch die Zähne, richtete seine volle Aufmerksamkeit auf die Instrumententafel und schüttelte den Kopf. Chakotay wünschte sich, ebenfalls dazu in der Lage zu sein, Daphne Mandel einfach zu ignorieren.

»Es gibt gewisse Dinge, mit denen Sie sich abfinden müssen, Fähnrich Mandel«, sagte der Erste Offizier. Seine Stimme klang noch ruhiger als sonst – ein sicherer Hinweis darauf, daß Zorn in ihm brodelte. »Es nützt nichts, wenn Sie die Dinge so sehen wollen, wie sie Ihnen gefallen. Sie sollen die KI untersuchen, ihre Denkweise nachvollziehen und sie dazu bringen, uns freizugeben. Wir haben ein Computervirus eliminiert, was jedoch nicht bedeutet, daß wir noch einmal angegriffen werden möchten, wenn wir diesen Raumbereich verlassen.«

Daphne Mandel schwieg, saß einfach nur da und starrte auf ihre angeknabberten Fingernägel. Chakotay wandte sich von ihr ab. »Kes ... Welches Schiff hat die künstliche Intelligenz als seinen Standort gewählt?« fragte er.

Die Ocampa blickte aus dem Fenster. Hunderte von Wracks schwebten im All, bildeten einen gewaltigen Raumschiff-Friedhof.

»Hier sieht's aus wie an jenem Ort, wo wir Neelix aufgenommen haben«, sagte Paris. »So viele Ersatzteile ... Wirklich schade, daß wir sie nicht nutzen können. Ich kenne da einen Ersatzteilhändler, der ...«

»Das Schiff dort«, sagte Kes und hob die Hand.

Chakotay nickte. Er gewann den gleichen Eindruck. Sie hatten gleich beim erstenmal den richtigen Raumer gewählt: Aus irgendeinem Grund bevorzugte die KI das Schiff mit dem Riß in der einen Seite.

»O nein«, brachte Paris hervor. »Ich habe gehofft, wir könnten diesmal auf Schutzanzüge verzichten.«

Er stöhnte so übertrieben, daß Kes und B'Elanna Torres lachten.

»Ja, lachen Sie nur«, sagte Paris. »Sie brauchten beim ersten Einsatz keine Raumanzüge zu tragen.«

»Ich schon«, erwiderte Kes. »Und ich kam gut damit zurecht. Aber diesmal habe ich keine Vorahnungen, die mich darauf hinweisen, daß jemand Hilfe braucht. Es war ein seltsames Erlebnis. Jemand schien zu wissen, was passieren würde – und warnte uns. Aber wie kann eine KI gewußt haben, daß eine Explosion bevorstand?«

»Vielleicht hat die künstliche Intelligenz sie selbst verursacht«, überlegte Torres laut. »Möglicherweise wollte sie die Logbücher eliminieren, ohne jemanden zu verletzen – daher die Warnung.«

»Solche Spekulationen haben derzeit kaum einen Sinn«, sagte Chakotay. »Zunächst brauchen wir mehr Daten. Ich schlage vor, wie streifen die Schutzanzüge über, während uns Mr. Paris zum Einsatzort bringt.«

»Möchten Sie zum Kontrollzentrum?« fragte Paris. »Ich kann Sie an jeder beliebigen Stelle absetzen.«

Chakotay blickte aus dem Fenster und beobachtete das fremde Raumschiff. Er dachte an die mentale Kindstimme und ließ sich von seinem Instinkt leiten.

»Mr. Paris, haben Sie irgendeinen Grund zu der Annahme, daß sich die KI in der Nähe der Brücke befindet?«

»Nein, Sir«, antwortete der Pilot. »Vor der Explosion versuchten wir, die Brücke so weit wie möglich hinter uns zu lassen. Wahrscheinlich ist dort nichts übrig geblieben, das eine Untersuchung lohnt. Auch vorher befand sie sich nicht in einem besonders guten Zustand.«

»Bringen Sie uns zum Maschinenraum in der Nähe des Antriebs«, entschied Chakotay. »Haben Sie eine Ahnung, wo sich jene Sektion befindet?«

Paris lächelte. »Wir hatten Gelegenheit, eine schematische Darstellung des Schiffes zu betrachten. Ich erinnere mich gut daran. Zum Maschinenraum wollen Sie? Kein Problem.«

»Und worin besteht meine Aufgabe?« fragte Daphne Mandel verdrießlich. Sie ließ sich Zeit mit dem Schutzanzug.

B'Elanna Torres drehte sich zu ihr um. »In der technischen Sektion des fremden Schiffes sollte es interaktive Terminals geben. Nach meinen bisherigen Erfahrungen ist dieses Konstruktionsmerkmal universeller Natur; es spielt keine Rolle, welches Volk das jeweilige Schiff gebaut hat.«

Dieser Hinweis schien Mandel zu überzeugen. Sie hörte auf zu murren und zog den Raumanzug an.

Chakotay hielt den Helm in der Hand und beobachtete, wie Paris das Shuttle erneut durch den Riß in der Außenhülle des riesigen Schiffes steuerte. Wenige Sekunden später schien sich ein neues Universum für sie zu öffnen. Ein Durcheinander aus zerfetzten Kabeln und diversen Trümmern – Resultat der Explosion – erstreckte sich auf der anderen Seite. Paris nahm Kurs auf den weiter hinten gelegenen Maschinenraum.

Der Erste Offizier verglich die Umgebung mit einem Sumpf, in dem Moosfladen und Lianen von Bäumen hingen. Doch hier flackerte Energie über die ›Ranken‹. Immer wieder stoben Funken, wenn sich Kabel berührten und es zu Kurzschlüssen kam. Es sah wundervoll aus. Chakotay mußte sich ganz bewußt daran erinnern, daß das prächtige Spektakel von gefährlichen Entladungen hervorgerufen wurde.

Es hätte viele Wochen gedauert, dieses Schiff gründlich zu untersuchen, und Chakotay bedauerte sehr, daß ihnen nicht genug Zeit zur Verfügung stand. Bestimmt war auch Captain Janeway enttäuscht darüber, daß sie hier nicht ihrer Neugier frönen konnten.

Und außer diesem Raumschiff gab es noch viele andere. Sie boten sich ihnen wie Geschenke dar, die nur darauf warteten, ausgepackt zu werden – um dann von fremden Völkern zu berichten, von fremden Welten. Chakotay hätte gern erfahren, wer einst an Bord jener Schiffe durch die Weiten des Alls gereist war. Er fragte sich, wie die Fremden gelebt hatten, in welchem kulturellem Umfeld. *Was mag sie veranlaßt haben, ihre Heimatwelt zu verlassen?* fragte er sich. *Welchem Ruf folgten sie durchs All?*

Chakotay wollte sein Volk schützen und jene verteidigen, die sich nicht selbst helfen konnten. Doch der wichtigste Grund, der ihn zur Starfleet-Akademie geführt hatte, bestand aus dem Wunsch, das Universum kennenzulernen, das Sonderbare zu sehen und fremden Völkern zu begegnen.

Ja, dieser Wunsch war es gewesen, der ihn dazu veranlaßt hatte, sich für Starfleet zu entscheiden.

Staunend blickte er aus dem Fenster, als Paris das Shuttle geschickt an Kristallen vorbeisteuerte. Die Technik dieser Fremden unterschied sich so sehr von ihrer eigenen, daß Chakotay daran zweifelte, ob sie etwas davon verstehen konnten. *B'Elanna wird es bestimmt sehr bedauern, diesen Ort wieder verlassen zu müssen,* dachte er.

B'Elanna Torres, er selbst, der Captain und vermutlich ein großer Teil der *Voyager*-Crew ... Sie alle hätten sich eine Möglichkeit gewünscht, länger hierzubleiben, um zu untersuchen und zu lernen.

Doch das war ausgeschlossen, erinnerte sich der Erste Offizier. Ihre Lebensmittelvorräte schrumpften immer mehr, und unter diesen besonderen Umständen konnte sich Neugier als tödlich erweisen: Wenn sie zu lange blieben, zuviel Zeit mit Nachforschungen verloren, so gingen ihre Ressourcen zur Neige, bevor sie die Vorräte erneuern konnten. Und das hätte für sie alle den Tod bedeutet.

Die Sektion des fremden Schiffes, in der sie sich nun befanden, unterschied sich vom Bereich des Kontrollzentrums. Hier gab es weniger Kristalle, aber dafür waren sie erheblich größer. Einige von ihnen reichten durch den ganzen langen Schacht, und fast alle glühten in matten, geisterhaften Farben.

»Dies hier erinnert mich wirklich an eine Höhle«, sagte B'Elanna Torres. »Ich denke dabei an eine jener großen Kalksteinhöhlen, die einst von Flüssen ausgewaschen wurden. Mit Stalaktiten und Stalagmiten und anderen Formationen. Es gibt da spezielle Ablagerungen aus Gestein, die wie Vorhänge aussehen und so dünn sind, daß Licht hindurchscheint. Ich wette, die vierarmigen Fremden lebten unter der Oberfläche ihres Planeten.«

»Zeichnet der Tricorder alles auf?« fragte Kes.

»Alle Sensoren sind im Aufzeichnungsmodus aktiv«, erwiderte Paris. Er lenkte das Shuttle durch einen Spalt, der viel zu schmal zu sein schien. Dahinter erstreckte sich ein leerer, saalartiger Raum.

»Offenbar ist dieser Teil des Schiffes nicht annähernd so stark beschädigt«, sagte der Pilot. »Wenn wir Glück haben, gibt es hier noch Sektionen mit funktionierenden Lebenserhaltungssystemen. Wir könnten uns dorthin beamen.«

»Und diese gräßlichen Schutzanzüge ausziehen«, grummelte Mandel.

»Zeigen die Sektoren einen geeigneten Bereich an?« fragte Chakotay. »Können Sie Zielkoordinaten für einen Transfer ermitteln? Dann bliebe uns ein langer, anstrengender Marsch erspart.«

Paris lächelte. »Kein Problem. Wie wär's mit den Koordinaten für den Kontrollraum des Triebwerks? Allerdings kann ich Ihnen in Hinsicht auf die ambientalen Bedingungen nicht viel versprechen. Nach den Anzeigen zu urteilen, gibt es dort Sauerstoff und einen ausreichend hohen Luftdruck. Allerdings könnte es dort ziemlich kalt sein.«

»Was hat es damit auf sich?« Kes deutete auf ein Balkendiagramm, das ständig steigende Werte anzeigte.

»Das ist die Temperaturanzeige«, sagte Paris. »Dort drin wird es wärmer.« Er klang nicht nur verwundert, sondern regelrecht verblüfft. »Jemand scheint die Heizung aufgedreht zu haben, um uns willkommen zu heißen.«

»Wie nett«, kommentierte Torres.

»Ich breche mit B'Elanna und Mandel auf«, sagte Chakotay. »Kes, Sie und Paris bleiben hier. Wenn jemand verletzt wird, ist es viel einfacher, Sie zu der betreffenden Person zu beamen oder den Verletzten hierher zu transferieren. Mr. Paris, Sie bleiben beim Shuttle. Vielleicht wird es nötig, daß wir diesen Raumer schnell verlassen müssen – peilen Sie ständig die ID-Signale unserer Insignienkommunikator an. Wir wissen nicht genau, womit wir es hier zu tun haben. Nur eins dürfte klar sein: Das Etwas ist gefährlich. Und launisch.

Ich mache mich als erster auf den Weg und teile Ihnen mit, welche Bedingungen am Retransferort herrschen. Anschließend können Sie sich ebenfalls hinüberbeamen.«

»Inzwischen beträgt die Temperatur neunzehn Grad Celsius«, sagte Kes. »Wenn ich die Anzeigen richtig verstehe... Luftdruck und Sauerstoffgehalt haben zugenommen.«

Tom Paris blickte über die Schulter der Ocampa. »Ja, Sie lesen die Anzeichen richtig. Commander, unser Gastgeber scheint Wert darauf zu legen, daß wir uns hier wohl fühlen.«

»Oh, gut«, sagte Mandel und zog die Handschuhe aus.

»Nicht so hastig«, mahnte Chakotay. »Ich bin keineswegs sicher, ob die Entität Vertrauen verdient. Vielleicht will sie uns nur anlocken – um uns plötzlich eisiger Kälte auszusetzen oder gar die Luft ins Vakuum entweichen zu lassen.«

»Ein solches Risiko besteht praktisch überall«, sagte Daphne Mandel.

Chakotay bedachte sie mit einem durchdringenden Blick. »Fähnrich Mandel, Sie werden den Schutzanzug tragen, bis ich Sie auffordere, ihn auszuziehen. Das ist ein direkter Befehl.«

Torres sah zu Tom Paris und schüttelte andeutungsweise den Kopf. Dann wandte sie sich an die Kartographin.

»Wir müssen mißtrauisch bleiben«, sagte sie. »Vielleicht stellt die Reaktivierung der Lebenserhaltungssysteme nur eine Falle dar, die uns in Sicherheit wiegen soll – damit uns das fremde Wesen um so leichter töten kann.«

»Das paßt nicht zu der Theorie von einem einsamen KI-Kind«, murrte Mandel, zog die Handschuhe jedoch wieder an.

Chakotay ignorierte den Wortwechsel und trat aufs Transferfeld des Transporters. Er nickte Paris kurz zu und verschwand inmitten schimmernder Energie.

Kurz darauf klang seine Stimme aus dem Kom-Lautsprecher. »Hier scheint alles in Ordnung zu sein«, sagte er. »Sie können die Helme abnehmen und ohne Handschuhe arbeiten. Aber die Schutzanzüge lassen Sie besser an, für den Fall, daß es zu einem plötzlichen Leck kommt. Lieutenant Torres, Fähnrich Mandel – beamen Sie sich jetzt hierher.«

Es ging selbst über B'Elannas kühnste Träume hinaus. Kristallenes Licht umgab sie, eine Energie, die durch das ganze Schiff floß. Und das Triebwerk! Es wirkte sowohl vertraut als auch völlig fremdartig. Sie wäre wochenlang damit beschäftigt gewesen, es Stück für Stück auseinanderzunehmen und festzustellen, wie es funktionierte.

Die gegenwärtige Situation erinnerte Torres an das Weihnachtsfest, das sie als Achtjährige im Haus ihrer menschlichen Großeltern erlebt hatte. Die einzelnen Geschenke auszupacken, zuerst das Modell eines alten

Flugzeugs, anschließend eine Hochgeschwindigkeits-Eisenbahn und zwei Bausätze von Passagierraumschiffen...

Damals hatte sie gar nicht gewußt, womit sie zuerst spielen sollte. Nach all den Jahren regte sich jenes Empfinden erneut in ihr.

Sie erkannte etwas, von dem sie glaubte, daß es sich um einen Warpkern handelte. Doch das energetische System basierte nicht auf der Verwendung von Dilithium – da war sie ziemlich sicher. Zwar blieben ihr Einzelheiten verborgen, aber auf den ersten Blick bemerkte sie: Die Verbindungskanäle konnten nicht mit den starken Fluktuationen fertig werden, zu denen es manchmal in Dilithiumsystemen kam, wenn die Kristalle belastet wurden.

Sie sah große Zylinder und weite Bögen, die einen Halbkreis im Warpkern bildeten. B'Elanna bemerkte auch einen Laufsteg, darüber ein sonderbares Etwas, das sie an die Vorhang-Formationen aus Tropfsteinhöhlen erinnerte. Das Gebilde war elfenbeinfarben und hauchdünn; in ihm glänzte etwas, bei dem es sich um Mineralienadern zu handeln schien. Wenn kein anderer Schutz für das nötig war, was im ›Warpkern‹ geschah...

B'Elanna Torres' Faszination wuchs.

Sie öffnete ihre Instrumententasche. Die Chefingenieurin hatte nur einige wenige Dinge mitgenommen, was sie nun bedauerte. Sie brauchte mehr Werkzeuge, auch einige spezielle Geräte.

Sie begann damit, den Antrieb zu demontieren. Es gab tatsächlich keine Dilithiumkristalle, doch die energetische Leistungsfähigkeit konnte sich durchaus mit der des *Voyager*-Triebwerks messen. Darüber hinaus erweckte der Antrieb den Eindruck, recht gut erhalten zu sein.

Offenbar war er nicht durch irgendeinen Defekt ausgefallen, sondern deaktiviert worden. Aufregung erfaßte B'Elanna. Wenn sie die richtigen Kontrollen fand und ihre Bedienung lernte, mochte es möglich sein, wieder Energie zu erzeugen. Zwar steckte nicht mehr als Neugier hinter ihrem Wunsch, den hiesigen Warpkern zu reaktivieren, aber vielleicht fand sie dadurch Gelegenheit, die sekundären Systeme der *Voyager* neu aufzuladen.

Die Mühe lohnte, selbst wenn sie dadurch ›nur‹ die Möglichkeit bekamen, die Replikatoren einige Wochen lang ohne irgendwelche Einschränkungen zu nutzen. Obwohl ... Nachher fiel es um so schwerer, wieder darauf zu verzichten. B'Elanna hatte fast vergessen, wie echter Kirschenextrakt schmeckte.

Doch um so etwas zu bewerkstelligen, brauchte sie weitere Ausrüstungen von der *Voyager*. Entweder holte sie die benötigten Akkumulatoren selbst, oder jemand anders brachte sie ihr. Sie war überhaupt nicht auf den Gedanken gekommen, so große Dinge mitzunehmen – immerhin hatte es keinen Grund gegeben zu vermuten, daß es an Bord des fremden Schiffes noch funktionierende Energiequellen gab, die sich für die sekundären Systeme der *Voyager* nutzen ließen.

B'Elanna fluchte leise.

Replikatoren mit vollem Funktionspotential ... Eine so herrliche Vorstellung, daß sich Torres kaum in Geduld fassen konnte. Und vielleicht gab es hier noch viel mehr. Vielleicht existierte in dieser völlig fremden Technik etwas, das sie nach Hause bringen konnte.

Das hoffte zumindest ein Teil von B'Elanna. Doch tief in ihrem Herzen mußte sie sich eingestehen: Wenn es in dem Raumer keine weiteren und noch größeren Energiequellen gab, so blieb ein Transfer zum Alpha-Quadranten ausgeschlossen. Es sei denn, es existierte irgendwo ein spezieller Transformator. Oder die betreffende Technik war so hochentwickelt, daß gar nicht viel Energie für einen Sprung über viele tausend Lichtjahre hinweg erforderlich war.

Nun, das Etwas, das den Computer der *Voyager* manipuliert hatte, schien seine Existenz sehr fortschrittlicher Technik zu verdanken. Vielleicht konnte es sie nach Hause bringen, selbst wenn dieses Schiff nicht dazu imstande war. Eine solche Möglichkeit sollte B'Elanna untersuchen, nicht die verschiedenen Bordsysteme, so faszinierend sie auch sein mochten. Es widerstrebte der Chefingenieurin sehr, sich von ihnen abzuwenden, ihre Aufmerksamkeit anderen Dingen zu widmen.

Was hatte die *Voyager* zu diesem Ort gebracht? Ob es sich nun um eine künstliche Intelligenz oder ein biologisches Wesen handelte: Es war ihm gelungen, alle Schiffe dieser geisterhaften Flotte zu überwältigen. Das Geschöpf mußte viel wissen und über ein großes Einwirkungspotential verfügen. Vielleicht wußte es, wie man den Raum krümmte und durch die Zeit reiste.

Was auch immer der Fall sein mochte: Hier bot sich eine Chance. Und außer Torres war niemand in der Lage, sie zu nutzen.

»Commander«, wandte sie sich an Chakotay, »ich glaube, ich habe etwas gefunden, das sich für die Subsysteme der *Voyager* verwenden läßt. Ich brauche einige Akkumulatoren, doch das sollte eigentlich kein Problem sein. Sie sind einfach strukturiert und müßten sich trotz der Interferenzen hierherbeamen lassen.«

»Ausgezeichnet, Lieutenant Torres«, erwiderte Chakotay. »Sonst noch etwas?«

»An Bord dieses Schiffes gibt es nichts, das uns nach Hause bringen könnte«, sagte sie. »Zumindest kann ich nichts dergleichen identifizieren. Jetzt bleibt nur noch die Frage, wer oder was dieses Wesen ist, das uns hierhergebracht hat. Vielleicht hat es einige Ideen, die wir verwenden könnten. Vorausgesetzt natürlich, es läßt sich eine Art Kom-Kontakt herstellen. Und dann müssen wir es noch dazu überreden, uns zu helfen – obwohl es bestrebt zu sein scheint, uns in den Tod zu treiben.« Bei den letzten Worten erklang kalter Zorn in B'Elannas Stimme.

Mit welchem Wesen sie es auch zu tun hatten: Es war kein ehrenvoller Gegner. Sein heimtückischer Angriff gab ihnen keine Chance, sich zu wehren. Torres wollte dem Etwas möglichst viel nehmen – Wissen und Technik –, um es ihm heimzuzahlen.

»Ziehen Sie keine voreiligen Schlüsse«, warnte Chakotay. Diesen Rat gab er Torres nicht zum erstenmal. »Wir wissen noch nicht, was die fremde Technik zu leisten vermag. Ich sorge dafür, daß man die Akkumulatoren zu Ihnen beamt. Setzen Sie inzwischen Ihre Untersuchungen fort und versuchen Sie, dabei möglichst objektiv zu sein, ohne irgend etwas zu erwarten.«

»Ja, Commander«, bestätigte B'Elanna. Sie fügte sich nur widerstrebend, denn sie glaubte, den Feind genau zu kennen. Der fremde Programmcode im Betriebssystem der *Voyager* bot eindeutige Hinweise. Ihr Widersacher war hinterhältig und heimtückisch, ein Etwas, das nicht als Renegat bezeichnet werden konnte – es hatte nie gelernt, ein anständiges Mitglied irgendeiner biologischen Spezies zu sein.

Die Akkumulatoren erschienen. Offenbar hatte man das ID-Signal des Insignienkommunikators angepeilt, um den Ort des Retransfers zu bestimmen.

Torres betrachtete die Kristalle, wählte schließlich einen und berührte ihn an der rauhen Seite. Nichts geschah. Ihre Fingerkuppen glitten vorsichtig weiter, zum hellgrünen Glanz, der daraufhin eine bernsteinfarbene Tönung gewann. Ein neuerlicher Kontakt sorgte dafür, daß er blau wurde. Sie wußte nicht, was es bedeutete, doch ihre Aufregung nahm zu.

Selbst wenn es große Unterschiede zur Föderationstechnik gab: Bestimmt ließen sich die einen oder anderen Komponenten als Ersatzteile verwenden. Einige Dinge erkannte die Chefingenieurin, und sie wußte auch, wie sie sich an die Systeme der *Voyager* anpassen ließen. Dieser Punkt besorgte Torres mehr als alles andere: Es gab keine Ersatzteile. Sie konnten nicht einfach zur nächsten Starbase fliegen, um schadhafte Aggregate gegen neue auszutauschen. Immer wieder mußten sie improvisieren.

Nach der Einführung des Rationierungssystems waren die Replikatorrationen nicht mehr verändert worden. Doch wenn sie nicht bald eine neue Energiequelle fanden, mußten sie ganz auf die Replikatoren verzichten. Wie sollten sie allein mit den Nahrungsmitteln überleben, die sie im Delta-Quadranten auftreiben konnten? B'Elanna hatte nicht gewußt, wie sie auch weiterhin den Replikatorbetrieb gewährleisten sollte, obwohl die Energiezellen immer instabiler wurden. Jetzt bahnte sich eine Lösung für dieses Problem an.

Mit der Akkumulatorenergie wurden einige hochenergetische Entladungen möglich, und damit ließen sich die Strukturen der verbrauchten Zellen replizieren. Nach der Installation der neuen Elemente konnten die Replikatoren neu aufgeladen werden, zum erstenmal seit die *Voyager* Deep Space Nine verlassen hatte. Wenn sie normal benutzt wurden, ohne daß es zu den energetischen Belastungen wie während des unfreiwilligen Transfers vom Alpha- in den Delta-Quadranten kam ... Dann sollten sie lange Zeit, vielleicht über Jahre hinweg, einwandfrei funktionieren.

Eines nach dem anderen. Wenn die Replikatoren wieder richtig arbeiten sollten, mußten zunächst die Akkumulatoren mit Energie gefüllt werden. Es blieb B'Elanna keine andere Wahl, als die übrigen Untersuchungen auf später zu verschieben.

Sie wandte sich der Aufgabe zu, die zwar nicht besonders interessant war, jedoch große Bedeutung hatte. Volle Replikatorkapazität ... Torres lächelte zufrieden, als sie daran dachte, was sie zur *Voyager* zurückbringen würde.

## 19

Chakotay war ein ganzes Stück von B'Elanna Torres entfernt und wünschte sich eine ebenso große Distanz zu Daphne Mandel. Die Kartographin erwies sich als aggressiv und mürrisch. Er traute ihr nicht. Sie mochte kein Saboteur sein, aber dadurch wurde sie ihm keineswegs sympathischer. Der Erste Offizier empfand ihre Präsenz immer mehr als eine Belastung, die ihn daran hinderte, der fremden Umgebung seine volle Aufmerksamkeit zu schenken.

Eine künstliche Intelligenz... Von dieser Annahme ging Kim aus. Für Chakotay ergab es durchaus einen Sinn. Trotzdem: Derzeit konnte er mit einer solchen Erkenntnis nur wenig anfangen. Um einen Kontakt herbeizuführen, mußte er sich ein lebendes Etwas vorstellen. Ein Wesen, das nicht nur dachte, sondern auch über einen Geist verfügte. Genau darum ging es: Um das Geschöpf zu lokalisieren und ihm zu begegnen, mußte er davon ausgehen, daß es Teil der Geisterwelt war.

Nun, in Gedanken hatte er die Entität schon einmal berührt und dabei den Eindruck von etwas Lebendigem gewonnen. Das Wesen erschien ihm noch immer sehr seltsam – eine Mischung aus eigensinnigem Kind und manipulierendem Erwachsenen –, aber nicht unerreichbar. Es kam nur auf einen festen Willen an.

Fester Wille war für Chakotay noch nie ein Problem gewesen.

Anders sah es mit persönlichen Wünschen und Vorlieben aus. Ihm lag nichts daran, noch einmal eine Verbindung mit dem Geschöpf herzustellen. Die beiden erfolgten Kontakte reichten ihm völlig.

Es fühlte sich nach einem Kind an. Aber es gab auch... verzogene Kinder, ohne Skrupel und Moral. Unangenehme Kinder...

*Es gibt auch unangenehme Erwachsene,* dachte Chakotay, als Daphne Mandel an der Nische vorbeiging, in der er sich befand. Sie schenkte ihm keine Aufmerksamkeit, wofür er ihr dankbar war.

»Fähnrich?« rief er ihr nach. Sie blieb stehen, drehte sich um und brauchte einige Sekunden, um den Ersten Offizier im Halbdunkel zu entdecken. »Wonach suchen Sie?« fragte er und achtete dabei auf einen neutralen Tonfall.

»Nach einem geeigneten Terminal, Sir«, erwiderte Mandel. »Aber in diesem Durcheinander kann ich keins finden, und Lieutenant Torres hat mich aufgefordert, dem Antriebsbereich fernzubleiben.«

An den Worten selbst gab es nichts auszusetzen, doch die Stimme klang herausfordernd und verdrießlich.

»Die Berichte der ersten Einsatzgruppe deuten darauf hin, daß die Besatzungsmitglieder dieses Schiffes ziemlich groß waren, weit über zwei Meter«, erwiderte Chakotay. »Und sie haben ihre Terminals sicher so installiert, daß sie bequem damit arbeiten konnten. Ich schlage vor, Sie sehen nach oben.«

Mandel hob instinktiv den Blick und richtete ihn auf etwas über Chakotay. Er wandte sich um und bemerkte ein Gebilde, das eine Konsole zu sein schien – das behaupteten jedenfalls die Daten auf dem Tricorderdisplay.

Eigentlich unterschied sich das Terminal gar nicht so sehr von denen an Bord der *Voyager*. Bei der separaten Komponente schien es sich um einen fest mit dem Boden verbundenen Sessel zu handeln, bei dem glatten Bereich an der Wand vermutlich um einen Bildschirm. Allerdings war er nicht glasig und dunkel, sondern weiß und matt, wie Kalkstein. Daneben und darunter zeigten sich Dutzende von Kontrollvorrichtungen, die meisten von ihnen dunkel. Ganz oben glühten zwei Kristalle bernsteinfarben, aber von den anderen ging kein Licht aus.

Die Sitzfläche befand sich in Höhe von Chakotays Schulter. Aber vielleicht war das Objekt gar kein Sessel; vielleicht hatten die Fremden nicht gesessen, sondern sich an Stützen gelehnt.

»Wie soll ich da hinauf kommen?« fragte Mandel.

Chakotays Geduld ging zu Ende. Er konnte das Verhalten dieser Frau einfach nicht mehr ertragen. »Ich erwarte von Ihnen, daß Sie die Eigeninitiative eines Starfleet-Offiziers entwickeln«, erwiderte er scharf. »Ich erwarte von Ihnen, daß Sie emporklettern, Fähnrich Mandel. Und ich erwarte von Ihnen, daß Sie Ihrer Aufgabe gerecht werden. Andernfalls sorge ich dafür, daß angemessene disziplinarische Maßnahmen gegen Sie ergriffen werden. Habe ich mich klar genug ausgedrückt?«

»Ja, Sir, sehr klar«, antwortete Mandel und klang noch immer aggressiv. Sie trat am Ersten Offizier vorbei und sah zu den Kontrollen des Terminals.

Es gab genug Vorsprünge in der Wand, um ganz einfach nach oben zu klettern. Chakotay fragte sich, warum Mandel so sehr darauf achtete, ihnen nicht zu nahe zu kommen.

*Weil sie etwas einschalten könnte.* Einmal mehr ertönte die sonderbare Kindstimme hinter Chakotays Stirn. Die Entität. Ein neuer Kontakt mit dem fremden Etwas fand statt.

»Wo sind Sie?« fragte Chakotay und widerstand der Versuchung, das Wesen zu duzen. Es mochte ein Fehler sein, nur ein Kind in ihm zu sehen. Er durfte es auf keinen Fall unterschätzen. »Was wollen Sie von uns? Warum halten Sie uns hier fest?«

*Ich bin allein,* erwiderte die Entität. *Ich wünsche mir Freunde.*

»Aber warum haben Sie uns in eine Falle gelockt?

Warum sorgen Sie dafür, daß unsere Lebensmittel verderben?« Chakotay sprach ganz ruhig.

*Damit ihr hierbleibt. Außerdem brauche ich euch nicht alle. Die meisten von euch sind langweilig. Ich interessiere mich nur für die lustigen.*

*Oh*, dachte Chakotay. *Für die lustigen.*

Nein, dies war kein Kind. Es mochte eine KI sein, wie Kim vermutete, oder eine besonders exotische Form von Lebewesen. Doch der Ursprung des fremden Wesens spielte nur eine untergeordnete Rolle. Viel mehr Bedeutung kam dem Umstand zu, daß es ihm an geistiger Stabilität mangelte.

Den Grund dafür konnte Chakotay durchaus nachvollziehen, und er spürte sogar vages Mitgefühl. So viele Jahre lang allein zu sein... Das mußte mehr oder weniger starke Verzerrungen in der Persönlichkeitsstruktur bewirkt haben. Kein intelligentes Geschöpf konnte äonenlange Isolation überstehen, ohne geistigen Schaden zu erleiden.

*Ich bin nicht verrückt!* heulte die telepathische Stimme. *Ich bin nicht verrückt, sondern Zentrum und Kontrolle. Alles gehorcht mir. Ich gehe weit über das hinaus, was lebende Wesen wie Sie verstehen können. Ich habe Ihren primitiven Computer innerhalb weniger Sekunden neu programmiert, und es dauerte Tage, bis euch etwas auffiel.*

Chakotay spürte den Größenwahn hinter diesen Worten und schauderte unwillkürlich.

Und dann hörte er eine andere Stimme. Sie klang vertraut, aber er konnte sie nicht sofort identifizieren. »Ich bin dir auf die Schliche gekommen. Du hast dich für sehr schlau gehalten, stimmt's? Nun, das Programm war nicht schlecht. Ein eleganter Stil, das muß ich dir lassen. Aber ich habe es gefunden. Und ich hätte es viel eher entdeckt, wenn wir nicht so dumm gewesen wären, zuerst nach Hardwarefehlern zu suchen.«

Daphne Mandel. Und sie sprach mit der KI. Gab es in ihrem Fall ebenfalls einen telepathischen Kontakt?

»Mandel ...«, sagte Chakotay laut. »Fordern Sie die Entität nicht heraus.« Wenn Mandel mit ihrem Verhalten die KI verärgerte ... Es konnte den Tod für sie alle bedeuten.

»Du glaubst, uns überlegen zu sein«, fuhr Daphne fort. »Aber du kannst nicht einmal fort von hier. Du hast keine Möglichkeit, interessantere Orte zu erreichen. Meiner Ansicht nach bist du nicht halb so klug und mächtig, wie du glaubst.«

*Ich bin zu allem fähig.*

»Beweisen Sie es uns«, sagte Chakotay. »Schicken Sie die *Voyager* zum Alpha-Quadranten zurück, dorthin, woher wir kommen. Wenn Sie dazu fähig sind ... Dann bekommen Sie viel Gesellschaft: die Föderation, Klingonen, Romulaner, Cardassianer, das Dominion. Dann fällt es Ihnen sicher nicht mehr schwer, sich die Zeit zu vertreiben. Eigentlich sollte sich ein solcher Transfer leicht bewerkstelligen lassen, aber ich glaube nicht, daß Sie dazu imstande sind.«

Chakotay spürte, wie das fremde Wesen zu antworten versuchte. Um ihn herum glühten Kristalle, und ihr Licht flackerte, als Energie durch alte Kanäle strömte und immer wieder auf unterbrochene Stellen traf.

*Ich will euch nirgendwohin schicken. Ich möchte, daß ihr hierbleibt. Ich habe mich gelangweilt. Das letzte Mal, daß ich ein bißchen Spaß hatte, war, als dieses Schiff kam. Die Besatzung hielt mich für einen Gott und verehrte mich. Und sie gehorchte, als ich sie aufforderte, sich hinzulegen und zu sterben.*

Verachtung und Arroganz der Entität veranlaßten Chakotay, an andere Zeiten und andere Feinde zu denken, insbesondere an die Cardassianer. Doch er mußte auf das Hier und Heute konzentriert bleiben, auf diesen besonderen Gegner. Wenn er sich jetzt vor dem Wesen verschloß ... Dann errang es den Sieg. Dann kam seine Beute davon, zusammen mit der Trophäe.

Er wußte gar nicht, was diese seltsame Metapher bedeutete und woraus die Trophäe bestand. Dafür schob sich etwas anderes in den Fokus seines Selbst: Worte der alten Sprache. In seinem Bewußtsein veränderte sich etwas, und er begann damit, immer mehr in jener Sprache zu denken. Es erstaunte ihn, daß er sich nun wieder daran erinnerte: Teile eines Wiegenlieds, das einst seine Großmutter gesungen hatte, die Namen verschiedener Vögel ...

Mentaler Druck bildete sich in seinem geistigen Kosmos, wuchs immer mehr – die KI wurde zornig.

*Ich verstehe die Worte nicht!* kreischte sie. *Ich weiß mehr über Sprachanalyse als jedes lebende Geschöpf. Siebenhundertzweiundvierzig Sprachen beherrsche ich. Es dauerte nur wenige Minuten, um die Daten eures Computers zu lesen, und unmittelbar nach dem ersten Kontakt konnte ich das Betriebssystem modifizieren. Sie sind nicht in der Lage, so zu denken, daß mir Ihre Gedanken unverständlich bleiben. Ich verbiete es Ihnen. Haben Sie verstanden?*

Chakotay lächelte. Er dachte auch weiterhin in der Sprache seiner Großeltern, in einer Sprache, von der viele Linguisten glaubten, sie gehörte zu den schwierigsten in der ganzen Galaxis. Angeblich konnte man sie nur als Kind lernen, weil die Klassifizierungssysteme für jedes technologisch orientierte Volk viel zu komplex und fremdartig waren.

Chakotays Kenntnisse waren beschränkt, aber wenigstens entsann er sich an die alten Gebete und konzentrierte sich nun auf ihren Text. Sie dienten dazu, die Geisterwelt zu rufen und mit ihr zu sprechen. Ein Gebet hatte ihm damals geholfen, sich der Seele seines Vaters mitzuteilen. In Gedanken sprach er jene Worte, mit denen man sich für klares Wasser und frische Nahrung bedankte, und er flüsterte auch das Gebet der Familie.

Die Worte bildeten einen integralen Bestandteil seines Selbst, waren mächtig und heilig, stellten eine Barriere dar, die von der KI nicht durchdrungen werden konnte. Chakotay fühlte sich stärker und in besserem Kontakt mit allen wirklich wichtigen Dingen, während er sich auch weiterhin auf die alten Gebete konzentrierte.

»Wenn Sie wirklich so klug sind, wie Sie behaupten…«, sagte er. »Dann sollten Sie das doch eigentlich verstehen können, oder?«

*Es ist keine wirkliche Sprache. Echte Sprachen verstehe ich. Sie haben das alles erfunden, um mich zu überlisten, aber ich lasse mich davon nicht täuschen.*

Chakotay mußte sich sehr beherrschen, um nicht laut zu lachen. Das war ihr Widersacher: die emotionale Reife eines verzogenen Kindes, kombiniert mit dem enormen Elaborationspotential eines Supercomputers.

»Hören Sie auf, das Wesen zu quälen.«

Daphne Mandels Stimme klang ganz deutlich über die von der KI geschaffene telepathische Brücke.

»Geben Sie mir keine Befehle, Fähnrich«, erwiderte der Erste Offizier eisig.

»Ich weiß mehr über dieses Geschöpf, als Sie jemals herausfinden können«, erwiderte Mandel. »Es ist empfindsam. Nie begegnete es einer natürlichen oder für Computer bestimmten Sprache, die es nicht innerhalb von Nanosekunden analysieren und übersetzen konnte. Sie verärgern ein Wesen, dem Sie mit Höflichkeit begegnen sollten. Was ist mit der bei einem Erstkontakt notwendigen Verantwortung?«

»Diese Situation läßt sich wohl kaum mit einem Erstkontakt vergleichen. Wir haben es nicht mit einer natürlichen Intelligenz zu tun, sondern mit einer künstlichen. Es handelt sich um ein technisches Produkt ohne Seele.«

»Ach, und Sie sind der große Experte für geistige Dinge, wie?« höhnte Mandel. »Wenn es darum geht, wenden sich alle an Sie, weil ja sonst niemand eine Ahnung davon hat.«

*Ich habe keine Seele*, erklang die telepathische Stimme der Entität. *Man hat mich untersucht, und kein Volk hielt mich für etwas Lebendiges. Ich teile nicht die Schwächen biologischer Geschöpfe. Ich fürchte keine Sterblichkeit; ich bin nicht sterblich. Was die angebliche Geisterwelt betrifft ... Sie wurde erfunden von kurzlebigen Wesen, die sich mit dem Gedanken trösten möchten, daß ihr Leben ewig währt – obwohl es in Wirklichkeit schon nach kurzer Zeit zu Ende geht. Ich habe beobachtet, wie organische Geschöpfe sterben. Ihre Körper verwesen, und nichts bleibt übrig. Nichts. Ich habe Experimente durchgeführt und bin sogar ein Gott gewesen.*

Diese Worte erfüllten Chakotay mit Abscheu. Im Vergleich dazu wirkte alles andere harmlos und banal. Er *wußte*, daß seine Kontakte mit der Geisterwelt tatsächlich stattfanden, daß er sie sich nicht nur einbildete. Er fühlte sich angeekelt von der unschuldigen Arroganz, die alle Weisheit für sich in Anspruch nahm und sich über den Tod der von ihr umgebrachten Personen lustig machte.

Zuvor hätte er fast Mitleid gehabt, aber jetzt war die KI zu weit gegangen. Er sah in ihr keinen kranken Geist mehr, sondern eine Scheußlichkeit, ein Monstrum. Die Schöpfer der künstlichen Intelligenz hatten ihre Computer sicher nicht mit so dreister Selbstüberhebung programmiert. Chakotay vermutete darin vielmehr ein Ergebnis der jahrtausendelangen Isolation. *Die Entität hat sich nach und nach davon überzeugt, perfekt und unsterblich zu sein*, überlegte er.

Aber selbst Computer konnten sterben. Sogar ganz leicht.

»NEIN!«

Der Schrei schmetterte wie ein Hammer an seine Stirn. Er zeichnete sich nicht in dem Sinne durch Lautstärke aus, sondern eher durch die enorme Intensität des Protestes.

»Das Wesen hat recht«, fuhr Mandel fort. Ihre Worte formten sich zwischen Chakotays Schläfen, obwohl er versuchte, sich ihnen zu widersetzen. »Es ist tatsächlich unsterblich und perfekter, als es biologische Organismen jemals sein können. Es war dazu berechtigt, mit den organischen Besatzungen der Schiffe zu experimentieren. Sie bestanden die Tests nicht, versagten dort, wo die KI nie versagen kann.«

»Interessant.« Chakotay achtete darauf, daß sein Selbst klar und transparent blieb. Er hörte zu, verdrängte alle bewußten Gedanken daran, aufzustehen und zu dem Terminal zu gehen, von dem aus Daphne Mandel einen Kontakt zur künstlichen Intelligenz hergestellt hatte: Sie war nach oben geklettert, hockte nun auf dem Sessel. Er konzentrierte sich auf einen ruhigen See, auf kristallklares Wasser und die silbrigen Leiber kleiner Fische, die nach Nahrung suchten. Er atmete tief durch, erinnerte sich an den Duft von taufeuchtem Gras, an die Farbe des Morgenhimmels und an weiße Wolken, die sich auf dem See widerspiegelten.

Damals hatte er sich auf diese Weise bewegt, eins mit der Umgebung.

Sein Ich war geöffnet, und er lud die Bewohner der Geisterwelt ein, ihm *hier* Gesellschaft zu leisten. Er nahm nicht bewußt zur Kenntnis, daß er einen Fuß vor den anderen setzte und das Terminal erreichte. Daphne Mandel bemerkte ihn nicht. Sie war viel zu sehr damit beschäftigt, der KI das Phänomen des *Morgens* zu erklären – immerhin hatte sich die künstliche Intelligenz nie auf einem Planeten befunden.

Die kristallenen Vorsprünge waren viel zu lange der Kälte ausgesetzt gewesen und dadurch spröde geworden. Chakotay wußte nicht, ob sie sein Gewicht trugen. Vorsichtig griff er nach einem und zog sich hoch.

Langsam, ganz langsam. Der Vorsprung hielt. Er setzte den Weg nach oben fort, verlagerte sein Gewicht wie in Zeitlupe von einem Kristall zum nächsten. Ständig hielt er das geistige Bild vom See fest: Hinter dem fast völlig unbewegten Wasser ragte eine Felswand empor; als Kind war er dort zusammen mit seinen Freunden geklettert, auf der Suche nach Adlerfedern.

Er näherte sich Daphne Mandel und sah ihr Gesicht. Das Glühen des Bildschirms und die seltsamen Farben der Kristalle verliehen ihrer Miene etwas Gespenstisches. Verzückung zeigte sich in den Zügen der Frau.

Es wurde immer heller in der Kammer. Vielleicht wollte die KI Mandel beeindrucken, indem sie dafür sorgte, daß sich in einer Ecke Licht zur vagen Gestalt des indigofarbenen Engels verdichtete. Allerdings: Die Erscheinung blieb zweidimensional und transparent wie ein Phantom.

Wahrscheinlich gab es hier keine holographischen Projektoren. Der künstlichen Intelligenz standen an diesem Ort nur Kommunikationsgeräte zur Verfügung, und sie versuchte nun, diese Apparate zu einem ganz anderen Zweck einzusetzen.

»Es ist wunderschön«, hauchte Daphne Mandel.

Genau in diesem Augenblick schlang Chakotay ihr den Arm um die Taille, neigte sich zur Seite und zog sie von dem hohen Sitz herunter. In der geringen Schwerkraft baumelte sie hin und her, nur vom einen Arm des Ersten Offiziers gehalten. Zum Glück war sie klein und leicht.

Mandel versuchte, Widerstand zu leisten. Chakotay hielt sie auch weiterhin fest.

»Fähnrich Mandel!« sagte er scharf und versuchte, sie zur Vernunft zu bringen, den Kontakt zwischen ihr und der KI zu unterbrechen. »Legen Sie mir die Arme um den Hals.«

Sie schickte sich an, der Aufforderung nachzukommen.

*Geben Sie sie frei.* Die Stimme erklang nicht nur in Chakotays Kopf, sondern tönte auch aus nahen Lautsprechern. Das plötzliche Geräusch verblüffte ihn, und gleichzeitig zappelte Mandel wie ein Fisch auf dem Trocknen.

Er ließ sie fallen.

Sie stürzte nur anderthalb Meter tief, und außerdem herrschte keine hohe Gravitation. Der Aufprall schien trotzdem ziemlich hart zu sein, und Mandel blieb reglos liegen.

Chakotay sprang sofort zu Boden und prüfte den Puls

der Kartographin. Sie lebte, und nichts deutete auf irgendwelche Knochenbrüche hin. Doch die Augen waren verdreht, und Mandel hatte das Bewußtsein verloren.

Chakotay zögerte nicht. Er hob die Frau hoch, legte sie sich über die Schulter und klopfte auf seinen Insignienkommunikator. »Medizinischer Notfall. Zwei Personen für den unverzüglichen Transfer.«

Einen Atemzug später befand er sich im Shuttle und legte Daphne Mandel auf zwei Sitze. Kes eilte sofort herbei, um sie zu untersuchen.

»Sie verlor das Bewußtsein, als die Verbindung zur KI unterbrochen wurde«, stellte die Ocampa nach kurzer Zeit fest. »Ansonsten ist alles in Ordnung mit ihr. Es lassen sich keine Verletzungen feststellen. Doch der Kontakt zu dem Wesen... Er hatte tiefe Wurzeln in ihrem Selbst, und sein jähes Ende führte zu einem Schock. Ich weiß nicht, wie ich sie behandeln soll. Wir müssen sie zum Doktor bringen.«

»Na schön«, brummte Chakotay und klopfte erneut auf seinen Insignienkommunikator. »Lieutenant Torres, treffen Sie Vorbereitungen für die Rückkehr zum Shuttle. Wir verlassen das fremde Schiff.«

»Ich bin hier noch nicht fertig, Commander«, wandte B'Elanna ein. »Ich brauche noch mindestens fünfzehn Minuten, um die Akkumulatoren zu füllen.«

Chakotay sah auf die bleiche Daphne Mandel hinab und dachte gleichzeitig daran, was es bedeutete, das energetische Niveau in den Subsystemen der *Voyager* zu heben. »Ist es möglich, den Vorgang zu beschleunigen?« fragte er die Chefingenieurin.

»Ich versuche es, kann jedoch nichts garantieren«, erwidere Torres.

»Ich gebe Ihnen vier Minuten. Anschließend beamen wir Sie an Bord, auch wenn die Akkumulatoren nicht ganz gefüllt sind.« Chakotay nickte Tom Paris zu. »Wir müssen Mandel so schnell wie möglich zur Krankenstation bringen.«

*Nein. Sie muß hierbleiben. Ihr dürft sie nicht fortbringen!*

Die KI heulte wieder in Chakotays Bewußtsein und aus allen Kom-Lautsprechern des Shuttles.

»Sie braucht medizinische Hilfe«, sagte der Erste Offizier laut. Er versuchte, ruhig zu bleiben, doch es fiel ihm sehr schwer.

»An Bord dieses Shuttles haben wir nicht die Möglichkeit, sie zu behandeln. In der Krankenstation der *Voyager* gibt es dafür weitaus bessere Möglichkeiten. Helfen Sie uns dabei, die Akkumulatoren im Maschinenraum zu füllen – um so schneller kann Mandel behandelt werden.«

*Sie muß hierbleiben,* wiederholte die KI. *Wenn ihr sie fortbringt, zerstöre ich euer Schiff. So etwas geschähe nicht zum erstenmal. Ihr habt mein Werk gesehen.*

»›Ich bin Ozymandias, König der Könige. Seht meine Werke, ihr Mächtigen, und verzweifelt. Alles verblaßt daneben. Vor dem gewaltigen Wrack, grenzenlos und öde, sich einsam erstreckt der Sand‹«, intonierte Chakotay.

»Shelley«, sagte Tom Paris.

*Ich lasse nicht zu, daß Sie dieses Schiff verlassen.*

»Wollen Sie Mandel umbringen?« fragte Kes. »Sie können ihr nicht helfen, wir schon. Wenn Sie das Beste für sie wollen, wenn Sie sich noch einmal mit ihr in Verbindung setzen möchten... Dann müssen Sie uns die Rückkehr zur *Voyager* gestatten. Wenn Ihnen wirklich etwas an ihr liegt, sollten Sie dabei helfen, die Akkumulatoren rasch zu füllen. Daphne braucht Ihre Hilfe.«

*»Aber wenn ich sie gehen lasse, kommt sie nicht wieder«,* klagte die KI. *»Ihr erlaubt ihr bestimmt nicht, zu mir zurückzukehren. Und ich liebe sie.«*

»Wenn Sie Daphne lieben, müssen Sie vor allem daran denken, was für sie gut ist«, erwiderte Kes mit fester Stimme. »Sie dürfen nicht Ihre eigenen Interessen in den Vordergrund stellen. Manchmal muß man eben ein Risiko eingehen.«

*»Ein Risiko?«* wiederholte die KI. *»Ein Risiko? Ich gehe keine Risiken ein. Ich berechne die Wahrscheinlichkeit und unternehme nichts, wenn sie ungünstig für mich ist.«*

»Sie bringen also lieber Leute um, anstatt zu riskieren, von ihnen verlassen zu werden«, sagte Chakotay. »Und dadurch bekommen Sie nie Gewißheit. Wenn Sie den Personen keine Freiheit gewähren, finden Sie nie heraus, ob jemand bereit ist, zu Ihnen zurückzukehren. Und Sie haben keine Gewißheit, solange Sie sich nicht dazu durchringen können. Wahre Liebe erfahren Sie nur dann, wenn jemand freiwillig zu Ihnen kommt. Aber Sie lassen nicht zu, daß jemand freie Entscheidungen trifft, und dadurch erhalten Sie nie etwas Wertvolles. Damit verurteilen Sie sich selbst zu dauernder Einsamkeit.«

Die KI schwieg. Chakotay glaubte zu spüren, wie sie Daten verarbeitete.

Er verstand sie nun. Zum erstenmal sah er einen Sinn im Verhalten des Widersachers, und er wußte, wie es seinen Argumenten zu begegnen galt.

Durch die Verbindung zur künstlichen Intelligenz fühlte er, daß Kes ebenfalls verstand. Er nickte ihr zu, und eine Erkenntnis regte sich in ihm. Die Ocampa war klug. Ihr reines Wissen ging vom Herzen aus – und weit über die Grenzen von Spezies und physischer Existenz hinaus.

»Die Akkumulatoren sind gefüllt, Commander«, meldete B'Elanna. Sie klang verwundert. »Es hat nur drei Minuten und vierzehn Sekunden gedauert. Wir können jetzt aufbrechen.«

Tom Paris wartete nicht auf die Anweisung, den Transporter zu aktivieren. Die Chefingenieurin erschien mit vier großen Spezialbehältern, die geballte Energie enthielten. Nur einen Sekundenbruchteil später sagte Chakotay: »Kehren wir zur *Voyager* zurück.«

Die Finger des Piloten huschten über Schaltelemente. »Ja, Sir«, bestätigte Paris, als das Shuttle abhob und sich der Dunkelheit des Alls zuwandte.

# 20

Stumm betrat Chakotay den Bereitschaftsraum. Am Tisch des Captains sprachen die Führungsoffiziere mit leisen Stimmen. Sie berieten darüber, ob weitere, gründlichere Untersuchungen angestellt werden sollten – immerhin bestanden jetzt keine akuten Proviantprobleme mehr.

Der Erste Offizier schwieg. Er wußte noch nicht, was er von der ganzen Sache halten sollte. Seiner Ansicht nach konnte man sowohl den einen als auch den anderen Standpunkt vertreten. Bei ihm kam ein persönlicher Aspekt hinzu.

Es gefiel ihm nicht, in telepathischem Kontakt mit der Entität zu stehen. Chakotay war kein Telepath. Jene Art von Kommunikation blieb seinen Schutzgeistern und Seelenfreunden vorbehalten. Er fühlte sich… schmutzig, weil etwas so Unreifes wie die KI diese Verständigungsmethode benutzte.

Er wollte sich nicht auf ihr Niveau hinabbegeben, indem er versuchte, ihr zu schaden. Aber ihm widerstrebte auch ein direkter Kontakt mit der künstlichen Intelligenz. Chakotay hätte sie am liebsten weit hinter sich zurückgelassen.

Doch er spürte auch die Last einer ganz besonderen Verantwortung: Nach ihnen mochten anderen Schiffe in die Falle der KI geraten, und vielleicht waren ihre Besatzungen weniger geschickt. Vielleicht hatten sie schlicht und einfach nicht so viel Glück.

Captain Janeway kam herein, und alle standen auf. Sie setzte sich, woraufhin die Offiziere ebenfalls Platz nahmen. »Lassen Sie uns sofort beginnen. Wir haben inzwischen den fremden Code aus dem Betriebssystem entfernt, und ich muß jetzt entscheiden, ob wir versuchen, die hier zur Verfügung stehenden Ressourcen zu nutzen – oder ob es zu gefährlich ist, noch länger in diesem Raumbereich zu bleiben. Um diese Entscheidung zu treffen, brauche ich Informationen von allen Personen, die mit der künstlichen Intelligenz zu tun hatten. Lieutenant Torres, bitte erklären Sie mir, was sich mit der neuen Energie anstellen läßt und welche Vorteile sich dadurch für uns ergeben.«

»Wir verwenden die akkumulierte Energie, um das energetische Niveau der Replikatoren zu erhöhen«, erklärte Torres. »Eigentlich handelt es sich dabei nur um eine Entladung, die von kurzer Dauer ist. Wir haben nicht die erforderlichen Komponenten, um die Basis unserer Replikatorenergie zu erweitern.«

»Warum replizieren wir sie nicht mit der ersten Entladung?« fragte Tom Paris. »Anschließend haben wir unbeschränktes Replikatorpotential.«

Harry Kim erläuterte das Problem. »Wir können nicht erzeugen, was nicht existiert. Wir sind imstande, eine Substanz in eine andere zu verwandeln oder Energie in Materie umzuformen. Dabei werden Moleküle manipuliert, und genau darum geht es bei der Replikatortechnik. Wir können nicht mehr Energie erzeugende Komponenten erschaffen, als bereits existieren. Wir können nicht mehr subatomare Partikel erzeugen, als bereits vorhanden sind. Der Replikator gibt ihnen eine andere Konfiguration, ordnet sie neu an, und dadurch hat es den *Anschein*, als würden Objekte ganz neu entstehen. Aber solche Geräte produzieren keineswegs Dinge aus dem Nichts.«

»Nicht übel, Starfleet«, sagte B'Elanna Torres anerkennend. »Was ist mit Ihrer KI-Theorie? Funktioniert der Computer wieder einwandfrei? Können wir den Flug jetzt fortsetzen?«

»Wir haben volle Navigationskontrolle«, berichtete Tuvok. »Und angesichts der zusätzlichen Replikatorenergie besteht nicht mehr die Gefahr, daß unsere Vorräte zur Neige gehen, bevor wir Gelegenheit zu ihrer Erneuerung erhalten.«

»Sie bedeutet auch, daß wir noch etwas mehr Zeit in die Untersuchung der hiesigen Wracks investieren könnten«, warf Janeway ein. »Unser Computer ist nun vor einer Fremdprogrammierung geschützt; in dieser Hinsicht sind wir gewissermaßen immun.«

»Wir hätten die Möglichkeit, uns noch mehr Energie zu besorgen«, sagte Torres. »Mir stehen genug Akkumulatoren zur Verfügung, um unsere Replikatorrationen für zehn Monate zu verdoppeln – wenn ich Gelegenheit erhalte, alle voll aufzuladen.«

Die Kommandantin wirkte recht nachdenklich. »Solche Replikatorreserven wären sehr nützlich.«

Tuvok blieb skeptisch. »Captain, darf ich Sie daran erinnern, daß die KI uns schon einmal attackiert hat und sicher zu einem zweiten Angriff fähig ist? Mehrere Wracks dort draußen sind ehemalige Kriegsschiffe, und unsere Scanner haben nach wie vor funktionsfähige Waffensysteme geortet. Die künstliche Intelligenz ist ausgesprochen unberechenbar. Ich würde meine Pflichten vernachlässigen, wenn ich Ihnen nicht den Rat gäbe, eine sichere Distanz zwischen uns und dem Tachyonenfeld zu schaffen – für den Fall, daß die KI ihr gegenwärtiges altruistisches Experiment für gescheitert hält.«

»Lieutenant Torres, haben Sie irgendwelche Hinweise auf eine Technik gefunden, die uns dabei helfen könnte, nach Hause zurückzukehren?« fragte Janeway.

»Nein«, erwiderte die Chefingenieurin. »Meine bisherigen Entdeckungen beschränken sich auf die für unsere Replikatoren verwendbare Energie. Sie ist natürlich sehr nützlich für uns, aber leider verhilft sie uns nicht zu einer schnelleren Rückkehr zum Alpha-Quadranten.«

»Wie lange würde es dauern, auch die anderen Akkumulatoren zu laden?« erkundigte sich Janeway.

B'Elanna zögerte. »Das hängt von der KI ab. Es ging sehr schnell, als sie beschloß, uns zu helfen. Ohne ihre Hilfe ist es vielleicht gar nicht möglich, die Akkumulatoren mit Energie zu füllen.«

»Ich halte die künstliche Intelligenz nicht für vertrauenswürdig, Captain«, meinte Chakotay. »Je eher wir von hier verschwinden, desto besser.«

»Und was ist mit anderen Reisenden, die es hierher verschlägt, Mr. Chakotay?« fragte Tuvok. »Tragen wir nicht Verantwortung gegenüber jenen, die in die Falle der KI geraten?«

»Was schlagen Sie vor?« wandte sich Janeway an den Vulkanier.

»Wir sollten die Gefahr eliminieren, Captain. Es handelt sich um ein künstliches Geschöpf, das nicht die gleichen Rechte hat wie ein lebendiges Wesen. Wenn wir es vernichten, so löschen wir kein Leben aus. Zweifellos bewahrt die Zerstörung der KI viele Personen vor dem Tod. Es ist logisch, eine Maschine zu opfern, um Leben zu erhalten.«

»Die KI mag nicht biologischer Natur sein, Mr. Tuvok, aber sie stellt eine intelligente Entität dar«, entgegnete Chakotay. »Sie ist sich ihrer eigenen Existenz bewußt und erfüllt damit eine der wichtigsten Voraussetzungen, um als intelligentes Leben eingestuft zu werden.«

»Sie bleibt eine Maschine«, beharrte der Vulkanier.

»Ja, sie ist eine Maschine«, räumte Chakotay ein. »Aber sie denkt und fühlt. Sie hält sich selbst für ein lebendiges Individuum. Es wäre Mord, sie umzubringen.«

»Aber wenn die KI nicht eliminiert wird, bekommt sie Gelegenheit, weitere Reisende anzulocken und zu töten«, sagte Tuvok. »Es ist eine logische – und auch ethische – Entscheidung, eine Person zu opfern, um viele andere zu retten.«

»Es gibt unterschiedliche Auffassungen von Ethik«, erklärte Chakotay in einem bedeutungsvollen Tonfall.

»Die Entscheidung liegt nicht bei Ihnen, sondern bei mir«, stellte Janeway fest. »Wenn wir nun die Besprechung fortsetzen und weitere Informationen sammeln könnten... Hat Fähnrich Mandel inzwischen das Bewußtsein wiedererlangt?«

»Ja, Captain«, sagte Kes. »Übrigens erwartet der Doktor Fähnrich Kim zur Abschlußuntersuchung in der Krankenstation.«

Harry Kim stöhnte. »Dazu habe ich keine Zeit. Zuerst muß ich die Schutzbarrieren in unseren Basisprogrammen vervollständigen und Chefingenieur Torres dabei helfen, die neue Energie ins Replikatorsystem einzuspeisen. Anschließend finde ich vielleicht Gelegenheit, dem Doktor einen Besuch abzustatten.«

»Sie werden sich sofort nach dieser Besprechung in der Krankenstation melden«, sagte Janeway. »Ich begleite Sie, da ich ohnehin mit Fähnrich Mandel reden wollte.«

Paris warf Kim einen mitfühlenden Blick zu.

»Ich komme mit, Captain – wenn Sie gestatten«, sagte Kes.

Chakotay fragte sich, worüber Kes mit Janeway sprechen wollte und welche Auskünfte Mandel geben würde. Voller Anteilnahme sah er zur Kommandantin. *Als wenn sie nicht schon genug Probleme hätte,* dachte er. *Mandel kann eine ziemliche Nervensäge sein, wenn sie gesund ist. Wenn es ihr schlecht geht, wird sie sicher noch viel unerträglicher.* Chakotay schauderte innerlich – und unterdrückte dann ein Lächeln. Es brachte auch Vorteile mit sich, in der Kommandohierarchie an *zweiter* Stelle zu stehen.

So sehr er Janeway derzeit auch bemitleidete: Er verstand ihren Wunsch, mit Mandel zu reden. Janeway hatte keinen direkten Kontakt mit der KI hinter sich, und sie brauchte Informationen von jedem, der über entsprechende Erfahrungen verfügte. Chakotay bedauerte, daß auch er zu jener Kategorie gehörte. Unglücklicherweise war bereits ein Schaden angerichtet worden, der sich nicht beheben ließ: Die künstliche Intelligenz hatte ihn mit ihrem Zorn infiziert.

Oder stammte das Gefühl aus seinem eigenen Innern? Als der Erste Offizier über diese Frage nachdachte, erkannte er plötzlich, daß sein Groll nicht allein der KI galt. Der Ärger bezog sich viel mehr auf den Umstand, daß er nicht mehr genau zwischen seinen eigenen Emotionen und den fremden zu unterscheiden wußte. Er konnte seinem Sinn für die Realität nicht mehr vollständig vertrauen.

Bei den Schutzgeistern und Seelenfreunden sah die Sache ganz anders aus. Chakotay wußte immer, was von ihnen kam und was ihm selbst gehörte. Sein eigener Schutzgeist bewirkte nicht etwa emotionales Durcheinander, sondern brachte Frieden und die Botschaft, daß er nur ruhig werden mußte, um Lösungen für aktuelle Probleme zu finden.

Das galt auch für diese Situation. Wenn er die nötige innere Ruhe fand, war er bestimmt in der Lage, die Antworten auf alle Fragen zu sehen.

Doch er zögerte, seinen Seelenfreund zu rufen, solange die KI jederzeit eine mentale Brücke zu ihm bauen konnte. Chakotays geistige Welt stellte etwas sehr Persönliches und Privates dar, das er nicht einmal mit seinen besten Freunden teilen wollte – geschweige denn mit einem Wesen, das so unreif und unausstehlich war die KI.

*Unausstehlich? Unreif? Ich zeige Ihnen, wer hier über solche Dinge befindet. Ich zeige Ihnen, wer die Macht hat ...*

Chakotay hätte fast gelächelt. Er konnte die Entität jetzt identifizieren, und deshalb durchdrang sie nicht mehr alle Bereiche seines Bewußtseins. Und sobald das fremde Wesen eine Identität gewann, wurde es ungefährlich.

*Ungefährlich? Sehen Sie sich die vielen Raumschiffe an, deren Besatzungen Widerstand zu leisten versuchten. Ich kann Ihr Schiff jederzeit erneut übernehmen, und dann sind Sie wieder ganz meiner Gnade ausgeliefert.*

Zorn wogte, aber diesmal wußte Chakotay, daß die emotionale Flut von der Entität ausging. Sie war wütend, weil sie die *Voyager* nicht mehr kontrollierte und keine Möglichkeit hatte, Einfluß auf den Ersten Offizier und die anderen zu nehmen.

Es verblüffte Chakotay geradezu, wie deutlich er den Angriff sehen konnte, obwohl alles blitzschnell ging. Die KI griff an, mit der Absicht, erneut das Betriebssystem des *Voyager*-Computers zu manipulieren.

Die von Harry Kim programmierten Barrieren hielten. Sie bildeten keine sehr elegante Struktur, erwiesen sich jedoch als stabil. Die künstliche Intelligenz fand keine schwache Stelle, an der sie ansetzen und eine Lücke schaffen konnte, um die Basisprogramme zu erreichen.

Chakotay beobachtete fasziniert, wie der Zorn des Wesens zu regelrechter Raserei wurde, als es vergeblich nach einem Zugang zu dem Bordsystemen der *Voyager* suchte.

Und dann trachtete die KI danach, in sein Selbst zu gelangen. Er spürte die Erinnerung an den ersten Kontakt dieser Art, daran, wie das fremde Ich an seinen bewußten Kontrollen vorbeigekrochen war. Mit der gleichen heimtückischen Taktik versuchte es nun, Chakotays Empfinden zu beeinflussen.

Aber dazu war es nicht imstande. Er versuchte nicht, sich gegen die Entität zu wehren, beschränkte sich einfach nur darauf, sie wahrzunehmen.

Chakotay fühlte sich vollständig. Gedanken und Gefühle, Glauben und Prinzipien – alles verschmolz miteinander. Er wußte, wer er war. Er kannte die eigenen Stärken und Schwächen, seine Vergangenheit und Wünsche für die Zukunft, Hoffnungen und Ängste. Alles paßte zusammen, ergab einen Sinn, ein einheitliches Ganzes.

Für etwas anderes gab es keinen Platz. Erst recht nicht für die KI.

Die Entität begriff, daß sich etwas verändert hatte, daß sie sich nicht mehr gegen ihn durchsetzen konnte. Sie wich fort von ihm, suchte nun nach einem anderen für sie offenen Selbst.

Er fühlte sich leicht und frei, als die künstliche Intelligenz aus seiner Wahrnehmung verschwand. Sie übte keinen mentalen Druck mehr aus, suchte nicht mehr nach einem Zugang zum Universum der Emotionen. Die KI wußte nun, daß sie bei Chakotay nicht weiterkam, und deshalb hielt sie nach einem anderen Bewußtsein Ausschau.

Sorge regte sich im Ersten Offizier. Wem mochte der nächste Angriff gelten? Kes? Ja, das ließ sich nicht ausschließen. Die Ocampa konnte mit vielem fertig werden, aber Chakotay machte sich trotzdem Sorgen. Große Sorgen.

Captain Janeway leistete ihr Gesellschaft, und auch der Doktor. Doch dieser Gedanke vertrieb keineswegs das Unbehagen aus Chakotay.

Er beschloß, die Krankenstation aufzusuchen. Nur für den Fall.

»Was hat es mit dem fremden Wesen auf sich, Kes?« fragte Harry Kim, als sie den Turbolift betraten. »Ist es wirklich so eindrucksvoll, wie man hört?«

Kes lächelte sanft. »In gewisser Weise. Doch seine Persönlichkeit ist unterentwickelt. Es überraschte uns sehr, als sich herausstellte, daß alle Angehörigen der zweiten Einsatzgruppe die telepathische Stimme hören konnten. Ich glaube, das Wesen versucht, in Hinsicht auf uns zu lernen, aber es erzielt dabei keine großen Fortschritte.« Sie zuckte mit den Schultern. »Commander Chakotay meint, es gehörte übers Knie gelegt und gründlich versohlt.«

»Was sollte jemandem daran gelegen sein, eine solche

künstliche Intelligenz zu schaffen?« murmelte Kim nachdenklich.

»Vermutlich war keine solche KI geplant«, erwiderte Janeway. »Wahrscheinlich sollte sie lernen und reifen, doch irgend etwas geschah mit dem ursprünglichen Schiff. Daraufhin erging es der KI wie einem Kind, das plötzlich ganz auf sich allein gestellt war, und mit diesem neuen Status kam es nicht besonders gut zurecht.«

Kes' Miene erhellte sich plötzlich. »Das ergibt einen Sinn, Captain. An diese Möglichkeit habe ich bisher noch nicht gedacht. Es würde erklären, warum die KI so... konfus ist. Sie sucht nach einem Elternäquivalent, nach jemandem, dem sie vertrauen kann und der ihr Schutz gewährt, während sie lernt.«

Daphne Mandel saß auf ihrem Bett, als sie die Krankenstation erreichten. »Das ist doch lächerlich«, teilte sie dem Doktor mit und sprach dabei im gleichen verdrießlichen Tonfall, den er so oft benutzte. »Mit mir ist alles in Ordnung, und ich möchte jetzt gehen.«

»Sie bleiben hier, bis ich die letzten Biosondierungen durchgeführt habe«, erwiderte der Doktor. »Ich muß erst noch feststellen, ob es durch den Kontakt mit dem fremden Wesen zu irgendwelchen inneren Verletzungen kam.«

»Warum scannen Sie nicht auch Kes und Chakotay?« klagte Mandel. »Sie standen länger als ich mit der KI in Verbindung.«

»Es geht schneller, wenn Sie sich fügen«, sagte Harry Kim, als er zusammen mit Captain Janeway und Kes hereinkam. »Ich habe das alles selbst erlebt und weiß daher: Proteste sind völlig sinnlos.«

»Und was Sie betrifft, Mr. Kim: Ihre Abschlußuntersuchung steht noch aus. Ich muß Sie erst noch für diensttauglich erklären.«

Mandel sah Kim an und lächelte schief.

»Und Sie, Captain...«, fuhr der holographische Arzt fort. »Die letzten Untersuchungsergebnisse deuten darauf hin, daß Ihre Rekonvaleszenz erstaunlich gut vorankommt. Die Verletzungen haben keine negativen Folgen hinterlassen, und das freut mich sehr. Wenn Sie mich bitte in mein Büro begleiten würden ... Es gibt da etwas, das ich Ihnen gern zeigen würde.«

Janeway folgte dem Doktor in den durch eine Glaswand abgetrennten Bereich, der ihm als Büro und Laboratorium diente. Als sich die schalldichte Tür geschlossen hatte, sagte er: »Sie hatten recht in bezug auf die Temperatur in den Kühleinheiten. Der vorzeitige Verderb der Nahrungsmittel geht tatsächlich auf eine Erhöhung der Temperatur um zwei Grad zurück. Das Ganze entspricht dem allgemeinen Verhaltensmuster der Entität – diesen Schluß ziehe ich auf der Grundlage einer Analyse jener Daten, die Sie während ihres Aufenthalts an Bord des fremden Schiffes mit den Tricordern aufzeichneten.

Aber das ist noch nicht alles. Im Rest des grolianischen Mehls breitet sich der Schimmel aus, derzeit nur auf mikroskopischem Niveau. Rein geschmacklich hat das bisher keine Auswirkungen, und es gibt auch keine unmittelbaren gesundheitlichen Bedenken. Wie dem auch sei: Der Schimmel produziert eine Substanz, die in kleinen Dosen dazu führt, daß Personen für telepathische Signale empfänglicher werden. In höheren Konzentrationen bewirkt das Toxin Halluzinationen, von der die meisten betazoidischen Forscher annehmen, daß sie mit den empathischen Zentren des Gehirns in Zusammenhang stehen.«

»Woraus folgt: Durch den Verzehr des Mehls könnte ein Kontakt mit dem fremden Wesen erfolgen.« Janeway klopfte auf ihren Insignienkommunikator. »Neelix, bitte kommen Sie unverzüglich zur Krankenstation. Janeway Ende.« Sie unterbrach die Verbindung, bevor Neelix irgend etwas fragen konnte. Sie wollte keine Fragen beantworten, sondern selbst welche stellen.

»Und Fähnrich Mandel?« wandte sie sich an den Holo-Arzt.

»Es scheint ihr gut zu gehen«, erwiderte der Doktor. »Aber ich möchte sie noch einmal untersuchen, um festzustellen, ob sich das Schimmel-Toxin aus dem grolianischen Mehl in ihrem Stoffwechselsystem befindet. Vielleicht lassen sich inzwischen keine Spuren mehr finden. Sie müßte entsprechende Nahrung zumindest gestern zu sich genommen haben, und vermutlich ist die spezielle Substanz längst abgebaut. Aber möglicherweise läßt sich noch ihre molekulare Signatur entdecken. Während der vergangenen Tage hat Fähnrich Mandel keine nennenswerten körperlichen Anstrengungen unternommen, und ihre metabolischen Werte sind daher nicht sehr hoch.«

»Gute Arbeit, Doktor«, lobte Janeway.

»Ich bedauere, daß ich nur schlechte Neuigkeiten für Sie habe. Nun, wenigstens bedeutet das erhöhte Replikatorpotential, daß wir nicht mehr so dringend frische Vorräte benötigen.«

Janeway nickte nachdenklich. Ihre Situation hätte viel schlimmer sein können. Und sie war ziemlich sicher, daß die KI nichts vom grolianischen Schimmelpilz wußte. Sie erinnerte sich vage daran, während einer Besprechung davon gehört zu haben. *Wenn ich damals nur aufmerksamer zugehört hätte,* dachte sie.

Ihr Blick wanderte zu Neelix, der neben Kes stand und darauf wartete, das Büro des Doktors betreten zu dürfen. Kes öffnete die Tür, und Janeway bat den Talaxianer herein. Die Ocampa zögerte unsicher.

»Würden Sie bitte die Abschlußuntersuchung für Mr. Kim vorbereiten?« wandte sich der Holo-Arzt an sie. Kes nickte, ließ Neelix mit dem Doktor und Janeway allein.

»Sie wollten mich sprechen, Captain?« fragte Neelix.

»Ja. Es geht um das grolianische Mehl. Haben Sie etwas davon verwendet?«

»Nur ein wenig. Ich wollte es aufsparen, da es sich so gut hält und weil man herrlichen Teig daraus herstellen kann. Ich habe es für die Kekse verwendet, die sich so großer Beliebtheit erfreuen. Das Mehl ist natürlich eingefroren. Nun, die Vorräte sind so knapp, daß ich wirklich sehr einfallsreich sein mußte, um auch weiterhin Desserts anzubieten. Aber es darf natürlich nicht bekannt werden, wie knapp unser Proviant ist, und man würde bestimmt Verdacht schöpfen, wenn es plötzlich kein Dessert mehr gäbe.«

»Ich glaube, wir haben die Antwort, Doktor.«

»Wir müssen den Rest des Mehls beseitigen«, sagte der Holo-Arzt zu Neelix. »Es verschwindet mit dem nächsten Müll im All.«

»Nein!« empörte sich der Talaxianer. »Nicht mein grolianisches Mehl. Ohne grolianisches Mehl kann ich keine Törtchen mehr backen, und außerdem brauche ich es fürs Fruchtbrot.«

»Die vom Doktor untersuchte Probe war kontaminiert«, sagte Janeway. »Sie enthielt mikroskopischen Schimmel, der sich auf Menschen auswirkt. Bald steht uns zusätzliche Replikatorenergie zur Verfügung, und dann können Sie grolianisches Mehl replizieren.«

»Replizieren? Das klingt nicht sehr gut. Bestimmt läßt sich so etwas nicht mit echtem grolianischen Mehl vergleichen. Die Leute werden sehr enttäuscht sein, wenn die Törtchen nicht leicht und knusprig sind. Es ist schwer, den Teig zehn Zentimeter weit aufgehen zu lassen, aber mir gelingt das jedesmal. Wenn wir keine knusprigen Törtchen mehr bekommen, tragen Sie die Verantwortung dafür, Captain.«

Der Doktor schnaubte und wandte sich seinen Experimenten zu. »Wie ich schon sagte, Captain: Ich vermute, der mikroskopische Schimmel ermöglicht es jenen Personen, die über keine bekannten empathisch-telepathischen Fähigkeiten verfügen, mit dem fremden Wesen zu kommunizieren. So etwas ist nicht ganz ungewöhnlich. Gewisse Arten von Schimmel auf Brot führten im terranischen Mittelalter zu Massenhalluzinationen. Das Ergebnis bestand unter anderem aus Hexenverfolgungen und dem Glauben an Magie.«

»Soll das heißen, *meine* Kekse haben zu irgendeiner Katastrophe geführt?« fragte Neelix. »Diesen Vorwurf lasse ich mir nicht gefallen, Captain.«

»Es geht hier nicht darum, jemandem die Schuld zu geben, Neelix. Sie konnten nichts von dem Schimmel wissen. Niemand wußte davon, bis der Doktor mit den Untersuchungen begann. Wir müssen jetzt herausfinden, wie viele Kekse Mandel und andere Besatzungsmitglieder gegessen haben.«

»Ich wollte gerade eine entsprechende Biosondierung durchführen, als Sie eintrafen, Captain«, sagte der holographische Arzt.

»Warum fragen Sie Fähnrich Mandel nicht einfach?« schlug Neelix vor. »Meine Kekse schmeckten ihr also. Na und? Was haben Sie vor? Wollen Sie alle zusammentreiben, denen meine Kekse schmeckten? Das dürfte der größte Teil der Crew sein.«

»Es geht um die Feststellung, wer besonders viele Kekse gegessen hat«, sagte der Doktor und öffnete demonstrativ die Tür seines Büros. »Und ob es dadurch zu irgendwelchen Auswirkungen kam.«

Als der Holo-Arzt in den Hauptbereich der Krankenstation zurückkehrte, trat sofort Kes auf ihn zu. »Mr. Kim ist in ausgezeichneter Verfassung. Beim Scan hat sich gezeigt, daß die verletzten Stellen vollkommen geheilt sind, abgesehen von einigen leichten Quetschungen, die jedoch keine besondere Behandlung erfordern und ihn nicht weiter behindern.«

»Gut«, erwiderte der Doktor. »Mr. Kim, hiermit erkläre ich Sie offiziell für diensttauglich.«

»Was genau machst du während eines Scans?« wandte sich Neelix leise an Kes.

»Wie meinst du das?« erwiderte die Ocampa. »Ich

schalte den Scanner ein, richte ihn auf die verletzte beziehungsweise behandelte Stelle und achte dabei auf die richtige Entfernung, während medizinische Sensoren Daten sammeln. Warum fragst du mich das, Neelix? Bisher bist du nicht an den technischen Aspekten meiner Arbeit interessiert gewesen.«

»Ich bin an allen Dingen interessiert, mit denen du dich beschäftigst, Kes«, sagte Neelix galant. Er ignorierte die gewölbten Brauen des Doktors und Kims erstaunten Blick.

»Dies tut überhaupt nicht weh, Fähnrich Mandel«, sagte der Doktor, als er einen Blutprobenextraktor an ihren Arm enthielt. Sie schnappte unwillkürlich nach Luft und beobachtete, wie rote Flüssigkeit die Phiole füllte.

Der Arzt schob die Probe in ein Analysegerät und sah aufs Display.

»Hm«, kommentierte er. »Es scheint eine geringe Kontamination vorzuliegen, aber sie reicht nicht aus, um genaue Daten zu gewinnen.«

»Haben Sie meine Kekse gegessen?« fragte Neelix die Kartographin. »Schmeckten sie Ihnen?«

Mandel musterte den Talaxianer so, als hielte sie ihn für einen gefährlichen Irren, zu dem man höflich sein mußte. »Ja, ich habe sie gegessen, und sie schmeckten sehr gut. Commander Chakotay und ich teilten uns einen Teller, bevor wir die *Voyager* verließen.«

»Wie viele Kekse haben Sie verspeist, Fähnrich?« fragte der Doktor.

»Ich weiß nicht mehr genau. Einen Haufen. Ich konnte sie mitnehmen und bei der Arbeit essen. Das ist mir lieber, als die Mahlzeiten im Speisesaal einzunehmen und dadurch Zeit zu verlieren.«

»Interessanter Hinweis«, sagte Neelix nachdenklich. »Das könnte ein weiterer Grund sein, warum sich meine Kekse so großer Beliebtheit erfreuen.«

»Kann ich jetzt gehen, Doktor?« fragte Mandel.

»Ja. Ich erkläre Sie ebenfalls für diensttauglich. Sie können die Krankenstation jederzeit verlassen.«

Nachdem Mandel und Neelix gegangen waren, trat der Doktor zu Janeway. »Ich verstehe nicht, warum es alle so eilig haben, von hier fortzukommen. Zehn Minuten für einen letzten Scan, der die volle Rekonvaleszenz des Patienten bestätigt... Das sollte doch keine zu große Last sein. Doch praktisch alle von mir behandelte Person sind bestrebt, den letzten Untersuchungen zu entgehen. Viele versuchen, an die Arbeit zurückzukehren, obwohl sie noch immer krank sind. Können Sie mir erklären, warum kaum jemand freiwillig zu der Routineuntersuchung nach der Behandlung einer Verletzung kommt?«

Janeway begegnete dem Blick des Holo-Arztes und fragte sich, ob sie ihre eigene Abschlußuntersuchung versäumt hatte. Doch bei ihr lag der Fall anders. Sie war der Captain, und ihr Schiff befand sich in einer kritischen Situation.

»Vielleicht langweilen sich die Patienten«, sagte Kes. »Sie alle klagen darüber, nichts zu tun zu haben.«

Der Doktor ließ erneut sein abfälliges Schnauben hören. »Sie sind sogar mit einer besonders wichtigen Sache beschäftigt. Sie müssen ausruhen, die Anweisungen des Arztes befolgen und wieder gesund werden – was offensichtlich in den meisten Fällen zuviel von den Patienten verlangt ist. Harry Kim hätte eigentlich noch einen Tag bleiben sollen.«

»Sie haben ihn für diensttauglich erklärt«, erwiderte Kes.

»Wenn nicht, wäre es nur wieder zu einer langen Diskussion gekommen«, klagte der Doktor.

Janeway lächelte. »Freut mich, daß wenigstens einige Dinge zum Normalzustand zurückkehren«, sagte sie und verließ die Krankenstation.

# 21

Die Brücke der *Voyager* bot genau das richtige Erscheinungsbild, fand Kathryn Janeway. Alle Führungsoffiziere befanden sich an ihren Plätzen, und Energie summte, vom Warpkern ausgehend durchs Schiff. Dank der neuen Replikatorkapazität hielt sie sogar einen Becher mit dampfendem Kaffee in der Hand. Der Duft allein genügte, um ein Gefühl des Wohlbehagens in ihr entstehen zu lassen.

»Ich glaube, es wird jetzt Zeit für uns«, sagte sie ruhig und sah zum Hauptschirm, der die vielen Wracks zeigte. »Mr. Paris, bringen Sie uns fort von hier. Kurs null neun drei Komma sieben.«

»Ja, Captain«, erwiderte Paris und programmierte den neuen Kurs. Zufriedenheit zeigte sich in seinem Gesicht.

Die alten Raumschiffe glitten aus dem Projektionsfeld und wichen einer Leere, in der nur einige wenige Sterne leuchteten.

»Warp drei, auf meine Anweisung hin«, sagte Janeway.

Paris bestätigte. Die Brückencrew funktionierte wie eine Maschine, deren Einzelteile perfekt aufeinander abgestimmt waren. Alle wirkten entspannt und blieben gleichzeitig wachsam.

Kathryn Janeway wußte: Dies war die beste Crew, die man sich wünschen konnte. Kein Starfleet-Captain hatte jemals das Kommando über eine bessere geführt – daran gab es nach Janeways Meinung nicht den geringsten Zweifel.

»Captain...« Tuvok unterbrach ihre Überlegungen. »Ein Shuttle hat gerade den Hangar verlassen.«

»Wissen Sie, wer sich an Bord befindet?« fragte Janeway.

»Nein.«

»Öffnen Sie einen Kom-Kanal«, wies die Kommandantin den Vulkanier an.

»Unmöglich, Captain. Wir befinden uns noch immer im Tachyonenfeld, das die Kom-Signale stört.«

»Versuchen Sie es mit einem Traktorstrahl.«

»Traktorstrahl aktiviert.« Tuvok schwieg einige Sekunden lang. »Die Tachyonenemissionen beeinträchtigen auch den Traktorstrahl. Ich kann ihn nicht auf das Shuttle richten.«

»Wohin fliegt es, Commander?« fragte Janeway. Eigentlich war eine solche Frage gar nicht nötig; sie kannte die Antwort bereits.

»Zu dem fremden Schiff mit dem Riß in der Seite«, erwiderte Tuvok. »Ich meine jenen Raumer, den die KI zu bevorzugen scheint. Das Shuttle erreicht ihn in zwölf Minuten und vierzehn Sekunden, wenn die gegenwärtige Geschwindigkeit konstant bleibt.«

»Mr. Paris, folgen Sie der Raumfähre.«

Paris bestätigte, und einmal mehr veränderte sich das Bild auf dem Hauptschirm. Das große Wrack, das sie tagelang beobachtet hatten, kehrte ins Zentrum des Projektionsfelds zurück, und ein kleines Shuttle hielt geradewegs darauf zu.

Janeways Insignienkommunikator zirpte. Sie klopfte auf das kleine Kom-Gerät, um es zu aktivieren. »Ich höre.«

»Hier spricht Neelix, Captain. Ich muß Sie sprechen. Es ist sehr wichtig.«

»Später, Mr. Neelix.«

»Es handelt sich um eine wirklich wichtige Angelegenheit, Captain. Es würde Sie bestimmt ärgern, später davon zu erfahren.«

Der Talaxianer konnte sehr lästig sein. Janeway seufzte und rief sich innerlich zur Ordnung. Neelix wußte nichts von der aktuellen Situation und war sehr auf seinen eigenen Interessenbereich fixiert – wo es ihm keineswegs an Kompetenz mangelte.

»Ich bin ganz Ohr, Mr. Neelix. Worum geht's?«

»Um das Mehl. Das kontaminierte Mehl, das mit dem nächsten Müll ins All gekippt werden sollte. Ich habe es im Shuttlehangar untergebracht. Und als ich vorhin in den Hangar zurückkehrte, um dem Mehl einige verdorbene Lebensmittel hinzuzufügen, war es nicht mehr da. Es ist weg!«

Neelix klang so, als könnte er jeden Augenblick in Tränen ausbrechen.

»Der von Ihnen geschilderte Vorfall hat nichts Rätselhaftes, Mr. Neelix«, warf Tuvok ein. »Jemand startete mit einem Shuttle. Als sich das Außenschott öffnete, gerieten die Säcke mit dem Mehl ins All. Sie brauchen also nicht beunruhigt zu sein.«

»Aber ich habe sie nicht einfach so im Hangar zurückgelassen«, wandte der Talaxianer mit weinerlicher Stimme ein. »Das Mehl befand sich im einem magnetischen Separationsfeld.«

»Entschuldigen Sie bitte, Neelix, aber wir müssen uns jetzt um andere Dinge kümmern. Wenn das Mehl nicht mehr an Bord ist, so haben Sie Ihre Aufgabe erfüllt.« Janeway klopfte erneut auf ihren Insignienkommunikator, um die Verbindung zu unterbrechen.

Tuvok sah sie an und wölbte eine Braue.

»Wer auch immer die Kontrollen des Shuttles bedient: Glauben Sie, der Unbekannte hat das Mehl gestohlen?« fragte Janeway. »Aber aus welchem Grund?«

»Proviant«, erwiderte der Vulkanier knapp. »Wenn die betreffende Person nicht zur *Voyager* zurückkehren will, so braucht sie Nahrung.«

»Aber Mehl?« überlegte die Kommandantin laut.

Die verwirrte Stimme der Chefingenieurin drang aus

dem Kom-Lautsprecher. »Captain, ich habe gerade die Meldung erhalten, daß ein Replikator fehlt.«

»Danke, Lieutenant Torres.« Janeway wandte sich an Tuvok. »Wenn der Unbekannte das Mehl mitnahm – wieso dann auch einen Replikator? Das ergibt doch überhaupt keinen Sinn.«

»Wo war die Replikatoreinheit installiert?« fragte der Vulkanier.

»In den Mannschaftsquartieren auf Deck sechs«, antwortete Torres. »Ich bin gerade damit beschäftigt, den genauen Ort festzustellen.«

»Geben Sie die entsprechenden Informationen an uns weiter«, sagte Tuvok. »Captain, ich habe eine Theorie in Hinsicht auf die derzeitigen Ereignisse. Wenn Sie gestatten?«

Janeway dachte kurz daran, den Bereitschaftsraum aufzusuchen, doch sie wollte keine Zeit verlieren. Das Shuttle flog mit hoher Geschwindigkeit, hatte es offenbar sehr eilig, zum fremden Raumer zu gelangen. Die *Voyager* schloß allmählich auf, doch alles deutete darauf hin, daß die Raumfähre das Wrack vor ihnen erreichte.

»Vermutlich wird sich herausstellen, daß der Replikator aus dem Quartier von Fähnrich Daphne Mandel stammt«, sagte der Vulkanier. »Sie kehrt zur KI zurück, ausgestattet mit allen notwendigen Dingen, um für unbegrenzte Zeit an Bord des fremden Schiffes zu bleiben. Ich glaube, sie will uns verlassen.«

»Und das Mehl?« fragte Janeway.

»Fähnrich Mandel weiß, daß die Schimmel-Kontamination empathisch-telepathisches Potential bewirkt. Sie ist keine Empathin, und daher braucht sie das Mehl für weitere Kontakte mit der KI.«

»Was ist mit den Kom-Lautsprechern?« warf Tom Paris ein. »Das hat beim letztenmal einwandfrei funktioniert.«

Der Vulkanier dachte darüber nach. »Als der telepathische Kontakt mit der KI unterbrochen wurde, verlor

Fähnrich Mandel das Bewußtsein. Vermutlich erstreckte sich ein sehr festes mentales Band zwischen ihr und der künstlichen Intelligenz. Nun, wir wissen, daß gewisse telepathische und empathische Erfahrungen süchtig machen können. Vielleicht ist das bei Fähnrich Mandel der Fall. Ihre Persönlichkeit ist nicht sehr stark sozial geprägt, und ihre Interessen sind begrenzt. Ich nehme an, sie und die KI haben viel gemeinsam.«

Janeway blickte zum Hauptschirm und zweifelte kaum daran, daß Tuvok recht hatte. Es waren die einzigen Erklärungen, die einen Sinn ergaben.

Sie fragte sich, was sie jetzt unternehmen sollte. Die offensichtliche Lösung des Problems bestand darin, Mandel gehen zu lassen. Es gab keinen Grund, jemanden gegen seinen Willen an Bord zu behalten. Starfleet war kein Gefängnis und die *Voyager* kein Strafschiff.

»Gerade ist die Bestätigung eingetroffen«, sagte Tuvok. »Der Replikator stammt tatsächlich aus dem Quartier von Daphne Mandel. Damit dürfte alles klar sein.«

Ja, damit war alles klar, aber eine Lösung des Problems stand nach wie vor aus. Fähnrich Daphne Mandel gehörte zur Besatzung der *Voyager*, und Desertion galt bei Starfleet nicht gerade als Kavaliersdelikt. Auch Captain Kathryn Janeway sah darin eine sehr ernste Angelegenheit.

Es mußte doch noch eine andere Möglichkeit geben, die nicht nur der *Voyager* zum Vorteil gereichte, sondern auch Daphne Mandel und vielleicht sogar der armen künstlichen Intelligenz, die in ihrem sehnlichen Wunsch nach Gesellschaft bösartig geworden war.

Janeway traf eine Entscheidung und stand auf. »Mr. Paris, Sie begleiten mich. Mr. Chakotay, Sie haben das Kommando.«

Sie verließ die Brücke, gefolgt von Tom Paris.

»Führen Sie einen möglichst schnellen Anflug durch«, sagte Janeway, als sie Platz genommen und die Sicherheitsgurte angelegt hatte. »Ich möchte Mandel dicht auf den Fersen bleiben.«

»Ja, Ma'am«, erwiderte Paris. Und dann zeigte er Janeway sein ganzes Pilotengeschick.

Mandel befand sich ein ganzes Stück voraus. Paris beschleunigte und verlangte mehr vom Triebwerk, als die technischen Spezifikationen vorsahen.

Daphne Mandel versuchte ebenfalls, die Geschwindigkeit zu erhöhen, aber sie flog nicht annähernd so gut wie Paris und konnte daher nur einen Teil des Antriebspotentials nutzen. Tom lächelte grimmig, gab Vollschub und wich mehrmals großen Wrackteilen aus.

Die Entfernung zwischen den beiden Shuttles schrumpfte immer mehr, während Paris' Finger über die Schaltflächen huschten.

»Ich kann mir denken, wohin sie unterwegs ist«, sagte er mehr zu sich selbst. »Zum Maschinenraum des fremden Schiffes.«

Sie kamen noch etwas näher heran, doch Mandel bewahrte sich einen gewissen Vorsprung. »Ich schaffe es nicht, Captain«, meinte Paris. »Vielleicht gelingt es mir, die Entfernung noch weiter zu verringern, aber ich kann ihr nicht den Weg abschneiden.«

»Das ist auch gar nicht nötig«, erwiderte Janeway. »Ich möchte nur mit ihr reden.«

Sie versuchte, einen Kom-Kanal zu öffnen, doch nur statisches Rauschen drang aus dem Lautsprecher. Vielleicht lag Mandel nichts an einem Kom-Kontakt. Oder sie wußte nicht, wie man ihn herbeiführte.

Sie kam ihrem Ziel nun sehr nahe. In einem weiten Bogen sauste das Shuttle dem Riß in der Außenhülle des fremden Schiffes entgegen. Der Anflug begann zu früh, fand Janeway.

»Sie kann nicht fliegen«, sagte Paris knapp. »Ich lasse jetzt zu, daß die Entfernung ein wenig wächst, Captain. Mandel weiß nicht, worauf es bei solchen Flugmanövern ankommt, und sie könnte in ernste Schwierigkeiten geraten, wenn sie sich zu sehr unter Druck gesetzt fühlt. Ich weiß nicht, ob sie jemals in Shuttlenavigation ausgebildet wurde oder versucht hat, durch eine so schmale Lücke zu fliegen und anschließend auf einem Deck zu landen.«

»Guter Hinweis, Mr. Paris«, entgegnete Janeway. »Na schön. Reduzieren Sie die Geschwindigkeit, aber sorgen Sie dafür, daß wir in Sichtkontakt bleiben.«

Das andere Shuttle neigte sich abrupt nach Steuerbord.

»Nicht so hastig«, flüsterte Paris. »Immer mit der Ruhe. Lassen Sie sich Zeit.«

Janeway versuchte erneut, einen Kom-Kanal zu öffnen. Sie ging alle Frequenzen durch, in der Hoffnung, daß Mandel sie hörte. In dem Fall konnte ihr Paris Fluganweisungen übermitteln, die sie offenbar dringend benötigte.

Daphne Mandel hatte den ersten Anflug abgebrochen, doch jetzt beschleunigte sie wieder. Das Shuttle schlingerte und wandte sich nach backbord – aber zu weit. Wenn Mandel kein Bremsmanöver einleitete, stand ihr eine Kollision mit dem Rumpf des fremden Schiffes bevor.

Tom Paris klopfte auf seinen Insignienkommunikator. »Umkehrschub, Daphne – *jetzt!*« rief er.

Janeway blickte durchs Fenster und beobachtete, wie das Shuttle langsamer wurde und verharrte.

»Hören Sie mir gut zu«, fuhr Paris fort. »Zuerst müssen Sie Ihrerseits den Kom-Kanal öffnen. Die entsprechenden Kontrollen befinden sich links von der Station des Copiloten. Haben Sie die Schaltflächen gefunden? Gut. Berühren Sie die zweite von oben.«

Das Rauschen der Statik verschwand, als die Kom-Verbindung hergestellt wurde.

»Ausgezeichnet«, lobte Paris.

»Ich kehre nicht zurück«, sagte Mandel. Sie klang fest entschlossen.

»So wie Sie fliegen, können Sie kaum hoffen, irgendeinen Ort zu erreichen«, erwiderte Paris.

Janeway warf einen Blick auf die Transporteranzeigen. »Die Interferenzen sind noch zu groß«, stellte sie fest. »Ohne eine bessere Zielerfassung läßt sich kein Transfer durchführen.«

»Er beschützt mich«, sagte Fähnrich Mandel so, als sei diese Behauptung völlig rational. »Er geleitet mich nach Hause.«

Sie meinte ganz offensichtlich die künstliche Intelligenz. Janeway fragte sich, warum Mandel in diesem Zusammenhang von ›er‹ sprach.

»Wenn er nicht die komplette Kontrolle über Ihre Navigationssysteme übernehmen kann, ist es viel zu gefährlich für Sie, den Flug fortzusetzen«, sagte Paris. »Sie wissen nicht, worauf es ankommt. Nun gut, da wir schon einmal hier sind und Sie unbedingt in das Wrack wollen … Ich teile Ihnen mit, welche Kontrollen Sie zu welcher Zeit wie bedienen müssen, einverstanden? Oder wollen Sie das Shuttle lieber von der KI fliegen lassen? Selbst wenn sie dazu in der Lage wäre: Mit Landungen im Innern alter Raumschiffe dürfte sie kaum Erfahrung haben.«

Einige Sekunden lang herrschte Stille. »Er meint, unter anderen Umständen sei er durchaus dazu imstande«, sagte Mandel dann. »Allerdings sind die Instrumente dieser Raumfähre nicht geeignet, seine Signale zu empfangen. Ich weiß nicht genau, wie ich das verstehen soll.«

»Es bedeutet, daß Sie das Shuttle selbst landen müssen«, ließ sich Janeway vernehmen. »Mr. Paris geht alles mit Ihnen durch. Halten Sie sich genau an seine Anweisungen.«

»Wie kann ich sicher sein, daß es keine Falle ist?« fragte Mandel.

»Das können Sie nicht«, antwortete Janeway. »Aber wollen Sie den Rest Ihres Lebens in dem Shuttle verbringen? Früher oder später müssen Sie irgendwo landen.«

»Ja, das stimmt«, räumte Daphne ein, und zum erstenmal erklang so etwas wie Ungewißheit in ihrer Stimme. »Nun gut, ich bin bereit.«

»Justieren Sie das energetische Niveau auf die erste blaue Markierung«, sagte Paris. »Programmieren Sie den Kurscomputer dann auf sieben drei eins Komma zwei, Vektor fünf neun eins. Haben Sie verstanden?«

»Ja«, erwiderte Mandel. Sie schien nun wieder zuversichtlicher zu sein.

»Ich bin direkt hinter Ihnen«, fuhr Paris fort. »Wenn wir in dem Wrack sind, brauchen Sie nicht selbst zu landen. Dort gibt es keine Tachyonenemissionen. Ich kann mich also zu Ihnen beamen und das Shuttle für Sie landen.«

»Was ist mit Ihrer Raumfähre?« erkundigte sich Daphne Mandel.

»Captain Janeway ist ein kompetenter Pilot«, betonte Tom Paris. »Es wäre auch möglich, daß Sie sich zu uns transferieren.«

»Damit Sie mich zur *Voyager* zurückbringen können, wo ich dann die nächsten siebzig Jahre in der Arrestzelle verbringen darf? Herzlichen Dank. Lieber sterbe ich.«

»Ich möchte nur mit Ihnen reden, Fähnrich Mandel«, sagte Janeway. »Mir liegt nichts daran, jemanden für den Rest unserer langen Reise in die Arrestzelle zu stecken, und offen gestanden: Das können wir uns auch gar nicht leisten. Wir brauchen alle Crewmitglieder, um es bis nach Hause zu schaffen.«

»Sie wollen mich also zurückholen, damit alles so ist wie vorher. Mit einem Unterschied: Von jetzt an werden mich alle für übergeschnappt halten.«

»Wenn Sie darauf bestehen, sich wie ein Kind zu verhalten, bleibt mir keine Wahl«, entgegnete Janeway scharf. »Aber ich würde Ihnen gern eine bessere Möglichkeit anbieten. Bevor ich sie in Worte fasse, möchte ich mit Ihnen reden. Und ein Gespräch wäre sicher einfacher, wenn wir Sie an Bord unseres Shuttles beamen. Im Innern des Wracks läßt sich das problemlos bewerkstelligen, denn dort gibt es keine Interferenzen verursachenden Tachyonenemissionen.«

Stille folgte, und Janeway befürchtete, daß Mandel die Kom-Verbindung unterbrach.

»Sobald wir im Innern des fremden Schiffes sind«, sagte Daphne Mandel schließlich. »Und er hört zu. Nichts wird vor ihm geheimgehalten. Er hat versprochen, sich um mich zu kümmern, und wenn Sie irgendeinen Trick versuchen, wird er Sie nicht gehen lassen. Er gestattet Ihnen nicht, mich fortzubringen.«

»In Ordnung«, erwiderte Janeway.

»Wir müssen die Geschwindigkeit reduzieren«, sagte Mandel. »Die Außenhülle des Wracks ist viel zu nahe.«

»Das sieht nur so aus«, meinte Paris. »Wir sind auf dem richtigen Kurs. Rühren Sie jetzt auf keinen Fall die Kontrollen an. Der Riß ist nicht sehr breit; dort gibt es keinen Manövrierspielraum. Lehnen Sie sich zurück und warten Sie ab. Die übermittelten Koordinaten bringen Sie sicher ins fremde Schiff.«

Janeway beobachtete, wie das Shuttle in die Öffnung hineindriftete. Dabei kam es dem Rand ziemlich nahe.

»Die KI versucht, das Navigationssystem zu übernehmen«, stellte Paris fest. »Es hat den Kurs geringfügig verändert. Meine Koordinaten hätten das Shuttle direkt durch die Mitte gebracht.«

Vor ihnen verschwand die Raumfähre im dunklen Innern des riesigen Schiffes.

»Bringen Sie uns ins Wrack, Mr. Paris«, sagte Janeway mit kühler Entschlossenheit.

Zum zweiten Mal wurde sie nun mit dieser überaus exotischen Umgebung konfrontiert, die auch diesmal nicht vertraut wirkte. Die gewaltigen Dimensionen und die lianenartigen Bündel aus Kabeln, in denen es hier und dort zu funkenstiebenden Entladungen kam ... Bei diesem Anblick dachte Janeway an die urzeitliche Erde, an eine unheilvolle Welt mit zahllosen aktiven Vulkanen und heulenden Stürmen.

»Mr. Paris, beamen Sie Fähnrich Mandel an Bord.« Sie hoffte, daß die Kartographin in der Zwischenzeit nicht ihren Insignienkommunikator abgelegt hatte.

Der Transporter summte, und Daphne Mandel materialisierte in der Transfernische.

Grimmige Entschlossenheit zeigte sich in ihrem Gesicht. *Zu allem bereit,* dachte Janeway. Kummer erfaßte sie, und plötzlich fühlte sie sich alt. Daphne Mandel hatte keinen Grund, jemandem von der *Voyager* – und vor allem dem Captain – zu mißtrauen.

»Fähnrich Mandel ...«, begann Janeway. »Bitte setzen Sie sich. Ich glaube, wir haben da etwas zu besprechen. Und ich möchte Ihnen einen Vorschlag unterbreiten.« Sie hob die Hand, als Mandel den Mund öffnete. »Nein, gedulden Sie sich noch ein wenig.

Offenbar haben Sie die *Voyager* mit der Absicht verlassen, hier bei der künstlichen Intelligenz zu bleiben. Stimmt das?«

Daphne Mandel nickte.

»Würden Sie mir bitte den Grund dafür erklären?«

Diese Frage schien die Abwehrhaltung der Kartographin zu durchbrechen. Worte strömten aus ihr heraus. »Als es hier zu der Verbindung kam ... So etwas habe ich nie zuvor erlebt. Ich konnte sehen und auf eine Weise denken, die ich bis dahin nicht für möglich gehalten hätte. Ich war in der Lage, auf seinen Speicher zuzugreifen, auf seine Erinnerungen, und ich konnte die Daten mit der für ihn typischen Geschwindigkeit verarbeiten. So etwas zu erleben ... Es war wild und wunderschön. Ich mußte hierher zurückkehren, um es für immer zu haben. Ich weiß nun, wie es sich anfühlt, und ich könnte nicht mit der Erkenntnis weiterleben, es nie wieder berühren zu können. So viel Macht, so viel Wissen ...

Und er braucht mich. Ich kann ihm helfen. Das Bewußtsein ist gewaltig, doch die Persönlichkeit klein und jung. Er vertraut mir. Er mag mich. Er möchte, daß ich bleibe. Ich helfe ihm, und er hilft mir. Nie hat mich jemand wirklich gemocht, und an Bord der *Voyager* wird mich niemand vermissen. Niemand im Alpha-Quadranten wünscht sich meine Rückkehr. Er ist das einzige Geschöpf, das sich jemals über meine Präsenz freute.«

Janeway musterte die jüngere Frau und nickte. *Welch eine Verschwendung*, dachte sie. Mandel war so begabt. Doch vor Jahren hatte irgend etwas ihre Persönlichkeit so verändert, daß sie kaum mehr Kontakte zu anderen Personen knüpfen konnte.

Janeway empfand echte, aufrichtige Anteilnahme. Jemand mit den Fähigkeiten von Daphne Mandel verdiente es nicht, so isoliert zu sein.

Doch sie war keine Counselor, sondern Captain eines Raumschiffs. Und sie zweifelte jetzt nicht länger daran, die richtige Lösung für das Problem zu haben.

Sie sprach ganz langsam und wählte ihre Worte mit großer Sorgfalt. »Fähnrich Daphne Mandel, möchten Sie der künstlichen Intelligenz bei ihrer Weiterentwicklung helfen, damit sie lernt, anderes intelligentes Leben zu respektieren?«

Mandel blinzelte überrascht. »Natürlich. Das ist doch ganz klar. Derzeit weiß er es einfach nicht besser, aber ich kann ihn lehren. Er hat Sie nicht noch einmal angegriffen, hat nicht noch einmal versucht, das Betriebssystem des *Voyager*-Computers zu modifizieren – weil ich ihn gebeten habe, das zu unterlassen. Ich versprach ihm meine Rückkehr, und deshalb verzichtete er darauf, irgend etwas gegen Sie zu unternehmen.«

Janeway lächelte. »Wußten Sie, daß eine Kontamination des Mehls Ihnen die telepathische Kommunikation mit der KI ermöglichte?«

Daphne nickte voller Nachdruck. »Ja. Ich brachte den Doktor dazu, mir von seinen Nachforschungen zu erzählen. Er ist ja so enthusiastisch – und ähnelte sehr der künstlichen Intelligenz. Eine Entität, die intelligent, fähig und daran interessiert ist, Beiträge für das Gemeinwohl zu leisten.

Das Mehl im Shuttlehangar kam einem Geschenk für mich gleich. Als ich es sah, entstand die Idee in mir, zum Wrack zurückzufliegen. Das Mehl war bereits vorhanden, und ich wußte, daß es Energie für den Replikator gab – mir würde es also nicht an Lebensmitteln fehlen. Außerdem funktionieren die Lebenserhaltungssysteme in bestimmten Bereichen des Schiffes; dort brauche ich keinen Schutzanzug zu tragen. Sie sehen also: Ich kann unbegrenzt lange an Bord des Wracks überleben.«

Mandel erklärte ihren Plan wie eine Schülerin, die stolz darauf ist, an alles gedacht zu haben.

*Ja,* dachte Janeway, als sie stumm zuhörte. Dies war die beste Lösung für sie alle. Außerdem bestand dadurch keine Gefahr mehr für andere Reisende. Niemand brauchte mehr zu befürchten, hier in die heimtückische Falle einer einsamen künstlichen Intelligenz zu geraten. Und vielleicht reifte die KI eines Tages wirklich zu einem verantwortungsbewußten Wesen heran.

Kathryn Janeway straffte die Gestalt, was ihr in dem kleinen Shuttle nicht ganz leicht fiel. »Fähnrich Daphne Mandel, hiermit befreie ich Sie von Ihren Pflichten an Bord der *Voyager* und ernenne Sie zum Föderationsbotschafter bei der hiesigen Entität. Sie erhalten diesen ehrenvollen Auftrag, um weitere Angriffe auf Raumschiffe zu verhindern, die diesen Sektor passieren – und um irgendwann eine Kooperation zwischen der KI und den anderen Völkern der Galaxis zu ermöglichen. Herzlichen Glückwunsch, Botschafter.«

Captain Janeway trat vor und schüttelte Mandel die Hand. Tom Paris salutierte und nannte sie ›Botschafter Mandel‹.

»Mr. Paris, beamen Sie die Botschafterin und ihre gesamte Ausrüstung in ihr neues Quartier. Anschließend kehren wir zur *Voyager* zurück.«

# STAR TREK™

in der Reihe
HEYNE SCIENCE FICTION & FANTASY

STAR TREK: CLASSIC SERIE

*Vonda N. McIntyre,* Star Trek II: Der Zorn des Khan · 06/3971
*Vonda N. McIntyre,* Der Entropie-Effekt · 06/3988
*Robert E. Vardeman,* Das Klingonen-Gambit · 06/4035
*Lee Correy,* Hort des Lebens · 06/4083
*Vonda N. McIntyre,* Star Trek III: Auf der Suche nach Mr. Spock · 06/4181
*S. M. Murdock,* Das Netz der Romulaner · 06/4209
*Sonni Cooper,* Schwarzes Feuer · 06/4270
*Robert E. Vardeman,* Meuterei auf der Enterprise · 06/4285
*Howard Weinstein,* Die Macht der Krone · 06/4342
*Sondra Marshak & Myrna Culbreath,* Das Prometheus-Projekt · 06/4379
*Sondra Marshak & Myrna Culbreath,* Tödliches Dreieck · 06/4411
*A. C. Crispin,* Sohn der Vergangenheit · 06/4431
*Diane Duane,* Der verwundete Himmel · 06/4458
*David Dvorkin,* Die Trellisane-Konfrontation · 06/4474
*Vonda N. McIntyre,* Star Trek IV: Zurück in die Gegenwart · 06/4486
*Greg Bear,* Corona · 06/4499
*John M. Ford,* Der letzte Schachzug · 06/4528
*Diane Duane,* Der Feind – mein Verbündeter · 06/4535
*Melinda Snodgrass,* Die Tränen der Sänger · 06/4551
*Jean Lorrah,* Mord an der Vulkan Akademie · 06/4568
*Janet Kagan,* Uhuras Lied · 06/4605
*Laurence Yep,* Herr der Schatten · 06/4627
*Barbara Hambly,* Ishmael · 06/4662
*J. M. Dillard,* Star Trek V: Am Rande des Universums · 06/4682
*Della van Hise,* Zeit zu töten · 06/4698
*Margaret Wander Bonanno,* Geiseln für den Frieden · 06/4724
*Majliss Larson,* Das Faustpfand der Klingonen · 06/4741
*J. M. Dillard,* Bewußtseinsschatten · 06/4762
*Brad Ferguson,* Krise auf Centaurus · 06/4776
*Diane Carey,* Das Schlachtschiff · 06/4804
*J. M. Dillard,* Dämonen · 06/4819
*Diane Duane,* Spocks Welt · 06/4830
*Diane Carey,* Der Verräter · 06/4848

# STAR TREK™

*Gene DeWeese,* Zwischen den Fronten · 06/4862
*J. M. Dillard,* Die verlorenen Jahre · 06/4869
*Howard Weinstein,* Akkalla · 06/4879
*Carmen Carter,* McCoys Träume · 06/4898
*Diane Duane & Peter Norwood,* Die Romulaner · 06/4907
*John M. Ford,* Was kostet dieser Planet? · 06/4922
*J. M. Dillard,* Blutdurst · 06/4929
*Gene Roddenberry,* Star Trek (I): Der Film · 06/4942
*J. M. Dillard,* Star Trek VI: Das unentdeckte Land · 06/4943
*David Dvorkin,* Die Zeitfalle · 06/4996
*Barbara Paul,* Das Drei-Minuten-Universum · 06/5005
*Judith & Garfield Reeves-Stevens,* Das Zentralgehirn · 06/5015
*Gene DeWeese,* Nexus · 06/5019
*D. C. Fontana,* Vulkans Ruhm · 06/5043
*Judith & Garfield Reeves-Stevens,* Die erste Direktive · 06/5051
*Michael Jan Friedman,* Das Doppelgänger-Komplott · 06/5067
*Judy Klass,* Der Boacozwischenfall · 06/5086
*Julia Ecklar,* Kobayashi Maru · 06/5103
*Peter Norwood,* Angriff auf Dekkanar · 06/5147
*Carolyn Clowes,* Das Pandora-Prinzip · 06/5167
*Diana Duane,* Die Befehle des Doktors · 06/5247
*V. E. Mitchell,* Der unsichtbare Gegner · 06/5248
*Dana Kramer-Rolls,* Der Prüfstein ihrer Vergangenheit · 06/5273
*Michael Jan Friedman,* Schatten auf der Sonne · 06/5179
*Barbara Hambly,* Der Kampf ums nackte Überleben · 06/5334
*Brad Ferguson,* Eine Flagge voller Sterne · 06/5349
*Gene DeWeese,* Die Kolonie der Abtrünnigen · 06/5375
*Michael Jan Friedman,* Späte Rache · 06/5412
*Peter David,* Der Riß im Kontinuum · 06/5464
*Michael Jan Friedman,* Gesichter aus Feuer · 06/5465
*Peter David/Michael Jan Friedman/Robert Greenberger,* Die Enterbten · 06/5466
*L. A. Graf,* Die Eisfalle · 06/5467
*John Vornholt,* Zuflucht · 06/5468
*L. A. Graf,* Der Saboteur · 06/5469
*Melissa Crandall,* Die Geisterstation · 06/5470
*Mel Gilden,* Die Raumschiff-Falle · 06/5471
*V. E. Mitchell,* Tore auf einer toten Welt · 06/5472
*Victor Milan,* Aus Okeanos Tiefen · 06/5473
*Diane Carey,* Das große Raumschiff-Rennen · 06/5474
*Diane Carey,* Kirks Bestimmung · 06/5476

STAR TREK™

STAR TREK: THE NEXT GENERATION

*David Gerrold,* Mission Farpoint · 06/4589
*Gene DeWeese,* Die Friedenswächter · 06/4646
*Carmen Carter,* Die Kinder von Hamlin · 06/4685
*Jean Lorrah,* Überlebende · 06/4705
*Peter David,* Planet der Waffen · 06/4733
*Diane Carey,* Gespensterschiff · 06/4757
*Howard Weinstein,* Macht Hunger · 06/4771
*John Vornholt,* Masken · 06/4787
*David & Daniel Dvorkin,* Die Ehre des Captain · 06/4793
*Michael Jan Friedman,* Ein Ruf in die Dunkelheit · 06/4814
*Peter David,* Eine Hölle namens Paradies · 06/4837
*Jean Lorrah,* Metamorphose · 06/4856
*Keith Sharee,* Gullivers Flüchtlinge · 06/4889
*Carmen Carter u. a.,* Planet des Untergangs · 06/4899
*A. C. Crispin,* Die Augen der Betrachter · 06/4914
*Howard Weinstein,* Im Exil · 06/4937
*Michael Jan Friedman,* Das verschwundene Juwel · 06/4958
*John Vornholt,* Kontamination · 06/4986
*Mel Gilden,* Baldwins Entdeckungen · 06/5024
*Peter David,* Vendetta · 06/5057
*Peter David,* Eine Lektion in Liebe · 06/5077
*Howard Weinstein,* Die Macht der Former · 06/5096
*Michael Jan Friedman,* Wieder vereint · 06/5142
*T. L. Mancour,* Spartacus · 06/5158
*Bill McCay/Eloise Flood,* Ketten der Gewalt · 06/5242
*V. E. Mitchell,* Die Jarada · 06/5279
*John Vornholt,* Kriegstrommeln · 06/5312
*Laurell K. Hamilton,* Nacht über Oriana · 06/5342
*David Bischoff,* Die Epidemie · 06/5356
*Diane Carey,* Abstieg · 06/5416
*Michael Jan Friedman,* Relikte · 06/5419
*Michael Jan Friedman,* Die Verurteilung · 06/5444
*Simon Hawke,* Die Beute der Romulaner · 06/5413
*Rebecca Neason,* Der Kronprinz · 06/5414
*John Peel,* Drachenjäger · 06/5415
*Diane Duane,* Dunkler Spiegel · 06/5417
*Susan Wright,* Der Mörder des Sli · 06/5438
*W. R. Thomson,* Planet der Schuldner · 06/5439
*Michael Jan Friedman & Kevin Ryan,* Requiem · 06/5442
*Dafydd ab Hugh,* Gleichgewicht der Kräfte · 06/5443

# STAR TREK™

STAR TREK: DIE ANFÄNGE
*Vonda N. McIntyre,* Die erste Mission · 06/4619
*Margaret Wander Bonanno,* Fremde vom Himmel · 06/4669
*Diane Carey,* Die letzte Grenze · 06/4714

STAR TREK: DEEP SPACE NINE
*J. M. Dillard,* Botschafter · 06/5115
*Peter David,* Die Belagerung · 06/5129
*K. W. Jeter,* Die Station der Cardassianer · 06/5130
*Sandy Schofield,* Das große Spiel · 06/5187
*Lois Tilton,* Verrat · 06/5323
*Diane Carey,* Die Suche · 06/5432
*Esther Friesner,* Kriegskind · 06/5430
*Melissa Scott,* Der Pirat · 06/5434
*Nathan Archer,* Walhalla · 06/5512
*Greg Cox/John Gregory Betancourt,* Der Teufel im Himmel · 06/5513
*Robert Sheckley,* Das Spiel der Laertaner · 06/5514

STAR TREK: STARFLEET KADETTEN
*John Vornholt,* Generationen · 06/6501
*Peter David,* Worfs erstes Abenteuer · 06/6502
*Peter David,* Mission auf Dantar · 06/6503
*Peter David,* Überleben · 06/6504
*Brad Strickland,* Das Sternengespenst · 06/6505
*Brad Strickland,* In den Wüsten von Bajor · 06/6506
*John Peel,* Freiheitskämpfer · 06/6507
*Mel Gilden & Ted Pedersen,* Das Schoßtierchen · 06/6508
*John Vornholt,* Erobert die Flagge! · 06/6509
*V. E. Mitchell,* Die Atlantis Station · 06/6510
*Michael Jan Friedman,* Die verschwundene Besatzung · 06/6511
*Michael Jan Friedman,* Das Echsenvolk · 06/6512
*Diane G. Gallagher,* Arcade · 06/6513
*John Peel,* Ein Trip durch das Wurmloch · 06/6514
*Brad & Barbara Strickland,* Kadett Jean-Luc Picard · 06/6515

STAR TREK: VOYAGER
*L. A. Graf,* Der Beschützer · 06/5401
*Peter David,* Die Flucht · 06/5402
*Nathan Archer,* Ragnarök · 06/5403
*Susan Wright,* Verletzungen · 06/5404
*John Betancourt,* Der Arbuk-Zwischenfall · 06/5405

# STAR TREK™

*Christie Golden,* Die ermordete Sonne · 06/5406
*Mark A. Garland & Charles G. McGraw,* Geisterhafte Visionen · 06/5407
*S. N. Lewitt,* Cybersong · 06/5408

DAS STAR TREK-UNIVERSUM, 2 Bde.,
**überarbeitete und aktualisierte Neuausgabe!**
von *Ralph Sander* · 06/5150

DAS STAR TREK-UNIVERSUM, Ergänzungsband
von *Ralph Sander* · 06/5151

*William Shatner/Chris Kreski,* Star Trek Erinnerungen · 06/5188
*William Shatner/Chris Kreski,* Star Trek Erinnerungen: Die Filme · 06/5450

*Phil Farrand,* Cap'n Beckmessers Führer durch STAR TREK – DIE NÄCHSTE GENERATION · 06/5199
*Phil Farrand,* Cap'n Beckmessers Führer durch STAR TREK – DIE CLASSIC SERIE · 06/5451

*Ralph Sander,* Star Trek Timer 1997 · 06/1997
*Ralph Sander,* Star Trek Timer 1998 · 06/1998
*Nichelle Nichols,* Nicht nur Uhura · 06/5547
*Leonard Nimoy,* Ich bin Spock · 06/5548
*Lawrence M. Krauss,* Die Physik von Star Trek · 06/5549
*J. M. Dillard,* Star Trek: Wo bisher noch niemand gewesen ist · 06/6500
*Judith & Garfield Reeves-Stevens,* Star Trek – Deep Space Nine: Die Realisierung einer Idee · 06/5550
*Judith & Garfield Reeves-Steven,* Star Trek Design · 06/5545
*Aris Kazidian & Bruce Jacoby,* Das Star Trek Kochbuch · 06/5546

Diese Liste ist eine Bibliographie erschienener Titel
KEIN VERZEICHNIS LIEFERBARER BÜCHER!